KB042730

마졸귀환록 2

초판 1쇄 인쇄일 2014년 7월 29일 ǀ **초판 1쇄 발행일** 2014년 7월 30일

지은이 주작 ǀ **펴낸이** 곽중열 ǀ **담당편집 팀장** 이범수
편집부 신연제 이윤아 김호성 김은경

펴낸곳 (주) 조은세상 ǀ **출판등록** 제 2002-23호
주소 경기도 연천군 미산면 청정로 1355
TEL 편집부 02)587-2966 ǀ FAX 02)587-2922
e-mail bukdu@comics21c.co.kr

ISBN 979-11-5512-580-9 ǀ ISBN 979-11-5512-578-6(set) ǀ 값 8,000원

마졸 귀환록

2

주작 판타지 장편소설

NEO FANTASY STORY

북두
도서출판세상

CONTENTS

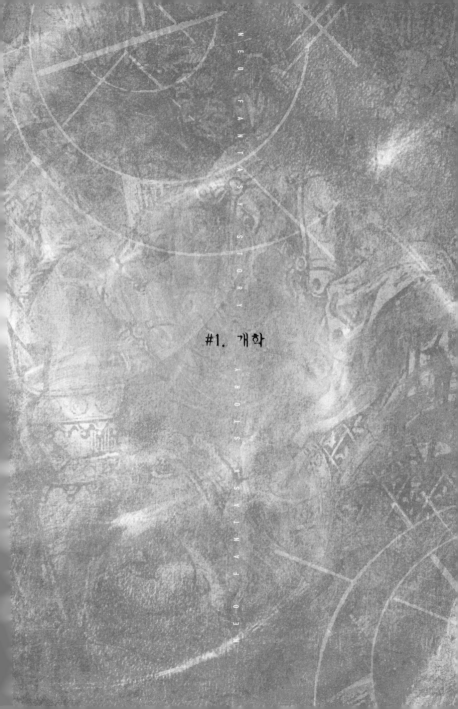

#1. 개학

#1. 개학

다그닥. 다그닥……

산길을 홀로 지나는 마차가 한 대 있었다. 귀족가의 마차인 듯, 한 눈에 보아도 고급스런 분위기가 물씬 풍겼다. 헌데, 이상하게도 호위가 한 명도 보이질 않았다. 그야말로 불순한 무리들의 표적이 되기에 딱 좋은 모습이었다.

아니나 다를까. 일단의 무리가 산중 숲속에 숨어 마차가 다가오는 걸 훔쳐보고 있었다.

"흐흐! 오랜만에 대어를 물었네."

"비까번쩍한 것이, 잡아놓고 굴리면 돈 좀 되겠어."

그들은 흔히 말하는 산적패거리였다. 20여 명 정도 되는 무리였는데, 마차가 자신들이 원하는 지점에 도착하기를 기다리는 중이었다.

드디어 마차가 코앞까지 도달했고, 무리들이 눈을 번쩍이며 신형을 벌떡 일으켰다.

'어라?'

하지만 이내 그들은 자신의 시야가 흐릿해지는 경험을 하며 양 무릎에 힘이 풀리는 걸 느껴야만 했다.

'이게…… 대체…….'

더 이상의 생각은 이어지지 않았다. 그들은 마치 약속이나 한 것처럼, 그대로 수풀 속 깊숙이 몸을 뉘이며 숨을 거뒀다.

그런 그들의 등 뒤로 흑의를 입은 또 다른 무리가 모습을 드러냈다. 그들은 서로 눈짓으로 신호를 나눈 뒤, 다시금 그곳에서 자취를 감췄다.

다그닥. 다그닥……

아무 일도 없었다는 듯, 산중에는 그저 마차 소리만이 흘러갈 뿐이었다.

얼마나 더 갔을까?

돌연, 저 뒤편으로 새로운 말발굽 소리가 접근해왔다. 20대 후반쯤 되어 보이는 청년이 흑마를 타고 산길을 달려오고 있었다.

마차와 가까워질 즈음이 되자, 청년이 말의 속도를 급격히 줄여갔다. 그러는 와중에도 마차와의 거리는 줄어들었고, 그 간격이 대략 70여 미르(미터)즘 되었을까?

산적들을 처리했던 흑의 무리들이 마차 후미에서 유령처럼 모습을 드러냈다.

"워~워. 워!"

청년이 급히 말을 세웠다. 그러더니 품 안에서 네모난 패 하나를 꺼내어 흑의인들에게 던졌다. 흑의인 중 한명이 이를 받아들더니 고개를 끄덕인 뒤 다시금 패를 청년에게 돌려주었다.

청년이 이를 다시 받아들었을 때는 이미 그들의 모습은 보이질 않았다.

'과연······.'

한 차례 고개를 끄덕인 청년이 말에서 내려 마차로 다가갔다. 그를 기다리는 듯, 어느새 마차는 정지 해 있었다.

"비하름입니다."

마차에 다가간 청년, 비하름이 자신을 알리자 이내 마차의 문이 열리며 묵직한 음성이 흘러나왔다.

"들어와라."

침을 꼴깍 삼킨 비하름이 그 안으로 들어가자, 40대 후반쯤 되어 보이는 중년 사내가 그를 맞이했다.

"1차 분석이 끝난 모양이군."

"그렇습니다. 각하!"

깊숙이 고개를 숙여 보인 비하름이 품 안에서 서류를 한

뭉치 꺼내어 건넸다. 이를 받아든 중년인이 서류를 찬찬히 넘겨갈 즈음, 다시금 마차가 움직이기 시작했다.

다그닥. 다그닥……

마차 한편으로 난 창을 통해 말발굽 소리가 흘러들어왔다. 잠시간의 시간이 흐른 뒤, 서류를 내려놓은 중년인이 비하름을 바라보며 입을 열었다.

"재미있군. 정보부의 초기 예측보다 더 발전이 되어있단 말이지."

"요원들의 보고를 들어보자면, 지방 영지라고 믿기지 않을 정도로 개발된 모습들이라고 하였습니다."

"거들떠도 보지 않았던 촌동네였건만…… 큭! 재밌어."

중년인이 잠시 턱을 괸 채 생각에 빠져들었다. 그러더니 다시금 서류를 들어 이리저리 확인을 하듯 넘겼다.

"여기 보면, 아직 대영주가 세워지지 않은 지방영지가 다섯 군데 보이는군."

"예. 하지만 그 중 두 곳은 황제폐하의 명으로 대영주 취임서가 전해진다는 첩보가 있었습니다. 아직 확인되지 않은 부분인 탓에, 별도로 표시를 해 놓았습니다."

"곧 백작으로 승작하겠군."

확실히 서류를 살펴보니 두 영지는 따로 표시가 되어 있었다. 남은 세 개 영지를 찬찬히 확인했다.

"메르헤임 자작과 헤르벤 자작 그리고…… 로사테인 자

작인가."

고개를 끄덕인 중년인이 청년을 바라보며 물었다.

"파스카인 공작의 초대장이 이미 전해졌겠지?"

"……죄송합니다."

이 소식을 한 발 늦게 접수한 건, 명백히 그들 정보부의 실수였다. 청년의 모습을 잠시 바라보던 중년인이 고개를 흔들었다.

"되었다. 너희는 잘 해 주고 있으니."

'쯧! 까마귀들을 먼저 끌어들이지 못한 내 실수가 더 크지.'

그 역시 그들을 데려오고자 다양한 물밑작업을 했었다. 하지만 그의 밑으로 붙은 까마귀의 숫자는 극소수였다.

'파스카인, 리베란.'

실질적으로 까마귀의 양 날개를 뜯어간 이들이었다.

칼레이드 제국의 4대 공작이라 불리는 자.

그 중 둘이 바로 그들이었다.

그리고 그들에게 적개심을 불태우는 이.

트라베스 공작!

중년 사내, 그 역시 제국의 최고 귀족 중 일인이었다.

'오만이고 자만이었지.'

그가 지닌 정보력으로도 충분히 까마귀를 압도할 수 있다 여겼던 것, 그게 패착이었다. 다른 두 공작들보다 전력으로 임하지 못한 것이다.

'그래도 상관없다.'

여전히 그는 자신의 정보부를 믿었다. 잠시 청년을 바라보던 트라베스 공작이 품 안에서 패를 하나 건네며 말했다.

"이걸 가지고 바루만 후작을 찾아가라. 이 패는 나의 상징이니, 이걸 이용해서 지방 영주들을 끌어 들이라고 전해라."

조심스레 패를 받아든 비하름이 깊게 고개를 숙여 보인 뒤, 마차를 나섰다. 이내 마차 후미로 빠르게 멀어지는 말발굽 소리가 들려왔다.

"지방 영지라……."

서류를 다시금 내려다보던 트라베스 공작이 눈을 감으며 의자에 등을 기댔다. 마부의 뛰어난 솜씨 덕분인지, 아니면 고급 마차의 효능인지, 진동은 그리 크질 않았다.

피로했던 것일까? 가벼운 진동을 자장가 삼으며 트라베스 공작의 의식이 점차 수면 아래로 빠져 들어갔다.

◈

아직은 여름이라고 주장이라도 하려는 듯, 뜨거운 태양빛이 머리 위로 쏟아지며 땀샘을 자극해왔다. 가을이라는 계절에 접어들었음에도, 아직 한낮의 바람만으로는 열기를 걷어내기가 어려웠다.

"후우……."

괭이를 어깨에 걸친 제튼이 가볍게 땀을 닦아내며 등 뒤로 시선을 던졌다.

쿠너는 땅을 갈며 단련을 거듭하고, 케빈은 들판을 내달리며 열심히 체력을 쌓는다. 그리고 저 한 쪽에서는 레이나가 검을 들고 열심히 검술을 연마하는 것, 그게 분명 최근까지의 일상이었다.

하지만 오늘, 그의 시야에 담기는 풍경은 조금 달랐다. 케빈 홀로 들판을 내달리는 모습만이 보일 뿐이었다.

쿠너와 레이나는 어디로 간 것일까?

'개학인가…….'

어느새 아카데미의 새 학기가 시작했고, 그 둘은 각기 등교와 출근을 한 상황이었다.

"뭐, 조용해서 나쁘지는 않군."

아쉬운 게 있다면, 이 평온한 일상이 계속 이어지는 게 아니라는 점이었다.

'설마, 장기 투숙을 하고 있었을 줄이야.'

레이나가 집 근처 여관에 머물고 있다는 것 정도는 알고 있었다. 하지만 그게 방학이 끝난 이후에도 이어질 줄은 몰랐다.

'방학이 끝나면 가버릴 줄 알았건만.'

빨리 떠나라는 마음으로 몇 차례 지도도 해 줬다. 헌데, 방학 마지막 날 저녁, 레이나가 따로 찾아온 적이 있었다. 대뜸 방문한 그녀는 무언가가 포장되어있는 큼지막한 덩어리를 건네주는 게 아닌가.

"이게 뭡니까?"

"각종 육류 세트입니다."

앞으로도 잘 부탁한다며 그걸 건네준 뒤, 정중한 인사와 함께 여관으로 돌아가 버렸다. 이후 설마 하는 마음으로 알아보니, 이미 여관에 1년치 계약금을 지불했다고 한다.

뒷목이 뻐근해 졌다고나 할까.

아무래도 아직 그녀는 떨어질 마음이 없는 모양이었다.

고개를 휘휘 흔든 제튼이 잠시 휴식도 취할 겸 저 한편의 나무그늘로 걸어갔다. 그 모습을 곁눈질로 본 케빈이 슬그머니 방향을 틀더니 그에게로 오는 게 보였다.

"아직 쉬는 시간 아니다. 더 뛰어."

땀범벅이 된 케빈의 얼굴 위로 언뜻 주름이 잡히는 게 비쳤다. 비죽거리는 그의 입술을 본 제튼이 살짝 미소 지으며 그늘 아래에 주저앉았다.

그늘 속에서 가만히 더위를 식히고 있으려니, 이런 저런 생각들이 머릿속을 흔들었다. 그 중에서도 가장 크게 채우는 건 아카데미에 관한 부분이었다.

'2학기인가.'

아카데미를 떠올리자 절로 쓴웃음이 나왔다. 개학하고 벌써 3일이 지났다. 첫 날 개학식에는 모든 선생들이 출근을 해야 하는 까닭에, 그 역시 나가야만 했다. 그리고 이로 인해 쓸데없는 이야기 역시 전해들을 수 있었다.

"끄웅…… 골치 아픈 일은 사양인데."

유난히 피하고 싶은 새 학기의 시작이었다.

◆

모던 아카데미, 테룬 아카데미, 마판 아카데미.

각기 로사테인 자작령과 스테일 남작령 그리고 챠르반 남작령에 세워져 있는 교육시설들이었다.

로사테인 임시 대영주 소속의 영지 중에서, 가장 크게 발전한 세 개 영지에 아카데미가 세워진 상태였다.

그 중 모던과 테룬 아카데미는 상당한 경쟁의식을 지니고 있었다. 이는, 각 아카데미의 교장들로 인해 파생된 라이벌 구도였다.

테룬 아카데미의 교장인 아스트 어거르만 남작과 모던 아카데미의 교장인 토파스 마루단 남작. 그 둘의 티격태격하는 관계가 선생과 학생들에게도 번진 것이다.

물론 그들 개인의 부정한 마음들을 공적으로 드러내지는 않았다.

대신 두 교장은 이를 간접적으로 표현하기 위한 방편을 마련했으니, 그게 바로 아카데미 합동 축제였다.

각 아카데미의 기사학부와 마법학부의 대표들이 승부를 벌이며 선의의 경쟁을 하자.

표면상으로는 이런 의도였다.

하지만 뒤로는 그들 두 교장의 자존심 대결이라는 것, 지인들이라면 모를 수가 없었다.

원래라면 두 아카데미의 축제여야 했으나, 그들의 사적인 경쟁을 숨기고자 마판 아카데미 역시 끌어들이게 된다.

그 때문일까?

아카데미 합동 축제는 이제 겨우 2회째였으나, 그 방대한 규모로 인해서 이곳 루마니언 지방의 가장 큰 행사로 유명해지게 되었다.

합동축제는 2년에 한 번씩 열리는 것으로 합의를 보았는데, 매 회 때마다 각 아카데미별로 돌아가며 행사를 하기로 약속을 한 상태였다.

첫 번째 합동축제는 로사테인 자작령에 있는 모던 아카데미에서 벌어졌고, 두 번째인 이번 축제는 스테일 남작령에 있는 테룬 아카데미에서 열릴 예정이었다.

그런 만큼 테룬 아카데미의 분위기는 평소보다 무거울 수밖에 없었다.

테룬 아카데미의 기사학부장인 캐로 스타푼은 자신의 책상위에 놓인 공지문을 읽으며 눈살을 찌푸렸다.

루마난 축제.

세 개 아카데미의 합동축제를 지칭하는 용어로써, 이와 관련된 내용이 그 안에 빼곡하니 적혀 있었다.

'머리 아프게 됐군.'

지난 학부장 회의에서 교장이 했던 이야기가 떠올랐다.

〈다들! 잘! 해 줄 거라고 믿소!〉

믿는다 말하는 그의 두 눈에서는 섬뜩한 광기가 비쳤었다. 당연했다.

'지난 축제 때, 아주 호되게 당했다고 했던가.'

거의 모던 아카데미의 압승이었다. 덕분에 당시 축제가 끝난 뒤, 근 한 달여 정도는 아카데미 내의 모든 선생들이 교장을 피해 다니느라 바빴다.

"그래도 이번에는 1회 축제와는 다르겠지."

당시에는 아직 한창 아카데미의 체계를 세우는 와중이었다. 스테일 남작의 후원으로 제법 뼈대를 갖췄다고 하나, 로사테인 자작의 힘을 빌린 모던 아카데미와 비교하기는 어려웠다.

어쩔 수 없는 일이었다.

대영주!

비록 '임시'라는 단어가 붙는다지만, 어쨌든 인근 영지를 총괄하는 대영주가 아니던가. 그런 만큼 그 휘하의 아카데미로 더 많은 실력자들이 모여들 수밖에 없었다.

게다가 모던 아카데미의 교장인 토파스 마루단 남작 역시 만만찮은 수완가였다. 그 능력을 한껏 발휘하면서, 자작이란 미끼에 다가온 월척들을 시원스레 낚아 올렸다.

덕분에 뼈대뿐만이 아니라, 그 체계가 완성되는 것까지. 말 그대로 순식간에 이뤄질 수 있었다.

아직 미완성인 테룬 아카데미와 거의 완성되어 있는 모던 아카데미.

비슷한 시기에 아카데미를 시작했다고 하나, 그 완성도에서 이미 승부는 판가름 난 상태였다.

모던 아카데미의 압승!

그나마 다행이라면 마판 아카데미는 제압했다는 것인데, 안타깝게도 아스트 교장에게 그런 건 중요치가 않았다.

"확실히 괜찮은 성적이 나올 것 같기는 한데."

아무래도 1회 당시 모던 아카데미가 했던 것처럼, '압승'을 거두는 건 불가능했다.

'어쩔 수 없는 일이지.'

고개를 흔드는 그의 귓속으로 메아리처럼 한마디가 울려 퍼졌다.

〈믿소! 믿소. 믿소…….〉

지긋지긋한 아스트 교장의 목소리였다. 애써 그 환청을

무시하며 공지문을 접었다. 업무에 집중해서 잡념을 털어 낼 생각이었다.

잠시 서류들을 뒤적이던 그의 손에 제동이 걸렸다.

"제튼…… 반트."

그와 관련된 서류가 눈에 들어온 것이다. 절로 쓴웃음을 짓게 만드는 내용이 서류에 담겨있었다.

"교육생 7명이라……."

수업을 유지하기 위한 최소 학생 수가 10명이었다. 두 자릿수는 채워야 하는 것이다. 헌데, 그 기준마저도 채우질 못한 게 아닌가. 아카데미 내에 장난처럼 그가 잘린다는 소문이 돌고 있다는데, 이대로라면 더 이상 소문만이 아니게 될지도 몰랐다.

"하긴, 배웠던 걸 또 배우라 하니 더는 듣기 싫겠지."

제국 동검패의 기사라는 이름값도 더 이상은 내세울 수 없었다. 이미 초급검술 전문이라는 본질적인 면이 드러났으니, 누가 배우려 하겠는가.

"그래도 이 7명은 뭔가 배울게 있었다는 것이겠지."

물론, 이 역시 둘째 주까지 남는다는 가정 아래 할 수 있는 이야기였다.

학기 첫 주차 수업은 학생들이 수업에 대한 평가를 하는 기간이기도 한 탓에, 정확한 편성표를 짜려고 한다면 첫 주차 주말이 되어야 알 수 있었다.

이제 겨우 3일이 지난 시점에서 제튼의 수업에 대한 평가를 내리는 건 무리였다. 하지만 10명이라는 학생 수가 채워지지 않는다면, 결국 이에 대한 이야기가 나올 것이 분명했다.

"어찌한다."

이대로라면 제튼의 수업이 폐지가 될 것이다.

그의 검지가 가볍게 책상을 두드리기 시작했다. 고민을 할 때면 간간히 나오는 버릇이었다.

'잘라 버리자니 교장 형님의 눈치가 보이고.'

물론 그의 독단으로 자르지 못할 이유는 없었다. 어쨌든 기사학부장이라는 그의 위치가 있기 때문이다.

'하지만…… 뭔가 숨겨진 게 있을 것 같단 말이지.'

제튼에게 기대를 걸고 있는 건 아스트 교장만이 아니었다. 그나 교장이나 처음에는 제국 동검패의 기사라는 부분에 끌렸으나, 제튼이란 사내를 제법 대해본 결과 그것만이 전부가 아니라는 걸 본능적으로 감지해 낼 수 있었다.

'겨우 한 학기 만에 그 숨겨진 것들을 끄집어내기는 어렵겠지.'

확실히 하기 위해서라도 이번 학기까지는 그를 붙잡아 놓을 필요가 있었다. 고민을 거듭할수록 바빠지던 그의 손가락이 돌연 멈췄다.

"어쩔 수 없나."

한숨을 푸욱 내쉰 그가 서랍을 뒤적이더니 몇 장의 서류를 꺼내들었다. 그 숫자는 정확히 3장 이었는데, 학생들과 관련된 기록이 적힌 일종의 인명부였다.

스페론 마하름. 베일 사카야. 마칸 아룬.

그와 자그마한 인연이 있는 지인들의 아이들이었다.

"이 아이들을 넣어서 메꾸는 수밖에."

이들 외에도 몇몇 아이들이 더 있었으나, 그 중에서 신입생은 이들 세 명 뿐이었다. 지인들에게 따로 언질을 넣어둔다면 아이들의 불만도 어느 정도는 커버할 수 있을 것 같았다.

애초에 신입생인 탓에, 필수적으로 배워야 하는 초급검술 수업이 따로 있었다. 그런 만큼 제튼의 수업은 똑같은 걸 두 번 들으라는 것과 다를 게 없는 격이었다.

"기왕 배우는 거, 좀 더 철저히 배운다고 생각하면 되는 것이지."

내심 이런 식으로 지인들을 설득하기로 한 뒤, 아이들의 이름을 제튼의 수업표에 적어 넣었다. 조금은 제멋대로라고 할 수 있으나, 어쩌겠는가.

기사학부장!

직함이 깡패인 것이다.

이내 만족한 듯 고개를 끄덕인 그가 가볍게 기지개를 폈다. 한 건 해결했다는 기분이었다. 기분 좋게 서류를 한 쪽으로 치우자, 그 밑으로 고이 접어놓았던 공지문이 보였다.

"끄응……."

다시금 머리가 복잡해졌고, 두 손은 습관적으로 밀어냈던 서류로 향해 있었다.

❀

제튼의 수업은 지난 학기와 마찬가지로 금요일 오후로 조정이 되어 있었다. 그가 원한 바도 있었지만, 애초에 다른 시간대에 비는 자리가 없기도 했다.

어쨌든 그는 교사들 중 막내의 위치가 아니던가. 게다가 시간제 강사로써 수업을 하는 까닭에, 수업 시간표에 대한 선택권이 거의 없었다.

"휘유…… 확실히 개학을 하긴 했나 보네."

수업을 위해 오랜만에 아카데미를 찾은 제튼의 시야로 북적거리는 사람들이 보였다. 학생들이 등교를 시작하면서 아카데미 거리 가득 사람들로 넘쳐나고 있었다.

'뭐, 그래도 개학식 정도는 아니지만.'

그날은 정말 발 디딜 틈이 없을 정도로 사람들이 가득했었다.

"이렇게 많은 사람들은 처음 봐요."

품 안에서 들려오는 음성에 제튼이 시선을 내렸다. 메리가 그의 품 안에서 눈을 반짝이고 있는 게 보였다. 바로 뒤편으로는 케빈이 따르고 있었다.

"혹시 먹고 싶은 건 없니?"

제튼이 노점상을 바라보며 그리 묻자, 메리가 고개를 흔들며 대답했다.

"저는 괜찮아요."

말과 달리 입가에 흐르는 침이 눈에 띄었다. 참고 있는 것이다. 어린 아이가 욕구를 통제하며, 인내하는 법을 먼저 배웠다고 생각하자 괜히 입맛이 썼다.

"여기 와플 하나만 주십시오."

메리의 머리를 한 차례 쓰다듬어 준 제튼이 먹거리를 집어 들었다. 그 모습에 메리가 깜짝 놀라 쳐다보는데, 제튼이 시원하게 한 입 베어 먹으며 물었다.

"아저씨 혼자 먹기에는 좀 큰데, 같이 좀 먹어줄래?"

잠시 주저하던 메리가 조심스레 고개를 끄덕이는 게 보였다. 작게 조각내어 입에 문 제튼이 남은 덩어리를 메리에게 건넸다. 그러자 메리는 이를 또 반으로 쪼개는데, 뒤따라오는 케빈에게 주기 위한 것이었다.

대충 예상하고 있던 제튼이었으나, 그래도 기특한 마음이 들어 한 차례 더 메리를 쓰다듬어 주었다.

잠시 그 달콤함의 유희에 빠져 있는 사이, 어느새 그들은 아카데미 정문에 도착해 있었다. 그를 알아본 경비가 다가오며 물었다.

"이 아이들은 누구입니까?"

제튼이 어색하게 웃으며 대답했다.

"가족입니다."

잠시 경비가 갸웃거렸으나, 이내 고개를 끄덕이더니 몇 가지 서류를 작성하게 한 뒤 통과를 시켰다.

아카데미 내부는 개학식과 같은 특정일을 제외하면, 교직원과 학생들만 출입이 가능했는데, 그 중 교직원의 가족 같은 경우는 정규 절차만 지키면 얼마든지 통과가 가능했다.

'여지없이 애 아빠라고 생각했겠지.'

정문을 통과하는 제튼의 머리위로 조금 전 경비의 표정이 떠올랐다. 케빈과 메리를 그의 아이들로 보는 느낌이었다. 쓴웃음을 지은 제튼이 시선을 이러저리 내돌렸다.

'어디였더라.'

아카데미에서 교사 일을 하고 있다고는 하나, 칼같이 수업만하고 나오는 경우가 대부분이었다. 그러다보니 아직 아카데미 구석구석까지는 알지 못했다. 다행히 길 중간에 표지판이 세워져 있었다.

"기사학부로 가는 게 아니었습니까?"

문득 등 뒤에서 들려온 질문에 제튼이 돌아보자, 케빈이 저 반대쪽의 표지판을 가리키고 있는 게 보였다. 그 손끝에 걸린 표지판에는 '기사학부' 라는 글자가 적혀있었다.

'관찰력도 좋네.'

짧게 실소한 제튼이 고개를 흔들면서 물었다.

"오늘 여기 왜 왔게?"

케빈이 잠깐 주저하는가 싶더니 조심스레 답했다.

"기사학부 구경과 검술수업 참관을 시켜주시려는 것 아니십니까?"

"푸풉!"

짤막하니 웃음을 흘린 제튼이 이내 황당하다는 얼굴로 케빈을 바라봤다.

"전에도 말했지만, 넌 아직 한참은 더 뛰어다녀야 할 때다. 수업참관은 무슨. 게다가 그럴 거였으면 메리는 왜 데리고 왔겠냐."

어쩐지 출발할 때부터 조용하다 싶더니, 멋대로 오해를 하고 있던 모양이었다. 제법 기대를 했던 것인지, 제튼의 이야기에 적잖은 실망감을 드러내는 게 보였다.

"뭐, 그래도 겸사겸사. 온 김에 수업참관도 시켜주마."

원래는 레이나에게 맡기려고 했으나, 케빈의 실망한 모습에 일정을 살짝 바꾸기로 했다. 과연, 케빈의 얼굴이 급속도로 밝아지고 있었다.

"오늘 여기를 찾은 이유는 메리 때문이다."

여동생의 이야기가 나오자 케빈의 밝아지던 얼굴이 빠

르게 굳어졌다. 출발 할 당시만 해도, 메리 혼자 둘 수 없어서 데려간다고 여겼었다.

홀든과 케나는 일을 하러 나갔고, 포나 역시 아카데미 수업으로 아침 일찍 등굣길에 올랐기 때문이다. 평소처럼 프릴이나 펠다에게 맡기지 않는 게 조금 의아스럽긴 했으나, 아카데미에 간다는 생각에 그 부분은 금세 잊어버렸다. 어차피 함께 있는 것이니만큼, 문제될 게 없다고 여긴 것이다.

'다른 이유가 있다고?'

케빈이 긴장한 표정으로 제튼을 올려다봤다.

"테룬 아카데미 내에 있는 치료실을 이용할 생각이란다."

"……치료실이요?"

"그래. 교직원은 공짜로 이용할 수 있는데, 이참에 메리 몸 상태를 좀 확인할 생각이다."

테룬 아카데미가 모던 아카데미 보다 확실히 뛰어나다고 할 수 있는 것, 그게 바로 '치료실'의 존재였다.

초창기 모던 아카데미가 이미 체계를 완성하던 무렵, 테룬 아카데미는 겨우 뼈대만 갖춘 정도로써, 확연히 뒤처진 모습을 보여줬었다.

이에 아스트 교장은 조금이라도 모던 아카데미를 압도하기 위한 방법을 구상했고, 그렇게 해서 '발견'한 것이 바로 치료실이었다.

물론, 치료실은 모던 아카데미에도 존재했다. 이는 대부분의 아카데미마다 필수적으로 지켜지는 사항으로써, 일반적인 학문 외에도 기사와 마법사도 함께 교육하는 곳이니만큼, 다양한 사건사고를 대처하기 위한 방편이었다.

그렇다면 무엇이 모던 아카데미를 압도했는가.

"이곳 테룬 아카데미에는 '신관' 님이 계시단다."

바로 이것이었다. 치료사의 존재로 인해 각종 부상들을 미연에 방지할 수 있는 것은 사실이다. 하지만 그것이 신의 가호만큼 대단할 수는 없었다.

최상급의 치료사는 어지간한 신관들마저 압도하는 치유술을 가졌다고 하나, 대개는 신관들의 성력이 더 월등한 것은 어쩔 수가 없었다.

바로 이 '신관'을 모시는 부분에서 테룬 아카데미는 모던 아카데미를 압도할 수 있었다. 대부분의 아카데미는 치료사들만으로 치료실을 꾸리기 때문이다.

아무래도 신관을 끌어들인다는 건, 신전에도 각종 기부를 해야 한다는 부담감이 있는 까닭에, 쉬이 선택할 수 있는 부분이 아니었다.

제국 아카데미 사업으로 이전에 존재했던 귀족들의 아카데미라면 모를까, 그 이후에 만들어진 아카데미에서 신관을 보기는 쉽지 않은 일이었다.

'어쨌든 치료사는 싸니까.'

특히, 신전과 달리 치료사들은 아직 그들만의 토대가 확실하게 마련되어 있질 않았다. 치료사 길드가 있기는 했으나, 그 역사가 15년 정도 밖에 안 되는 까닭에, 아직은 발언권이 약했다.

'쯧! 이것도 결국 천마 그놈의 잔재인가.'

제국전쟁을 시작으로 치료사들이 부각되기는 했으나, 과거에도 그들은 분명 존재해왔었다. 하지만 안타깝게도 신관들이 득세하는 세상이다 보니, 그들의 존재감은 희미할 수밖에 없었다.

'게다가 지식도 부족했지.'

그런 치료사들에게 천마가 손을 내밀었다. 그리고 지식을 전수했다.

천마 왈!

〈약육강식! 내가 사는 세상의 법칙이다.〉

때문에 기본적인 의술 정도는 알아야 하는 것이다.

'자기 목숨은 자기가 간수해야 한다고 했던가.'

그렇게 무림에서 쌓은 지식들이 치료사에게 전해졌다. 제국은 이를 토대로 치료사들을 양성한 뒤, 그들을 통해 전쟁의 양상을 더욱 유리하게 이끌어갔다.

상당수의 치료사들이 이때에 탄생했다.

하지만 너무 급하게 키운 것인지, 뿌리가 얕았다. 길드의 힘이 약한 이유도 여기에 기인했다.

인원은 많다. 하지만 깊이가 없다. 진정으로 뛰어난 치료사들의 숫자는 사실, 몇 되질 않았다. 게다가 그 안에서 서로 밥그릇 싸움을 하느라 정신들도 없으니, 신전의 신관들을 넘어서는 건 한참이나 먼 이야기일 뿐이었다.

그래도 한 가지는 확실히 할 수 있었다.

'가격대비 효율은 제법 괜찮지.'

신관들과 비교한다면 확실히 저렴했다. 그 때문에 대부분의 아카데미가 치료사들을 배치하고 있는 것이다.

그 반대로 비싼 신관들의 경우에는 찾아보기가 힘들었는데, 이는 모던 아카데미 역시 마찬가지였다. 로사테인 자작이 도움을 준다면 불가능할 이유는 없으나, 그 일이 말처럼 쉬운 게 아니었다.

'테룬 아카데미는 그런 면에서, 확실히 혜택을 많이 받았지.'

스테일 남작의 적극적인 지원이 있었다. 이는 아스트 교장과 스테일 남작의 개인적인 친분 역시 적잖게 발휘된 결과이기도 했다. 영주의 스승이면서 부친의 친우였다는 위치를 가차 없이 남용한 것이다.

고개를 끄덕이며 걸음을 옮기는데, 뒤편의 기척이 멀어지는 게 느껴졌다. 뭔가 싶어 돌아보니 케빈이 멈춰 서 있는 게 아닌가. 그가 제튼을 바라보며 물었다.

"신관…… 님이요?"

그리 묻는 케빈의 얼굴 위로 조금씩 그늘이 내려앉기 시작했다. 제튼은 그 기분을 짐작할 수 있었다. 케빈과 메리의 과거를 알고 있는 까닭이었다.

메리는 치료할 수 없다!

과거 '신관'이 내려놓은 결론이 아니던가. 그 충격으로 아이들의 모친은 크게 앓다가 결국 숨을 거두기까지 했다. 애초에 치료사가 포기해서 신관에게 데려갔다. 헌데 신관마저도 늦었다며 고개를 저었으니, 그게 심적 타격을 준 것이다.

'아픈 기억이겠지.'

제튼이 뒤돌아 다가가더니 케빈의 머리를 쓰다듬으며 말했다.

"혹시 모르니까. 한 번 더 신관님을 만나보자."

그 따뜻한 손길과 부드러운 음성에 힘을 얻었음인지, 케빈이 이를 앙 다물며 고개를 끄덕였다. 여전히 두려워하는 기색이 있었지만, 그건 어쩔 수 없었다. 이만큼이라도 마음을 다잡아준 게 어디겠는가. 한 차례 미소를 지어보인 제튼이 품 안의 메리를 내려다봤다.

제튼과 케빈의 무거운 분위기에 위축되어 있는 게 보였다.

가만히 등을 두드려주자 아이의 긴장감이 살짝 풀어지

는 게 느껴졌다. 어느 정도 기분이 풀린 것인지 커다란 눈
으로 그를 올려다보는데, 그 초롱초롱한 눈빛에 언뜻 맺혀
있는 불안감이 가슴을 아프게 만들었다.

케빈에게 보여줬던 그 미소를 메리에게도 비쳐주자, 그
제야 불안감을 털어내며 활짝 웃는다.

"걱정 마렴. 잘 될 거야."

고개를 끄덕이며 그 등을 재차 두드려 주었다.

치료실의 신관을 마주하고, 제튼은 자신의 선택을 크게
후회해야만 했다.

'하이 프리스트?'

이런 촌동네 영지로 파견 온 성직자에게서 무려 대신관
급의 성력이 느껴지는 것이 아닌가.

'아니…… 대신관급도 넘어섰나.'

깜짝 놀랐다. 그리고 이런 기분은 그와 마주하고 있는
신관 역시 마찬가지 인 듯, 눈을 동그랗게 뜨며 그를 쳐다
보고 있었다.

올해로 한 70대 쯤 되었을까? 얼굴 위로 세월의 흔적이
그득한 노신관이었는데, 언뜻 비치는 기세만 봐도 참으로
맑고 깨끗한 것이, 딱 한 단어밖에 떠오르질 않았다.

'진짜배기다!'

지닌바 성력의 양은 대신관급이다. 하지만 그 안에 담긴

순수함은 감히 성녀와도 비견될 정도였다.

'누구지?'

침을 꼴깍 삼키며 노신관을 바라봤다.

한편, 노신관 역시 제튼이 지닌 힘의 편린을 느낀 상태였는데, 그 때문인지 제튼과 똑 닮은 표정으로 그를 마주보고 있는 중이었다.

하지만 이내 양쪽 다 정신을 차린 듯, 애써 표정을 가꿔내며 입을 열었다.

"어쩐…… 일로 찾아오셨습니까?"

먼저 입을 연 것은 노신관이었다. 제튼이 그 물음에 품 안의 메리를 보여줬다.

"이 아이를 치료하려고 하는데, 살펴봐 주실 수 있겠습니까."

고개를 끄덕인 노신관이 메리를 받아 상태를 살피기 시작했다. 그 모습을 물끄러미 바라보는 제튼의 미간 위로 자그마한 주름이 잡혔다.

'쯧! 실수했네.'

상상도 못 한 일이었다. 밀러 베인이라는 열풍을 피해냈더니, 또 다시 이런 복병이 기다리고 있을 줄이야. 아찔한 순간이었다.

'뭐, 볼 게 있다고…… 그것도 무려 대신관이. 끄응!'

하지만 이내 그럴 수도 있겠다며 고개를 끄덕였다.

'저 정도로 깨끗한 기운이라면, 오히려 성국에 있기가 힘들려나.'

그래도 한때나마 제국 정점에 있던 자로써, 각 국가의 어두운 이면들을 제법 잘 알고 있었다. 성국 역시 이런 음침한 부분들이 존재했다. 이를 토대로 생각해 본다면, 노신관은 성국의 본진과는 어울리지 않았다.

'그나저나 큰일이네.'

조금 전 노신관의 눈빛이 걸렸다.

'내 힘을 엿 본 것 같은데.'

마스터라 해도 그의 힘을 읽어내지 못한다. 이미 오래전에 그 힘이 자연스레 지워지는 경지에 오른 까닭이었다. 헌데 노신관은 그 비좁은 틈을 뚫고서 기운을 읽어냈다.

일부라고 할지언정 그의 속을 훔쳐봤다는 건 정말 놀라운 일이었다.

'보통 신관이 아니야.'

새삼 후회가 밀려왔다.

'그냥, 내가 치료할 걸 그랬나.'

힘을 감추고자 신관을 찾은 것이다. 헌데, 도리어 그 정체를 들킬 판국이었다.

일부러 메리의 상태를 적정선까지만 회복시켰다. 이후는 아카데미의 신관들을 통해서 치료해야 자연스러울 것 같았기 때문이다.

케빈에게 내어놓을 변명거리도 준비해 놨었다.

〈메리를 살폈던 신관의 실력이 부족했던 모양이다.〉

약간은 억지 같았으나, 전혀 틀린 이야기도 아니었다. 수준이 낮은 신관들의 경우에는 오히려 치료사들보다 못한 경우도 빈번한 까닭이었다.

그러면서 아카데미의 신관 수준이 대단하다고 이야기를 하려 했다.

'거짓으로 꾸민 상황이 진짜가 되게 생겼네.'

눈앞의 노신관은 정말 대단하다는 말 밖에 안 나올 정도로 뛰어났다.

'미치겠네.'

왠지 모르게 속이 쓰려왔다. 대체 이 신관은 누구일까? 고민을 거듭하고 있을 무렵, 메리의 진찰을 끝낸 노신관이 그에게로 다가왔다. 어느새 메리는 잠이 들어 있었다. 노신관이 아이를 건네며 말했다.

"상태가 많이 안 좋군요."

뒤편에서 대기 중이던 케빈의 표정이 굳어졌다. 과거의 악몽이 떠오른 까닭이었다. 하지만 이어지는 내용이 과거와는 달랐다.

"하지만 다행히도 신의 가호가 닿을 것 같습니다."

"아!"

케빈이 짤막하게 탄성을 내질렀다. 노신관의 말뜻을 알

아먹은 것이다.

"제…… 제 동생이 나을 수 있는 건가요?"

빙긋이 웃은 노신관이 고개를 끄덕였다.

"……아아아!"

케빈의 두 눈 위로 굵직한 물방울이 맺혔다.

"감사합니다. 감사합니다."

그러더니 대뜸 자리에 엎드리며 절을 하기 시작했다. 그 모습에 노신관이 다가와 케빈을 일으켰다.

"잠시, 동생을 살펴주겠니. 나는…… 여기 아버님과 이야기를 좀 나눴으면 하는데. 괜찮겠지?"

"아…… 알겠습니다."

메리의 치료가 가능하다는 사실 때문에, 노신관이 제튼을 칭한 '아버님'이라는 단어는 귀에 들어오지 않았다.

"제 방에서 말씀 좀 나눌 수 있겠습니까?"

난감한 표정을 지어보이던 제튼이 이내 할 수 없다는 듯, 케빈에게 메리를 건네며 대답했다.

"가시죠. 후……."

하지만 그 말끝에 조그만 한숨을 감추기는 어려웠다.

치료실 건물 한편에 세워진 자그마한 기도실.

남작령 내에 신전이 없는 까닭에, 아카데미 측에서 신관들을 위해 마련한 장소였다. 노신관의 방은 그 기도실 가장 안쪽에 자리해 있었다.

"바름 차 한 잔 하겠는가? 아, 말은 편하게 해도 되겠지?"

'이미 놓고서는 무슨…… 쿵!'

"예. 편하게 하셔도 됩니다."

제튼은 그 속마음과는 달리 최대한 밝고 부드러운 모습으로 대답했다. 노신관이 차를 준비하면서 슬쩍 말문을 열었다.

"정말 많이 놀랐다네."

"……무슨 말씀이신지?"

"내 비록 대단한 명성을 지니지는 못했으나, 그래도 40년이 넘는 세월을 유랑하며 많은 실력자들을 봐 왔다고 생각하네. 그 중에는 대륙의 별이라고 불리는 마스터들도 몇 있었지."

거기서 잠시 이야기를 멈춘 노신관이 제튼에게로 시선을 건네며 물었다.

"자네는 누구인가?"

방 안으로 묵직한 정적이 내려앉았다.

"후우……."

제튼이 침묵을 밀어내려는 듯, 깊은 한숨과 함께 입을 열었다.

"저야말로 깜짝 놀랐습니다."

조금 전, 노신관의 이야기를 통해 그의 정체를 파악해낼 수 있었다.

"설마 '방랑사제'라고 불리는 '대' 수행자께서 이곳에
계실 줄이야."

방랑사제.

젊은 나이에 성국을 박차고 나와 대륙을 떠도는 '고행
의 길'에 오른 이였다. 보통 5년만 해도 길게 했다고 하는
고행의 길이었건만, 그는 이 생활을 무려 40년이 넘도록
지속해오고 있었다.

워낙 오지로만 돌아다니는 까닭에 그 명성이 알려지지
않았다고 하는데, 실질적인 이유는 따로 존재했다.

'일찍이 성국의 이면을 보고, 그들을 부정해 버렸지.'

성국의 수뇌부와 뜻을 달리하는 까닭에, 성국 내에서 자
체적으로 그 이름을 감추는 것이었다. 이미 신관을 넘어
대신관의 위치에 올라도 이상할 게 없건만, 여전히 '사제'
라 불리는 이유도 거기에 있었다. 일부러 품계를 높여주지
않는 것이다.

'하지만 몇 안 되는 진짜배기 성직자지.'

대신관 그 이상 가는 순정한 기운이 그 증거였다.

"허헛! 나를 알고 있군."

노신관의 눈에 불이 들어왔다.

'아차!'

그 순간 제튼은 자신의 실수를 깨달았다.

'아는 척을 하면 안 되는 것을……'

방랑사제라는 별칭을 얻었다고 하나, 이 사실을 아는 건 그리 많지가 않았다. 이 부분 역시 성국 수뇌부의 힘이 작용한 까닭이었다.

말인 즉, 방랑사제라는 별칭을 안다는 건 두 가지를 뜻했다.

'그를 만났거나, 특수한 위치에 있거나.'

첫 번째 경우는 해당되지 않는다. 결국 두 번째라는 소리였고, 이는 제튼의 위치가 범상치 않았음을 시인하는 것과 같았다.

'으음……'

갑작스런 최고위 대신관급의 등장, 그리고 그 정체가 방랑사제라는 충격. 이 절묘한 조합에 잠시 정신줄이 가출을 했던 모양이었다.

연달아 이어지는 실수의 향연에 저절로 주름살이 일어났다.

"어쩌다 보니…… 알게 됐습니다."

그리 말하며 슬쩍 눈치를 봤다. '설마 그 말을 믿어주라는 건 아니겠지?' 라는 표정으로 노신관이 쳐다보고 있었다. 혹은 '농담인가?' 처럼 비치기도 했다.

"고행은…… 끝나셨습니까?"

슬쩍 화제전환을 위한 운을 띄워봤다.

"내일 모래면 일흔이네. 이 나이에 빨빨거리고 돌아다니라는 건가. 그보다 내 질문에는 답을 안 해주나?"

누구냐고 너!

'아…… 마음의 소리가 들린다.'

정말, 돌아버릴 지경이었다.

긴 침묵, 하지만 실제로는 서너번 정도 호흡을 고를 정도의 시간밖에 지나지 않았다. 그 짧으면서도 아득한 정적속에서 기가 막힌 정답을 골라냈다.

"제튼 반트! 기사학부 시간제 강사직 일을 하고 있는 기사입니다."

그리고 또 다시 이어지는 침묵.

뭐지 이놈은? 제정신인가? 대충 이런 감정이 노신관의 눈빛위로 떠올랐다.

당연했다.

누구냐고 물은 질문이 원한 건, 결코 이런 대답이 아니기 때문이다. 게다가 열심히 머리를 굴려서 내어놓은 답안지가 이 따위라니. 어찌 황당하지 않겠는가.

'아오. 미치겠네.'

속된 말로 X팔렸다. 하지만 어쩔 수 없었다.

'모르오! 나는 아무것도 아는 게 없소.'

이왕 이렇게 된 거, 아주 제대로 시치미를 뗄 생각이었다.

"재미있군. 그렇게 나오시겠다?"

'그런 건 속으로 말씀해 주시지요.'

"그래. 자네 이름으로 한 때 제법 귀가 시끄러웠었지. 제
국 동검패의 기사라며 제법 유명했었으니까. 뭐, 듣자 하니
엉터리네 뭐네 하면서, 결국 1학기말 무렵에는 안 좋은 소
문으로 끝을 맺었지만 말이야…… 이제 보니, 그것도 다 자
네가 꾸민 일인 것 같군."

'그러니까. 그런 혼잣말 같은 이야기는 제발 속으로 좀
하시라고요.'

심정과 달리, 제튼은 어깨를 으쓱거리며 만점짜리 표정
연기를 해 보였다.

'나는 모르오.'

여기서 고갯짓도 가볍게 한번 해 주면 좀 더 완벽한 포
장이 될 것이다. 하지만 이미 알만큼 아는 사이에서 이뤄
지는 포장은 오히려 역효과만 발휘할 뿐이었다.

더욱더 짙어진 의심의 눈초리가 제튼에게로 쏟아졌다.
노신관은 태도를 바꾼 듯, 말 보다는 침묵으로 대화보다는
눈빛으로 제튼을 압박하기 시작했다.

'……마르한 케메넨스.'

제튼은 노신관의 이름을 떠올리며 작게 한숨을 내쉬었
다. 아무리 생각해봐도 노신관, 마르한을 대충 상대하기는
어려울 것 같았다.

성국의 방해로 그 명성을 크게 떨치지는 못했다고 하나, 그래도 방랑사제라는 별칭이 붙을 정도의 인물이었다.

"모른 척 해주실 수는 없겠습니까?"

"그리 묻는 걸 보니, 확실히 뭔가 있기는 하나 보군."

"아니라고 해도 안 믿어주실 거잖아요."

당연했다. 제튼이 지닌 힘의 편린을 봐 버렸다. 감추기에는 이미 늦은 것이다.

"자네 부탁을 들어주려면, 아스트 그 친구를 속여야 하는데. 허허!"

그 순간 제튼의 머릿속으로 한 가지 의문이 해결됐다. 그래도 혹시나 하는 마음으로 확인 절차를 거쳤다.

"교장 선생님과는 어떤…… 관계이신지요?"

"내게는 몇 안 되는 친구지."

'역시!'

그 정도 되는 고위급의 신관이 왜 이런 구석진 영지에 와 있는가 싶었는데, 그게 다 그만한 이유가 있던 것이다.

"많이…… 친하신 모양입니다."

"그렇지 않고서야. 내가 한 군데에 뿌리를 내릴 이유가 없지 않은가."

괜히 방랑사제가 아니다. 무려 40년을 넘게 유랑하던 그가 한곳에 정착할 정도라면, 결코 가벼운 사이가 아닐 것이 분명했다.

"뭐, 사실은 나이 때문에라도 슬슬 자리를 잡으려고 생각하고 있었지."

그의 나이도 어느새 68세에 이르렀다. 신의 가호가 함께 한다고 하나, 기본적으로 그는 육체를 사용하는 성기사가 아닌, 일반 사제일 뿐이었다. 그의 노구로 무리한 고행길을 감당하는 것도 슬슬 한계였다.

"다시 묻겠네. 자네는 누구인가?"

끈질긴 질문에 제튼이 절레절레 고개를 흔들었다.

"그저…… 조용히 살고 싶은 퇴역 기사라고 하면 안 되겠습니까?"

마지막 질문을 던지는 그 순간, 그 때만큼은 피하려고만 하던 마르한의 시선을 당당하게 마주하고 있었다.

"……결국, 소중한 친우에게 비밀을 만들라는 거로군."

"죄송합니다."

정중히 고개를 숙여보였다. 할 수 있는 건 정말로 이것밖에는 없었다.

'잡술 따위가 먹힐 상대가 아니니까.'

정신조작을 하는 환술들이 몇 가지 있기는 하나, 마르한 정도 되는 성직자에게는 통할지가 미지수였다. 워낙 순정적인 성력을 품고 있는 까닭에, 어설피 환술을 걸었다가는 역으로 자신의 패만 하나 더 까발리는 셈이 될 수도 있었다.

때문에 비장의 수법을 사용하기로 했다.

'환술을 넘어서는 궁극의 환술이라고 했던가.'

〈묵직하게 진심을 던져! 받는 놈이 혹하게.〉

과거, 무림에서 이걸로 '소림'이라고 부르는 그곳의 고위신관들 여럿 벗겨먹었다고 들었다.

'사람의 감정으로 만든 일이니만큼, 유통기한이 있다고도 했었지.'

상관없었다. 한 번만 넘어오면 충분하기 때문이다.

〈나머지는 그때그때의 임기응변으로 충분한 거니까.〉

슬슬 상념을 걷어냈다. 이제는 바닥으로 향했던 고개를 다시 제자리로 돌릴 때였다.

'오로지 진심을……'

이 순간을 평안히 보내고 싶다는 그의 마음을 갑옷처럼 전신에 두르고, 눈빛에 걸쳤다. 그렇게 마르한을 바라봤다.

"거 참. 연기가 제법일세 그려."

'끄응…… 그럼 그렇지.'

계획이라 여기는 순간, 이미 그 안에 담긴 진심이 흐려질 수밖에 없었다.

'그 놈이 정말 난놈은 난놈이야.'

새삼 천마의 '진심' 조작능력이 대단하다고 여겨졌다.

"그래도 얼추 전해지는 건 있군."

45

마르한이 빙긋 웃으며 제튼을 바라봤다.

"이해해 주시는 겁니까?"

"한동안 관찰을 좀 하겠네."

"관찰이라 하시면?"

"자네에 대해서 아는 게 없는데, 무조건 감출 수는 없지 않은가. 자주 얼굴도 보고 이야기도 나누면서 좀 알아 봐야겠네. 그래야 이후를 논할 수 있을 것 아닌가."

두고두고 괴롭히겠다는 소리로밖에 안 들렸다.

"그러니 아카데미에 올 때면, 나와 가볍게 차 한 잔씩 나누고 갔으면 좋겠군."

"후…… 신관님 뜻대로 하지요."

그 말에 재차 웃어 보인 마르한이 차를 건네며 말했다.

"상등품의 바름 차는 아니지만, 그럭저럭 먹을 만은 할걸세. 그리고 내 비위를 맞추려고 굳이 '신관'이라고 할 필요는 없네. 어쨌든 내 품계는 아직 갓 수련사제를 벗어난 정도이니까."

"아핫! 눈치 채셨습니까."

"대놓고 아부하는데 모를 수가 있나."

'눈치가 보통이 아니야.'

40년간 유랑하며 쌓아온 경험치가 상당했다.

"참고로 나는 차를 참 좋아한다네."

"……네?"

"그냥 그렇다는 거네."

"네……."

말인 즉, 찾아올 때 빈손으로 오지 말라 이거였다.

'끄응!'

치료실을 찾은 건 확실히 최악의 수였던 것 같았다.

마르한과 제튼은 정확히 차 한 잔만 더 마시고 헤어졌다. 필요한 이야기는 차를 들기 전에 다 나눴기 때문이었다.

'제튼 반트라……'

창밖으로 조금 전까지 함께하던 손님의 뒷모습이 보였다. 그 모습을 조용히 눈에 담던 마르한의 시선이 자신의 양 손으로 향했다.

조금 전, 손님과 개인적인 시간을 나누기 바로 그 앞의 시간.

그의 손끝을 파고들던 그 희미한 감각이 떠올랐다.

"작고 여린…… 아스라한 한줌의 온기."

자신을 올려다보며 생긋 웃어보이던 자그마한 여아의 미소가 떠올랐다. 주름 가득한 그의 얼굴 위로 미소가 피어나며 한층 두꺼운 주름이 새겨졌다.

"아아…… '엘 로우 힘'이시여."

조심스레 양 손을 포갠 그가 다시금 창밖으로 시선을 던졌다. 어느새 제튼은 치료실로 들어 가버린 듯, 시야에 보이지 않았다.

하지만 그럼에도 불구하고 마르한의 시선은 그곳에서
떠날 줄을 몰랐다.

어느새 잠이 든 것일까. 메이의 옆으로 케빈 역시 눈을
감고서 졸고 있는 게 보였다. 제튼은 그들 남매를 바라보
며 잠시 복잡한 기분을 느껴야만 했다.

잠시, 차 한 잔을 마시는 그 잠깐의 시간동안 아이들에
대한 이야기를 나눴다. 그로 인해 자신이 아이들의 부친이
아님을 알리게 되었다.

대략의 사정을 전해들은 마르한이 헤어지기 전 마지막
으로 남긴 말이 귀에 남았다.

〈아이들을 맡기로 한 이상, 제대로 책임을 지는 게 어떤
가.〉

조금은 뜬금없다 여겨지는 이야기였으나, 한편으로는
마음에 닿는 내용이기도 했다.

'책임이라.'

확실히 조금은 어설픈 마음으로 아이들을 받아들인 걸
지도 모른다. 하지만 그렇다고 해서 가벼운 마음으로 받아
들인 건 아니었다.

"후……."

깊게 생각하려니 머리가 지끈거렸다. 숨을 가볍게 고르

며 생각을 애써 털어내 버렸다.

'지금은 이 정도가 딱 좋다.'

어정쩡한 관계일지도 모르겠으나, 아직은 여기까지가
한계였다.

혹여 아이들이 깰까, 조심스레 두 아이를 품에 안은 제
튼이 기도실 방향을 한 번 돌아보고는 이내 치료실을 나
섰다.

◈

개학 후 첫 수업을 어찌 풀어나가야 할까?

교직을 잡았다면, 더군다나 신입 교사라면, 더없이 두근
대는 마음으로 열정을 쏟아 인상적인 첫날을 만들려고 하
는 게 보통이었다.

그리고 제튼 역시 신임교사로써 인상적인 첫 스타트를
끊었다.

"자습!"

학생들의 턱이 우루루 떨어지는 소리가 들렸다. 참으로
우스운 모습들이 연출됐다. 그러거나 말거나 제튼은 이미
연무장 한편에 엉덩이를 걸치고 있었다.

'오늘은 수업할 기분이 아니다.'

학생들 기분은 깔끔히 무시해줬다.

'첫 수업이니까 설렁설렁해도 되잖아.'

나름대로 자신을 위한 변명거리도 준비되어 있었다.

'아쉽다. 아쉬워.'

연무장 벽에 등을 기댄 제튼이 학생들의 숫자를 세며 고개를 흔들었다.

'딱 열 명이라니.'

실로 안타까운 마음이었다. 한명만 적어도 수업 폐지에 대한 안건이 나올 수 있을 것이건만, 아슬아슬 하게 최소 인원이 채워져 있었다. 마치 누군가 농간이라도 부린 것 같은 기분이었다.

제튼이 학생들 중 유일하게 정신 차리고 자습에 돌입하는 학생을 바라봤다.

'저놈이라도 때려 치라고 할까.'

그가 마음대로 조종할 수 있다 여기는 제자 쿠너였다.

'저것만 빠지면 딱 9명인데.'

하지만 이내 고개를 흔들었다. 그간 봐 왔던 기사학부장과 교장의 태도로 봐서는 겨우 1명 미달로는 어려울지도 몰랐다. 타 학부의 선생들이 목소리를 높일지도 몰랐으나, 그들에게는 문제없었다.

어쨌든 아카데미에서 손에 꼽히는 권력자들이지 않던가.

'그나저나…… 저 세 녀석 빼고는 하나같이 눈에 익은 녀석들이군.'

처음 보는 얼굴들이 3명 있었다.

스페론 마하름. 베일 사카야. 마칸 아룬.

아직까지 정신을 못 차린 채 멍때리고 있는 학생들이었다. 쿠너를 시작으로 다른 7명의 학생들은 이미 자습에 돌입한 상황이었다.

황당한 제튼의 수업태도에도 불구하고 나름대로 적응하는 모습을 보이는 7명. 쿠너를 포함해서 그들 7명은 1학기에도 제튼의 수업을 신청했던 학생들이었다. 그 덕분인지 약간이나마 제튼의 수업에 적응을 한 것 같았다.

'쯧! 뭐 볼 것 있다고 6명이나 내 수업을 따라와.'

쿠너야 그의 제자니까 신청했다고 쳐도, 다른 6명은 의외였다.

'로드만 위거, 브로안 숀, 멜루닌 다르야, 미넨 수로인, 코룬 착트, 하이반 유넨.'

학생들의 이름을 하나하나 떠올리며 그들에 대한 정보를 뒤적여봤다.

'거 참! 요상하네. 로드만과 브로안은 그래도 어느 정도 수업에 열의를 보였던 놈들이니까 이해하겠는데…… 나머지 네 놈은 내 수업과 안 맞는 녀석들이었는데.'

멜루닌과 미넨 그리고 코룬과 하이반. 이들은 1학기 마지막 수업 때까지 제튼의 방식에 불만을 품고 있던 학생들이었다.

대부분의 학생이 '복습과 나'라는 수업을 싫어했지만, 저들 넷은 그 중에서도 단연 상위에 꼽힐 만큼 그의 수업을 싫어했던 학생들이었다.

'이번 학기에는 볼 일이 없을 줄 알았는데.'

왜 저들의 수업에 들어온 것일까?

'이해 할 수가 없네.'

그렇잖아도 마르한과의 만남으로 기운이 빠져있던 그에게, 10명의 턱걸이 인원은 없는 기운을 더욱 바닥으로 치게 만들기에 충분했다.

자습을 시킨 실질적인 이유였다.

'왜? 어째서?'

네 학생의 알 수 없는 태도에 연신 고개만 갸웃거릴 뿐이었다. 그리고 이런 제튼을 은밀히 훔쳐보며 뿌듯한 미소를 짓는 학생이 있었다.

쿠너 플란.

그 역시 최소 수업 인원을 채우는데 지대한 역할을 했으니, 제튼이 의문을 품는 4인방 중 미넨과 코룬 두 학생을 반강제로 끌어들인 장본인이었다.

사실, 한 동네에서 나고 자란 친우이기에 부릴 수 있는, 아랫도리 구슬인맥이기도 했다.

'선생님을 아카데미에서 쫓겨나게 할 수는 없지!'

딱 10명을 채운 인원수를 확인했을 때, 그는 스스로에게

칭찬을 해 주고 싶은 기분마저 들었을 정도였다.

'저만 믿으십시오. 이 수제자가 어떻게든 선생님의 명예를 지켜드리겠습니다.'

검을 휘두르는 그의 얼굴위로 뿌듯한 미소가 가득 머물러 있었다.

제튼이 그 속마음을 들었더라면 목을 잡았으리라.

제튼의 수업에 열의를 보인 것도 아니며, 기사학부장의 지원도 아니고, 쿠너의 구슬인맥도 아닌 두 학생.

멜루닌과 하이반.

그 둘의 경우는 정말 의외성이 짙은 경우였다.

'가장 널널한 수업이니까.'

'대충 시간이나 때우다 가자.'

말을 안 해서 그렇지, 그들 둘은 아카데미 내에서 그 실력이 하위권에 속하는 학생들이었다.

어찌어찌 3학년까지 올라오기는 했으나, 그 이상으로 올라가겠다는 욕심이 있는 건 아니었다. 사실 그들은 아카데미 교육을 받는 것 보다는 놀기를 더 좋아했다.

둘 모두 기사 집안의 자제들로써, 부모님의 강압에 의해 할 수 없이 아카데미를 다니게 된 경우였다.

하지만 그들이 기사가 되고 싶은 건 아니었고, 상황이 이렇다 보니 도태될 수밖에 없었다.

그나마 어릴 때부터 억지로 배운 검술 덕분에 3학년까지는 통과가 가능했다. 하지만 슬슬 한계가 닥쳐오고 있었다.

'진급? 못 하면 말지 뭐.'

하지만 열정을 쏟고 싶은 마음은 없었다. 그저 지금까지 해 왔던 대로 설렁설렁 대충대충 농담 따먹기나 해 대면 족할 뿐이었다.

1학기 당시에 제튼의 수업을 들은 이유는 간단했다.

〈궁금하니까.〉

강제건 아니건 어찌됐든 기사의 길을 걷고 '는' 있었다. 제국 동검패 기사라는 소리에, 구경이나 해 보자는 생각이었다.

그런 그들이 제튼의 수업에 불평불만을 토로한 이유는 간단했다.

'그냥.'

별 이유 없었다. 친구들과 다른 학생들이 삐죽거리니까 따라한 것뿐이었다. 일종의 군중심리였다.

하지만 어찌 되었건 간에 그들은 분명 제튼의 수업에 불만을 토로하던 학생들이었다. 당연히 이 수업을 듣는 게 꺼릴 수밖에 없는 입장인 것이다.

그럼에도 불구하고 수업을 듣는 이유는 하나였다.

'적당히 놀다가 가자.'

복습과 나.

배운 것을 또 익히는 수업이었다. 이만큼 시간 때우기가 좋은 수업은 없다는 게 그들의 생각이었다. 아카데미 학생이 기본적으로 채워야 하는 최소 수업시간이 22시간인데, 그 중 2시간을 제튼의 수업으로 해결하려는 속셈이었다.

정말 말 그대로 의외성 높은 경우의 수가 걸렸고, 그로 인해 수업을 위한 최소 인원 10명이 결국 채워지게 된 것이었다.

물론 이 두 학생이 없었더라도 결국 인원은 메꿔졌을 것이다.

기사학부장 캐로.

제튼은 상상도 못 하는 복병이 숨어있기 때문이었다.

막연히 아카데미는 이럴 것이다. 라는 상상만을 해 오던 케빈은 처음으로 그 실체를 보게 되었고, 일부나마 느낄 수도 있었다.

이 잠깐의 관찰은 케빈에게 새로운 관점을 지니게 만들어 줬다.

'대단해······.'

감탄할 수밖에 없었다.

'스승님은 정말 대단한 분이었어.'

그는 아직 본격적으로 검을 배우지 못했다. 오로지 체력

훈련이라는 명목으로 뜀박질만 줄기차게 했을 뿐이다. 하지만 그럼에도 불구하고 그는 '볼' 줄 알았다.

일례로 제튼의 제자가 되기 전, 이미 쿠너의 검술을 보고 따라하던 수준이 아니었던가. 그 재능은 제튼이 깜짝 놀랄 정도로 뛰어났다. 그런 케빈의 눈이 아카데미를 살피고 지나간 것이다.

치료실을 거친 뒤, 제튼은 구경을 시켜준다며 레이나의 검술 수업을 시작으로, 몇몇 친분이 있는 선생들의 수업을 잠깐씩 참관하도록 해 줬다.

그렇게 테룬 아카데미 기사학부의 검을 보았다. 분명 대단했다. 하지만 안타깝게도 그의 눈 속에는 이미 제튼의 검이 자리를 잡고 있었다. 그리고 제튼이 인정했던 재능은 이미 그 검술에 담긴 힘, 그 완성형의 잔재를 엿본 상태였다.

기사학부 선생들이 보여주는 검과 제튼의 검이 시야를 통해 들어와 머릿속에서 어지럽게 뒤엉켰다. 그리고 이내 하나의 선이 남았다.

'스승님은 정말 대단해!'

남은 건 제튼의 검이었다.

초급검술이라 무시 받는 제튼의 검이 얼마나 놀라운 것인지 새삼 깨닫게 되었다. 같은 아카데미 교사인 레이나가 찾아와 배움을 청했을 때, 이미 그의 스승에게 뭔가 있을 거라고 여겼던 까닭인지, 놀라운 한편으로 당연하다는 생각도 들었다.

그리고 자신이 얼마나 행운아인지도 깨달을 수 있었다.

지금은 한창 제튼의 수업이 있을 때였다. 그의 수업을 들으러 가고 싶었다. 하지만 안타깝게도 그럴 수는 없었다. 아카데미 구경에 체력을 많이 소모했던 것인지, 메리가 잠이 들어버린 것이다.

그들 남매는 현재 레이나에게 맡겨진 상태였다. 그녀는 이 시간대에 수업이 없는 까닭이었다. 아카데미 정규 교사들은 각자의 개인실이 존재하는데, 남매는 그런 레이나의 개인실에서 쉬는 중이었다.

"마셔라."

문득 들려온 음성에 케빈의 시선이 올라갔다. 한 쪽에서 뭔가를 하고 있는가 싶더니 차를 달여 온 모양이었다.

"고맙……습니다."

안면이 있다고는 하나 아무래도 친해지기가 힘든 게 레이나였다.

"그래."

저 무뚝뚝한 태도로 인해서 선뜻 다가가기가 어렵기 때문이다.

그들 남매가 어리기 때문에 말을 놓는다 뿐이지, 하는 태도나 말투 등은 제튼이나 여타 성인에게 하는 것과 그다지

다를 게 없었다.

조심스레 찻잔을 들어 한 모금 입에 머금었을 때, 케빈은 적잖게 놀라야만 했다.

'달다!'

우연한 기회로 몇 차례 차를 접해본 적이 있는 그였다. 기억 속의 차들은 하나같이 쓰고 이상한 맛들 뿐이었는데, 지금 입에 담긴 이 차는 그간의 상식을 완전히 깨트리는 의외의 맛을 품고 있었다.

휘둥그레진 눈으로 차를 바라보다 레이나에게로 시선을 던졌다. 그를 위해서 일부러 이런 차를 준비해 준 것일까? 왠지 고마운 마음이 들었다. 그래서 살짝 인사를 한 뒤 다시금 단맛을 음미했다.

그렇게 차를 서너잔 정도 더 마셨을까? 슬슬 케빈의 등 뒤로 땀방울이 차오르고 있었다. 차를 마시고 있음에도 불구하고 입안이 바싹 마르는 느낌은 무엇일까?

어색한 사이에서 발생하기 쉬운 기묘한 침묵이 너무도 부담스러웠다.

"저…… 저기 레이나 기사님."

그래서 먼저 입을 열었다. 그의 부름에 레이나의 시선이 다가왔다. 침을 꼴깍 삼키며 조심스레 물음을 던졌다.

"기사님은 왜 검을 드신 거예요?"

내뱉고 보니 질문이 가관이었다.

'멍청하긴 기사니까 검을 들지.'

원래는 왜 기사가 되려했는지에 대해 물으려 했건만, 당황해서 말이 꼬여버렸다. 자신의 뒤통수를 때려주고 싶은 심정이었다.

"여자가 기사인 게 이상한가?"

다행스럽게도 레이나는 물음의 의도를 잘 파악했다.

"……불쾌하셨다면 죄송해요."

"아니, 괜찮다. 익숙한 질문이다."

검을 든 뒤로 늘 받아왔던 물음이었다. 남자도 하기 어려운 직업에 여인의 몸으로 도전한다는 것, 시선이 모이기에 충분했다.

그것도 남작가의 영애가 무엇이 부족해서 그 어려운 길을 간단 말인가.

"검작공을 알고 있나?"

"……들어는 봤어요."

하지만 정확히 알고 있지는 않았다. 그저 길거리 생활을 하던 중 언뜻언뜻 그 단어만 들은 정도였다. 먹고 살기도 빠듯했던 까닭에 사소한 이야깃거리에 귀 기울일 시간도 없었다.

"그분은 기사다."

"그런…… 가요."

그 정도는 알았다.

"여인이시다."

잠시 이해를 못했던 듯, 멍 하니 있는가 싶던 케빈의 동공이 급속도로 확장했다.

'검작공이 여인이라고?'

자세한 건 모른다. 하지만 검작공이라는 사람이 있고, 그가 기사이며, 그 실력이 제국에서도 손에 꼽힌다. 라는 것 정도는 알고 있었다.

"제국 전쟁을 승리로 이끈 주역들 중 한분이시다."

그리고 이 여인의 존재가 레이나로 하여금 검을 들게 만들었다.

"그분은 내 꿈이다."

여인의 몸으로 손에 꼽히는 강자로 거듭난 존재. 그녀의 존재로 인해 상당수의 소녀들이 검을 잡았었고, 기사를 바라게 되었다.

이전까지 여기사라는 건 일종의 환상 같은 느낌이었다.

여인의 몸으로 기사가 된다?

소설에서나 가능한 이야기라고 여겼다. 가끔씩 여인의 몸으로도 천부적인 자질을 지닌 이들이 나오기는 했다. 하지만 그녀들도 극한의 경지를 넘어 서지는 못했다.

역사상 가장 유명했던 여기사 '로판의 장미' 역시 익스퍼트 최상급에서 좌절했다고 알려져 있었다.

그 때문일까? 여자들의 육신으로는 한계가 있다는 말과

함께, 기사라는 직업은 마치 남성들의 전유물처럼 굳어져 버렸다.

이러한 편견들을 시원하게 박살내버린 존재가 바로 검작공이었다.

"그런데…… 검작공 검작공 그러시던데, 그 의미가 뭐예요?"

케빈의 물음에 레이나가 즉답했다.

"작위다."

헌데 그 답이 이상스러웠다.

'남작, 자작, 후작, 공작 말고도 작위가 있었나?'

그의 의문을 이해한 듯 레이나가 부연설명을 해 줬다.

"황제폐하께서 검작공께 전공에 맞춰 작위를 내리셨다."

그것도 무려 후작이라는 고위의 자리였다.

"하지만 검작공은 이를 거부했다."

이에 작위가 부족해서 그런 것이라 오해한 황제는 공작위를 하사한다.

당연히 귀족들이 거세게 반발하며 목소리를 높였다. 후작까지는 그들도 용납할 수 있었으나, 공작위는 너무 과하다 여겼기 때문이었다. 그때, 의외의 상황이 벌어졌다.

"검작공이 공작의 자리 마저도 거부하신 것이다."

이해할 수 없는 검작공의 태도에 황제가 그 이유를 물었다. 그 대답은 의외로 간단했다.

〈검에 집중할 수가 없기 때문입니다.〉

작위를 얻는 순간 수많은 이해관계에 얽매일 것이고, 그로 인해 집중력이 흐트러질 수 있다는 소리였다. 그러면서 한마디를 더하는데, 그게 또 가관이었다.

〈정 작위를 하사하시고 싶으시다면, 남작 정도면 충분합니다.〉

그 말에 박장대소한 황제가 결국 검작공의 뜻에 따라 남작위를 내렸다. 하지만 이때에 오갔던 이야기가 우연찮게 외부로 알려졌고, 이를 듣게 된 사람들이 그녀를 높이며 '검작'이라고 부르기 시작했다.

"검이 곧 그분의 작위라는 뜻이다."

그렇게 검작공이 탄생하게 된 것이었다.

"와…… 정말 대단하네요. 그런데, 제국에서도 손에 꼽히신다고 하시던데, 그러면 검작공께서는 역시 마스터이시겠죠?"

레이나가 힘차게 고개를 끄덕였다.

"여인으로써 역사상 최초로 마스터의 영역에 올라선 위대한 분이시다."

존경하는 이의 이야기를 하는 까닭일까? 그녀답지 않게 말이 많아지고 있었다. 게다가 중간중간 잠깐씩 드러나는 표정 속에선, 마치 십대 소녀들의 꿈결 같은 반짝임도 비처지고는 했다.

"만나 보신적은 없으세요?"

케빈의 물음에 레이나가 고개를 흔들었다.

"아직은 없다. 하지만 언제고 꼭 만나 뵙고 싶다고는 생각한다."

현 시대를 살아가는 여기사들에게 검작공은 그야말로 하늘과 같은 존재였다.

"꼭 만나 뵐 수 있을 거예요!"

"그래."

진심어린 케빈의 이야기에 가볍게 고개를 끄덕였다. 언제고 진정 경지에 이르러 여기사로써 명성을 날리게 된다면, 당당히 검작공을 찾아갈 것이다.

'언젠가는 꼭……'

다짐을 되새긴 레이나가 슬쩍 자리에서 일어나 구석으로 향했다. 그러더니 이내 동그란 통을 하나 가지고 왔다.

"먹어라."

통 안에는 쿠키라고 여겨지는 내용물이 들어있었는데, 그녀의 철벽 이미지 보호를 위해 일부러 숨겨놓은 것이었다. 조금 전 케빈의 진심어린 한마디에 가볍게 대답했다고 여겼는데, 실상은 제법 고마웠던 모양이었다.

"……잘 먹겠습니다."

감사 인사를 한 케빈이 쿠키를 꺼내 입에 물었다.

'달다!'

보통의 쿠키보다 배는 단 것 같았다. 문득 그의 머릿속으로 한 가지 의문이 떠올랐다.

'혹시…… 단 걸 좋아하는 건가?'

그를 위해 내어놨다고 여겼던 차가 사실은 그녀가 먹으려고 끓인 건 아니었을까? 하는 의심이 살짝 머릿속을 맴도는 순간이었다.

◈

아직은 여름기가 남은 태양열 때문일까? 머리가 유난히 뜨겁다. 게다가 심히 과할 정도로 속이 불타오른다.

이유가 뭘까?

"빌어먹을 여기도 없어!"

여인의 노호성이 사납게 울려 퍼지며 주변 대지를 폭풍처럼 휩쓸었다. 전신 가득 뜨거운 기세가 활화산처럼 들끓고 있었다. 그녀가 이처럼 열을 내는 까닭은 간단했다.

찾고자 하는 것이 없는 까닭이었다.

제국 북쪽을 시작으로 서쪽 그리고 남쪽까지, 제국의 외곽 영지들을 크게 돌아왔다. 그토록 먼 거리를 헤매었건만 아직도 원하는 걸 찾지 못했다.

저 멀리 도시가 하나 보였다. 조금 전까지 그녀가 수색을 했던 영지였다.

"저기도 아닐 줄이야. 남쪽의 촌동네 중에서는 가장 크게 발전한 곳이라서 내심 기대했었는데. 젠장!"

욕짓거리를 내뱉던 그의 시선이 도시를 벗어났다.

"그렇다면 이제 남은 건 동쪽인데."

절로 인상이 찡그려졌다.

"설마, 거기에도 없는 건 아니겠지?"

그렇게 된다면 제국을 벗어나야만 했다.

"그럴 리야 없겠지. 제 고향도 아니면서 제국으로 키워놓는 정신병자는 아닐 테니까."

하지만 살짝 불안감이 일었다.

"아니지. 그놈은 미친놈이니까. 어쩌면…… 으음!"

고향땅이 아닌, 타국에서 검을 들었을지도 모른다. 하지만 애써 생각을 멈췄다. 그런 상황이 오면 결국 제국에서 한 수색이 헛짓거리가 되는 까닭이었다.

"제국이 고향일 거야. 고향이어야지. 절대로!"

무조건 그래야만 한다는 얼굴로 하늘을 향해 목소리를 높였다. 마치 하늘을 향해서 부탁 혹은 협박이라도 하는 느낌이었다.

잠시 더 하늘을 향해 투덜대던 그녀가 입술을 비죽이며 품 안을 뒤적이더니, 이내 손바닥 크기의 철판을 하나 꺼내들었다.

그것은 통신을 가능하게 해 주는 마법물품이었다. 게다가 영상전송도 가능했다. 기존에는 대형 수정구를 통해야 가능하던 걸, 전쟁을 거치면서 휴대성을 살리고자 크기를 줄이는 연구를 했고, 그렇게 성공한 것이 바로 이 손바닥 사이즈의 철판이었다.

철판처럼 보이지만 실제로 철은 아니었다. 금보다 귀하다는 미스릴을 통으로 사용하고 거기에 마정석이라는 고급의 마법재료를 이용해서 완성시킨, 말 그대로 돈 먹는 괴물이었다.

가격대비 효율성이 떨어지는 것 같지만, 휴대가 용이하다는 이유 때문에 전쟁에서 특수 임무시 필수 물품으로써, 그 역할을 톡톡히 하며 가치를 증명했다.

"라 바란 트루아."

주문을 외우자 통신기 위로 옅은 빛이 흘렀다. 그러더니 이내 굵직한 음성이 터져 나왔다.

"거…… 검작공을 뵙습니다."

철판 위에는 어느새 산적처럼 생긴 험악한 사내의 얼굴이 떠 있었는데, 조금 전 목소리는 그의 것인 듯싶었다.

여인, 검작공이 사내를 바라보며 말했다.

"조사하란 거 다 끝났냐?"

"옙!"

"씨부려봐."

사내는 검작공이 필요에 의해서 만든 정보원이었다. 험악한 인상 때문에 육체파로 보이지만, 의외로 두뇌 활성화가 잘 이뤄진 정보계열의 고급인력이었다.

"제국 동부 지역에서 급성장을 한 지방은 푸르페돈, 제르남도, 람파만, 루마니언 이렇게 총 네 군데입니다."

"넷이라. 이곳보다는 작아서 다행이라고 해야 하나."

이곳 남쪽에서는 무려 일곱 지방이나 돌아야 했다.

"좋아. 당장 출발해 볼까나. 이곳에서 가장 가까운 지방은 어디야?"

"루마니언 지방입니다."

"대영주는?"

"아직 미정입니다. 임시 대영주로 로사테인 자작이 있습니다."

"또 다른 특이사항은 없어?"

"마침 그곳에서 큰 축제가 열린다고 합니다. 루마니언 지방의 세 개 아카데미의 합동 축제로써……."

"쯧! 그딴 데에 신경 쓸 여유 없다."

검작공이 혀를 차며 사내의 이야기를 잘라냈다.

"……죄송합니다."

사내의 기어들어가는 목소리에 그녀가 짧게 실소했다.

"됐다. 내 생각해서 한 소리인 거 아니까."

워낙 정신없이 수색만 해 대는 그녀에게, 잠시 쉬어가라는 의미로 해 준 이야기라는 걸 알고 있었다.

"그만 끊는다."

"옙!"

통신기를 다시 품 안에 집어넣은 그녀의 시선이 동쪽으로 향했다.

"루마니언이라……."

부디 그곳에 찾는 이가 있기를 바라면서 걸음을 내딛었다.

#2. 루마난 축제

#2. 루마난 축제

하루하루 축제가 가까워지자 아카데미뿐만 아니라 남작
령 전체가 분주해지기 시작했다.

학생들을 위해 마련된 자리라고는 하나, 그 규모가 어마
어마한 까닭이었다. 자연히 주변 상권이 활발해지는 계기
가 될 수밖에 없었다.

비록 이제 겨우 2회째지만, 이미 1회 당시에 파악된 유
동인구 통계표가 인근 상계에 널리 퍼져 있었다. 이를 토
대로 계산하건데, 이번에는 이곳 루마니언 지방뿐만 아니
라 타 지방에서도 찾아올 가능성이 컸다.

말인 즉, 한탕 크게 할 기회라는 소리였다.

그리고 여기가 바로 일반학부 학생들이 동원될 타이밍

이었다.

기사학부와 마법학부의 대표들이 각 아카데미 대표들과 실력을 겨룬다면, 일반학부의 경우에는 각자가 지닌 역량을 총동원하여 판을 키우는 걸로 그들만의 승부를 나누는 것이다.

이번 루마난 축제는 개학이 있던 9월의 마지막 한 주를 통째로 이용하여 개최되는데, 기사학부와 마법학부의 경우에는 대회의 일정에 맞춰서 움직임을 시작한다.

하지만 일반학부의 경우에는 보름 전, 아니 실질적으로는 개학식이 치러지고 대회 날짜가 명확히 잡히는 그 순간부터가 시작이라고 할 수 있었다.

빠르게 인근 상가와 교류를 하고, 각종 물품들을 계약하는 것을 시작으로, 자리 탐색 및 물밑작업까지 실로 바쁘게 돌아가게 된다. 특히 자리를 잡는 게 가장 중요했는데, 이는 외부인은 아카데미에 들어올 수 없다는 규정 때문이었다.

그로 인해 축제가 열리는 그 날까지는 상가에서도 내부의 명당을 확인하기가 어려웠다. 일반학부의 최초 전쟁은 바로 이 자리싸움부터 시작이 되는 것이다.

기사학부와 마법학부의 경우와는 달리, 타 아카데미의 일반학부 생도들은 이를 협력 혹은 견제하기 위하여 일찌감치 테룬 아카데미를 방문하고는 했다.

물론 학생회에서 이를 적절히 통제하고는 있었으나, 이 것도 결국 눈 가리고 아웅 하는 격일 수밖에 없었다. 그도 그렇게 일반학부의 물밑작업에는 이런 학생회와의 은밀한 면담 역시 포함되어 있는 까닭이었다.

각 학부장과 교사들은 이런 학생들의 뒷거래를 알고 있음에도 불구하고 방관할 뿐이었다. 이유인 즉, 이 박진감 넘치는 상황을 최대한 활용해서 졸업 이후의 실전을 준비하라는 것이었다.

정말로 격한 상황이 벌어지지 않도록 하는 것, 딱 그 정도까지만이 교사들의 역할이었다.

그리고 바로 이 역할의 이행을 제대로 하기 위해서 교사들 역시 바빠질 수밖에 없었다. 불상사 방지를 위하여 퇴근까지 미뤄가며, 한 밤중에도 은밀히 학생들을 관찰해야만 했다.

하지만 워낙 학생들의 숫자가 많다보니, 아카데미의 교사들만으로는 세세히 살피기가 어려웠다. 아무래도 인근 상가를 넘나들며 움직이는 학생들을 감시하려다보니, 더 많은 인원이 필요할 수밖에 없던 것이다.

이를 해결하기 위하여 스테일 남작가에 지원을 요청하고, 인근 정보단체에도 의뢰를 한 뒤에야 겨우 학생들을 시선 안에 잡아둘 수 있었다.

이렇게 루마난 축제를 위해 수많은 인력이 동원된 상황

이었다. 당연하게도 제튼 역시 동원령에서 피해갈 수는 없었다.

'빌어먹을 추가근무. 수당을 두둑하니 챙겨주는 것도 아니면서. 젠장!'

연신 투덜거리며 입술을 비죽이는 그의 시선이 위로 올라갔다. 시꺼멓게 물든 하늘이 눈에 들어왔다.

'염병할 야근!'

욕이 안 나올 수가 없었다. 일주일에 딱 한번만 나와도 되는 그에게, 거의 매일같이 나오라고 한다. 거기에 지금처럼 야간근무까지 뛰게 하니, 절로 오바이트가 쏠릴 지경이었다.

물론 추가 수당이 나오기는 했다.

'쥐꼬리만큼 주고 오크처럼 부려먹다니. 썩을……'

고블린을 데려다 일을 시켜도 이보다는 많이 받을 것 같았다. 벌써 보름째 이 부당한 근무를 하고 있었다. 물론 중간에 쉬었던 날을 계산한다면 일주일밖에 안 되었으나, 원래라면 두 번만 나와야 할 아카데미를 다섯 번이나 더 나왔다는 게 속을 답답하게 만들었다.

'시간으로 치면 4시간이면 될 걸, 무려 70시간 이상을 더 일한 거잖아.'

그것도 최소한으로 잡은 경우였다.

"후우우우우…… 얼마 안 남았다. 조금만 참자."

애써 마음을 다독이며 이 악몽의 끝을 되새겼다. 드디어 다음 주가 축제의 시작이기 때문이다.

'오늘이 토요일이니까, 정확히는 이틀 남은 건가.'

게다가 다음날인 일요일은 근무가 없으니 푹 쉴 수도 있었다. 그 대신 오늘 하루 동안 별을 지겹도록 봐야 한다는 게 함정이었다.

문득 그의 시선이 한쪽으로 돌아갔다. 누군가가 다가오고 있음을 느낀 것이다.

'끄응……'

절로 앓는 소리가 나왔다. 접근자의 정체를 알고 있는 까닭이었다.

'레이나 스테일.'

교장에게 따로 부탁을 한 것인지, 그녀가 담당하는 구역과 그의 구역이 절묘하게 겹쳐있었다. 그녀가 이처럼 다가오는 이유를 잘 알고 있었다.

'어휴…… 물귀신이 따로 없네.'

천마의 세상에 존재한다는 유령의 일종이었다.

그녀는 검에 대해서 배움을 청하고자 찾아오는 것이었고, 덕분에 그렇잖아도 답답한 이 시간이 이제는 더부룩하게 느껴질 지경이었다.

물론 그녀가 집요하게 질문들을 던져대면서 귀찮게 하는 건 아니다. 그저 옆에서 가만히 자리를 지킬 뿐이었다.

하지만 그 침묵이 오히려 엄청난 압박감으로 다가왔다.

'차라리 뭔가 물어보면서 조잘대기라도 하면 딱 잘라서 밀어내기라도 할 텐데. 후우……'

한숨이 샜다.

부스럭.

문득 인기척이 나는가 싶더니 레이나가 불쑥 모습을 드러냈다.

"……오셨습니까."

"예."

레이나가 짤막한 대답과 함께 간단한 먹을거리를 건네 왔다. 그녀 나름대로 마음을 써 준 것이라고 여겼다.

"매번…… 감사합니다."

목적이 있는 호의라서 목이 텁텁했으나, 어쨌든 음식에 죄는 없으니 애써 삼킬 뿐이었다. 그 옆에서 레이나는 언제나처럼 침묵을 고수할 뿐이었다.

'끄응! 이것 참.'

목멜 것 같은 정적에 가져온 물을 벌컥벌컥 삼켰다. 그러면서 곁눈질로 슬쩍 그녀의 옆모습을 살폈다.

'레이나 스테일. 올해로 스물다섯.'

그녀에 대한 정보를 하나 둘 떠올려봤다.

'확실히 재능은 있지.'

그녀 나이에 벌써 오러 발현을 목전에 두고 있다는 건,

충분히 뛰어난 재능을 지녔다고 할 수 있었다.

'천마의 세상으로 치면 검기인가.'

20대에 검기를 발현하는 건 저쪽 무림이라는 세계에서
도 흔치가 않았다.

'더군다나 연공법의 수준차이를 생각한다면.'

확실히 그녀는 천재라고 분류될 수준이었다. 물론 저쪽
세상의 천재들은 그 뛰어난 연공법의 도움 덕분인지, 10대
중 후반에 이미 검기를 발현하는 경우도 있었다. 물론 무
림 역사 내에서도 손에 꼽히는 천재들의 경우였으나, 어쨌
든 분명 그러한 경우들이 존재하기는 했다.

'뭐…… 꼭, 천재가 아니어도 가능하기는 하지.'

흔히 말하는 '약빨'이라는 것으로써, 무림세계에 존재
하는 내공, 즉 오러를 키워주는 영약을 섭취함으로써 부족
한 재능을 커버하는 경우였다. 물론 이 역시 무림 역사에
서도 손에 꼽히는 경우였다.

'어쨌든, 이대로 꾸준히 노력한다면.'

확실히 1~2년 안에 오러를 일으키는 게 가능할거라고
여겼다.

'게다가 착실히 문제점도 고쳐 나가고 있으니까.'

그녀는 운 좋게도 부족한 것과 잘못된 점을 메우고 바꿀
기회를 얻었다.

초급검술.

제튼이 쿠너에게 전해준 바로 그 검술이었다. 이를 엿보게 된 것이 그녀에게는 실로 결정적인 계기를 준 것이다.

'그래도 당장은 오러가 문제인가.'

사실 가장 큰 문제라고 하면 역시 이 부분이 관건이었다.

무림보다 연공법이 떨어진다고 하나, 그럼에도 불구하고 실력자들이 존재할 수 있는 까닭은 대기 중에 분포된 기운의 농도차이 때문이었다. 이곳 세상은 천마의 세계보다 기운이 더 짙었다.

충만한 기운들이 연공법의 수준차이를 메워주고 있는 것이다.

'제법 뛰어난 연공법을 익힌 것 같기는 한데.'

레이나의 연공법은 이곳 세상의 것 치고는 제법 괜찮은 수준으로 보였다. 하지만 그럼에도 불구하고 아직 오러의 양이 조금 모자랐다.

'부족하지만 부족하지 않다고 해야 하려나.'

요상스런 이야기였으나, 딱 그녀의 현재 위치가 그러했다.

제튼은 그녀가 당장 탈피할 수 있는 방법을 알고 있었다. 하지만 그건 그녀 스스로가 깨달아야 하는 부분이었다. 그의 도움으로 알을 부순다면 그건 후에 더 큰 벽을 키우는 일과 다를 게 없었다.

때문에 그는 섣불리 입을 열려하지 않았다.

'자기의 일은 스스로 하자. 알아서 척척척…… 뭐 그런 거지.'

그렇게 속으로 이런저런 생각들을 하고 있을 때였다. 돌연 레이나가 침묵을 깨며 의외의 이야기를 꺼내들었다.

"검을 바꾸려고 합니다."

제튼이 깜짝 놀라서 그녀를 바라봤다. 그의 시선을 받은 레이나가 살짝 고개를 끄덕이며 재차 입을 열었다.

"역시, 제 문제점은 그거였습니까?"

그녀는 제튼의 표정을 통해서 그가 이미 이러한 사실을 알고 있었다는 걸 깨달았다.

"일부러 말씀해 주시지 않은 것이군요."

당연하다. 그녀의 검에 담겨진 흔적만으로도 검을 얼마나 아끼는지 잘 알 수 있었다. 헌데, 그러한 검을 어찌 놓으라고 할 수 있겠는가.

오히려 역효과가 발생할지도 몰랐다. 물론 제튼을 대하는 태도로 본다면, 그의 충고를 받아들이려 할 확률이 더 높았다. 하지만 그건 그것대로 문제였다.

'스스로가 깨우쳐서 바꾼 것이 아닌, 타의에 의한 깨우침은 언제든 여운이 남을 수밖에 없지.'

이러한 외부 개입으로 인한 변화는 더 높은 영역에 이를 때, 돌연 벽이 되어 나타나기도 했다.

마치 자그마한 눈송이를 굴려 산사태를 일으키는 것처럼,

초반에는 티도 안 나던 미세한 흠집이 결정적인 순간에 균열을 일으켜 무너지게 되는 것과 같았다.

"사실, 저는 여자라고 무시당하고 싶지 않았습니다."

그래서 검도 남성들의 것과 다를 게 없는 것으로 들었다.

그 와중에도 욕심을 부리고 싶었던지, 그녀의 검은 표준 사이즈 중에서도 가장 큰 것이었고, 당연히 그녀에게 적잖은 부담이 될 수밖에 없었다.

"조금 더 노력하면 충분히 가능할거라고 생각했습니다."

그리고 실제로도 문제없이 검을 통제할 수 있었다.

"하지만 최근, 그 생각이 바뀌었습니다."

쿠녀의 초급검술이 그 계기였다.

초급검술을 관찰하고 은연중에 그 흐름을 머릿속에 그린 뒤, 몸으로 흉내를 내 봤다. 그리고 이 와중에 알 수 없는 불편함이 그녀를 찾아왔다.

"그건, 마치…… 몸에 안 맞는 옷을 입은 것 같았습니다."

비슷한 느낌을 알고 있었다.

귀족들의 파티에서 할 수 없이 드레스를 입어야만 했을 때였다. 꽉 끼고 조이는 드레스였다. 게다가 몸가짐이니 예의범절이니 뭐니 해 가며 행동 하나하나도 전부 신경을 써야만 했고, 이를 통해 그녀가 느끼는 답답함은 말로 표현할 수가 없을 정도였다.

그녀가 자신의 옆구리에 걸린 검을 손으로 가볍게 두드리며 말했다.

"이 검은 오랜 시간을 저와 함께 해 온 동료입니다."

헌데, 그 동료에게서 부정의 향기를 맡았다.

"제 움직임을 미묘하게 억누르는 것 같더군요."

제튼이 고개를 끄덕였다. 그녀가 그렇게 느꼈다면 그게 정답일 것이다.

'그러기 위한 초급검술이니까.'

그가 쿠너에게 전수한 초급검술은 연공의 의미도 있었으나, 동시에 스스로가 길을 찾아내게 하기 위한 배려이기도 했다.

그 때문에 하나의 초급검술이 아닌 다양한 초급검술들을 익히게 했다. 물론, 이것 역시 제튼의 연공법 덕분에 가능한 일이기도 했다. 호흡이 빠진 초급검술은 노른자 없는 달걀프라이와 다를 게 없었다.

제튼의 연공법으로 초급검술들은 온전해질 수 있었고, 레이나는 이를 보고 흉내를 냄으로써 자신의 길을 깨우치게 된 것이다.

"어떤 검으로 바꾸실 생각이십니까?"

제튼의 물음에 레이나가 자신의 검을 잠시 내려다보더니 조심스레 입을 열었다.

"좀 더 가벼운 검을 들려고 합니다. 그리고…… 찌르기에 용이한 검이 좋겠더군요."

그리 말하며 그녀는 스스로도 모르게 제튼의 눈치를 살핀다. 알게 모르게 그를 의지하고 있음이 드러나는 순간이었다.

제튼이 가볍게 고개를 끄덕였다.

"그리 느끼셨다면 그게 옳은 것일 겁니다. 그렇다면 아무래도 레이피어를 추천해 드리고 싶군요."

"이유가 있습니까?"

"찌르기를 전문으로 한다면 에스터크가 더 나을 수도 있겠지만, 그동안 베는 검술을 익혀 왔기 때문에 오히려 에스터크는 반발이 심할 것입니다."

적당한 타협점이 바로 레이피어였다.

"감사합니다."

레이나의 인사에 제튼 역시 마주 고개를 숙여보였다. 이미 스스로 변화를 시작한 그녀였다. 이 정도 자그마한 도움으로 크게 문제될 일은 없었다. 그러면서 한 가지 더 제안을 했다.

"그 검을 개조하시는 건 어떻습니까?"

"그럴 수 있다면 저도 좋겠지만, 쉽지 않은 일입니다."

만들기 전, 철을 다듬던 무렵부터라면 모를까. 이미 완성된 검을 그것도 한참 사용하던 검을 새로이 변화시킨다는 건 보통 실력으로는 어려웠다.

아예 고철로 만들어서 새로 만드는 게 아닌, 개조를 하는 것이니만큼 상당한 수준의 대장장이가 필요했다. 그리고 안타깝게도 이곳 스테일 남작령에는 뛰어난 대장간이 없었다.

그래서인지 그녀가 사용하는 검도 그리 대단한 수준의 것이 아니었다. 때문에 개조를 하는 와중에 발생할 변수들이 너무 많았다.

"제튼 선생님의 말씀처럼 하기는 어렵습니다. 그래서 새롭게 시작한다는 기분으로 이 녀석을 아예 녹여버릴까 합니다."

개조가 아닌 아예 새롭게 만들겠다는 소리였다. 뛰어난 대장간이 없는 까닭에 어쩔 수 없이 내어놓은 선택이었다. 오랜 동료를 차마 버릴 수는 없기에 선택한 방법이었다.

'뭐, 그것도 나쁘지는 않지.'

고개를 끄덕인 제튼이 레이나의 전신을 한 차례 훑었다.

'충분하겠군.'

검이 바뀐다는 건 상당히 많은 변화를 요구하는 일이었다. 하지만 그녀는 이 변화를 통해 더 높은 영역으로의 발돋움이 가능했다.

'저 검으로는 부족했을지 모르지만, 레이피어라면 아슬아슬하게 오러양도 맞겠군.'

검의 크기가 커질수록 필요한 오러의 양 역시 많아질 수
밖에 없었다.

'물론 흐름을 탈 수만 있다면, 부족한 오러를 지니고도
발현이 가능하겠지만.'

이전까지 레이나의 검술은 그녀에게 어울리지 않았기
때문에, 흐름을 타는 건 쉬운 일이 아니었다.

하지만 이제는 달랐다.

그녀에게 맞는 검로를 익힘으로써 오러의 흐름 역시 한
층 자연스러워 질 것이다. 게다가 검을 바꾸면서 오러량
의 부담도 줄었다. 아슬아슬하게 정량을 채웠다고 보면
되는 것이다. 오러 발현에 한 걸음 더 다가갔다는 건 확실
했다.

'문제가 있다면 새로운 흐름에 익숙해지는 거겠지만.'

그녀의 노력이라면 충분히 빠르게 적응할 수 있을 것이
다.

'그 때쯤 되면 적당히 알아서 떨어져 나가겠지.'

평안한 일상을 꿈꾸며, 그렇게 야근의 밤은 깊어갔다.

✦

루마난 축제는 일주일을 통째로 활용해서 이뤄진다. 먼
저 월요일부터 수요일까지 3일의 시간동안 기사학부와 마

법학부의 예선전이 치러지는데, 이 두 학부의 예선전이 겹치지 않도록 한 까닭에 3일이라는 시간도 빠듯할 수밖에 없었다.

이후 목요일과 금요일은 일종의 휴식기였다. 이틀이라는 시간 동안, 예선전에서 생긴 부상들을 치료하고 관리하며 본선을 준비하는 것이다. 그러면서도 축제의 의미를 살리고자 각 학부들이 준비한 다양한 볼거리와 먹을거리 등이 선보여진다.

마지막으로 토요일과 일요일의 이틀을 활용해 본선과 결승전이 진행되는데, 이는 더 많은 관광객을 끌어들이기 위한 조치였다. 아무래도 평일 보다는 주말이 유동인구의 수가 더 많기 때문이었다.

특히 이곳 루마니언이 아닌 타 지방에서 오는 이들을 고려한다면, 주말을 이용하는 건 제법 괜찮은 방법이었다.

물론, 그렇다고 해서 평일 관광객의 숫자가 적은 건 아니었다. 루마니언 지방에 사는 이들 중 시간이 남는 사람들의 경우에는 무리를 해서라도 구경을 오기 때문이었다.

루마니언 지방이 그리 넓은 규모가 아니기도 한 까닭에, 이른 아침부터 순환마차를 타고 이동을 한다면 충분히 점심 즈음에는 도착 할 수 있었다.

충분히 예선전 관람이 가능한 것이다.

"예선전이라고 무시할 수 있는 게 아니야."

세레나는 그렇게 이야기하며 뒤를 돌아봤다. 그녀의 바로 뒤편으로 셀린이 뒤따르고 있었는데, 축제 구경을 시켜준다며 억지로 끌고나온 참이었다. 그녀의 품 안에는 딸아이 제니도 함께하고 있었다.

언니와 조카 둘 모두와 간단히 눈을 맞춘 세레나가 다시금 설명을 이어나갔다.

"이유인 즉, 예선전을 제대로 봐야 본선에서 제대로 배팅을 할 수 있기 때문이지."

"배팅? 설마……."

'도박을 한다는 소리니?'

품속의 제니 때문에 뒷말은 꾸욱 삼켰다. 하지만 충분히 알아먹은 것인지 세레나가 고개를 끄덕였다.

"물론 학생들의 축제이니까. 크게 하는 건 아니고, 나름 배팅 가능한 적정금액이 정해져있어."

하지만 상황에 따라서는 제법 한 몫 단단히 잡을 수 있기도 했다.

"적당히 즐기면서 운에 따라서 돈도 벌고. 꽤 괜찮은 기획이라고 생각해."

돈을 거는 건 본선부터였다. 하지만 상세한 실력이나 분위기 등을 파악하기 위해서라도 예선전은 눈여겨 볼 필요가 있었다.

게다가 아카데미 측에서 주최하는 것이 아닌, 비공식적인 루트를 통해서는 이미 예선전부터 판이 벌어져 있기도 했다. 이런 부분 때문에 일찌감치 움직이는 이들이 여럿 있었고, 덕분에 평일 예선전에도 아카데미는 제법 사람들이 가득 찬 상태였다.

"뭐, 그게 아니더라도 아카데미가 개방되는 날이니까. 이것저것 구경을 하려고 오는 사람들도 있지."

"우리처럼?"

셀린의 반문에 세레나가 고개를 끄덕이며 빙긋 웃었다. 하지만 그렇다고 해서 그녀들이 예선전을 구경하려는 건 아니었다. 제니도 있는 까닭에 칼부림과 마법이 난사되는 폭력적인 장면은 피해야 했다.

그 때문에 일부러 평일 중에서도 먹거리와 볼거리가 많은 목요일 금요일 시간대를 잡은 것이다.

"오늘 하루는 최대한 맛보고 즐기는 거야."

거기까지 이야기하던 세레나가 문득 셀린의 곁으로 바짝 붙었다. 그러더니 대뜸 귓속말로 물었다.

"그런데, 제튼 오빠하고는 어때?"

그 질문에 셀린의 얼굴이 살짝 붉어졌다.

"헤에…… 괜찮은가 보네."

하지만 이어지는 대답이 의외였다.

"글쎄. 나한테 이렇다 할 관심이 없어 보인달까."

"……정말?"

세레나가 깜짝 놀라서 그녀를 바라보는데, 셀린이 가볍게 어깨를 으쓱였다.

"사실, 나도 잘 모르겠어."

정말이었다. 주말을 통해 가끔 제튼과 만남을 가지기는 했다. 하지만 그 때마다 느낀 건 파악하기 어려운 거리감이었다.

'세월이 지났으니까.'

제튼도 나름의 고충이 있을 테고, 그 때문에 그녀를 꺼려하는 것이리라.

'그게 아니라면…….'

"……내가 맘에 안 들었을까?"

그녀도 모르게 속마음이 흘러나와 버렸다.

"말도 안 돼!"

당연히 세레나의 목소리가 커질 수밖에 없었다. 제니가 깜짝 놀라서 눈을 동그랗게 뜨는 것이 보였다. 그제야 제 입을 가린 세레나가 다시금 귓속말로 소곤댔다.

"제튼 오빠가 감히? 언니를?"

알게 모르게 안 좋은 소문이 제법 도는 제튼이었다. 제국 동검패의 기사니 뭐니 하는 약발은 이미 한참 전에 떨어진 상태였다.

"흥! 됐어. 그런 노땅 누가 좋다고. 언니 이제 그 오빠 만

88 ·마귀졸롱 2

나지 마."

그녀의 심술에 셸린이 가볍게 실소했다. 그 모습에 세레
나의 안색이 살짝 나빠졌다. 말은 이렇게 했으나 제튼이
아니고서는 세레나의 마음을 치료해 줄 이가 없다는 걸 알
고 있는 까닭이었다.

"쳇! 그놈의 첫사랑이 뭐라고."

아주 재미있는 이야기였다. 일순 붉어진 셸린의 표정이
그녀의 말에 신빙성을 더했다.

"시치미 뗄 생각 마."

세레나의 단호한 일침에 셸린이 일순 복잡한 표정이 되
어 그녀를 바라봤다. 그녀가 제튼과의 만남을 주선한 까닭
을 이제야 눈치 챈 것이다. 왜 하고 많은 남자 중에서 제튼
이었을까.

'알고 있었구나.'

우습다고 여길지도 모르겠으나, 당시 그녀는 자신보다
세 살이나 어린 제튼에게 연정이라 할 수 있는 감정을 품
고 있었다.

사실, 처음 제튼을 알게 되었을 때는 전혀 상반된 심정
으로 그를 바라봤었다.

괘씸한 놈!

그녀의 착하고 여린 남동생을 매일처럼 괴롭히는 제튼이
어찌 예쁘게 보이겠는가. 하지만 어느 순간부터 헨몬에게

잘 대해주고, 여리기만 하던 남동생을 사내답게 바꿔주는 모습에서 조금씩 호감을 느꼈다.

하지만 당시 제튼의 나이라고 해 봐야 겨우 10~12살 즈음이었고, 셸린 역시 13~15살 정도였다. 본격적으로 성장을 하던 셸린과 달리, 아직 한창 꼬마였던 제튼에게 호감은 느낄지언정 연정을 느끼기는 어려웠다.

그렇다고 해서 호감이 연정으로 발전하는데 특별한 계기가 있던 건 아니었다.

처음 안 좋은 이미지 때문이었던지, 자그마한 호감을 시작으로 제튼을 보는 관점이 변했다. 이때를 기점으로 점차적으로 마음이 쌓여갔다.

그리고 어느 순간, 훌쩍 성장해버린 제튼의 모습에서 황당하게도 그녀는 '남자'를 봐 버렸다. 특히 모친을 닮아 유난히 남자답게 비치던 제튼이 아니던가. 소문난 개구쟁이답게 활력도 남달랐다.

쌓이고 쌓였던 호감이란 감정은 일정 경계선을 넘자 거짓말처럼 연정으로 발전했다. 하지만 그 감정을 채 느끼기도 전에 제튼이 가출을 해 버렸다.

일순간에 감정의 분출구가 사라져버린 것이다.

긴 준비기간으로 다져진 짧은 첫사랑의 끝이었다.

"어떻게 알았니?"

셸린의 물음에 세레나가 가볍게 실소하며 그녀를 바라

봤다.

"형부…… 아니, 그 놈과 만날 때 눈치 챘지. 헨몬 오빠도 대충 짐작은 했을걸."

"헨몬까지?"

셀린의 눈이 한껏 확장됐다.

"사실, 처음에는 잘 몰랐는데, 보다보니까 느낌이 오더라."

셀린의 남편은 제튼을 닮아 있었다.

"얼굴 말고도 하는 행동도 은근히 비슷했잖아."

"……그랬니?"

"응. 설마, 언니는 몰랐던 거야?"

여동생의 물음에 잠시 주저하는 셀린, 하지만 이내 고개를 흔들며 대답했다.

"어쩌면…… 알고 있었던 걸지도 모르겠다."

단지 모른 척 하고 있었을 뿐이었다.

"또, 아는 사람이 있니? 예를 들면…… 펠다라던지."

그녀가 안다면 정말 큰일이었다. 제튼에게 이 사실이 흘러들어 갈 수도 있기 때문이다.

"걱정 마. 그 놈은 이 지역 사람이 아니잖아. 게다가 우리도 자주 만나다보니 알게 된 거야."

그러니 펠다에게 들킬 염려는 없었다. 안도의 한숨을 쉬는 셀린을 향해 세레나가 물었다.

"혹시, 아직도…… 제튼 오빠에게 감정이 있어?"

셀린의 마음을 고치기 위한 맞선이었으나, 만약 그녀가 원하고 있다면 좀 더 적극적으로 추진할 생각이 있었다.

"예전 일이야. 추억이지. 난 지금 이대로가 좋아."

가볍게 고개를 흔드는 셀린의 모습에서 미묘한 여운이 느껴졌다.

'마음이 있구나.'

그녀가 거짓을 말하고 있다는 걸 알 수 있었다.

'쳇! 첫사랑인가.'

조금은 특별하게 느껴질 수 있는 게 바로 그 단어였다. 그녀 역시 첫사랑을 떠올리면 아련해지기 때문이다.

사실, 세레나 역시 첫사랑이라 할 수 있는 존재는 제튼이었다. 하지만 이후 켄트를 알게 되면서 제튼에게 느낀 건 결국 호감과 동경의 경계선임을 깨달았다. 어쨌든 제튼은 당시 동네에서 제일 잘 나가는 개구쟁이였기 때문이다.

'흥! 유부남 따위.'

안타깝게도 진정한 의미로써의 첫사랑인 켄트는 이미 다른 여인과 가정을 꾸려버렸고, 그녀에게 더 이상의 기회는 없었다.

"아앙~! 왜 자꾸 둘이서만 놀아. 나 삐져버린다!"

문득 들려온 제니의 엄포에 셀린과 세레나가 웃음을 터트렸다.

"아하하핫! 미안. 이모가 잘못했어."

"그래. 엄마도 잘 못 했으니까. 용서해 줘, 제니야."

"흥!"

하지만 이미 단단히 화가 난 듯, 입술을 삐죽이며 고개를 돌려버리는 제니였다. 그 모습이 귀여워 또 다시 자매의 웃음이 터졌고, 놀린다고 생각한 제니는 결국 제대로 심술이 나 버렸다. 그로 인해 아카데미 구경은 한참이나 미뤄져야만 했다.

가까스로 제니의 마음을 푼 뒤, 본격적인 아카데미 탐방이 시작됐다. 아카데미 내에는 수많은 노점상들이 다양한 먹거리와 볼거리들을 제공하며 미각과 시각을 충족시켜주고 있었다.

또한 저 한편으로 끊임없이 울려 퍼지는 악사들의 음악 소리는 청각마저도 풍족함을 느끼게 했고, 그 사이사이 어우러져 나오는 다양한 향기들은 후각마저도 행복감에 젖어들게 만들었다.

이 위에 기사학부와 마법학부의 대전이 더해지면, 그 짜릿한 파동과 긴장감으로 촉각과 그 너머의 감각마저도 만족스러운 경험을 할 수 있을 것이었으나, 안타깝게도 제니를 생각한다면 이 부분의 유희는 자제해야 할 것 같았다.

"제니야 천천히 먹어야지. 그러다가 체할라."

축제에 펼쳐진 다양한 먹을거리에 제니는 한껏 기쁨에 빠져 있었다.

양 손 가득 군것질 거리들을 들고 입 안에도 한 아름 음식을 머금은 채, 연신 행복한 미소를 지어보이고 있는 게 보였다.

세레나와 셀린이 조금이라도 빨리 아이를 달래려고 사용한 비법이었다.

〈먹여라. 그리하면 천사가 깨어나리라.〉

아이들에게 평균적으로 통용되는 공식이었다.

"그나저나 이모는 어디를 간 걸까?"

셀린의 중얼거림처럼 지금 그녀들 곁에는 세레나가 보이질 않았다. 제니에게 먹거리를 한 가득 선물해 준 뒤, 잠시 볼 일이 있다며 사라진 것이다.

이상하게 여길 이유가 없었다.

올 가을부터 그녀는 로사테인 자작령의 모던 아카데미 교단에 서게 되었기 때문이다. 그로 인해 근 한 달 가까이 만나지 못했던 자매였다.

이번 축제 덕분에 오랜만에 돌아올 수 있었다. 반가운 여동생의 귀향, 그게 아카데미 탐방에 따라 나선 이유 중 하나이기도 했다. 어쨌든 한 달여 만에 보는 반가운 동생이 아니겠는가.

이번에 온 것도 축제기간 동안 쉬어서 돌아온 게 아닌, 인솔교사로써 찾아왔기 때문에 볼 일이 있다는 말을 선뜻 받아들였다.

그리고 잠시 후,

볼일이 끝난 것인지 저 멀리서 다가오는 세레나가 보였는데, 그녀의 곁으로 일행이 한명 더해져 있었다. 그 존재를 확인했을 때, 셀린은 동생을 믿은 것을 적잖게 후회해야만 했다.

'제튼.'

그가 세레나의 옆으로 따라오고 있는 게 아닌가.

'어째서?'

당혹스러웠다.

오늘은 목요일이 아니던가. 제튼의 수업은 금요일이고, 그 날 외에는 아카데미를 나가지 않는다고 들었다. 때문에 그가 있을 줄은 몰랐다.

'아니.'

하지만 이내 고개를 흔들며 자신의 생각을 부정했다.

'거짓이야.'

그녀 마음속 깊은 곳에는 그가 있었고, 우연찮게 만나는 상황을 그렸던 것도 같았다. 그 때문에 세레나가 축제 구경을 가자고 했을 때, 그 손길을 거부했는지도 모른다.

하지만 결국 따라왔다.

세레나가 제니를 끌어들인 까닭이었다. 여기까지 생각하던 셀린이 재차 고개를 흔들었다.

'어쩌면, 그것도 핑계일수도……'

딸아이의 조르기에 넘어갔지만 마음 한편으로는 이런 상황을 바랬기에 이를 용납한 것일지도 몰랐다.

생각을 이어나갈수록 머리가 어지러워졌다.

혼란스러운 마음이 그녀를 휘감아왔다. 때문에 억지로 상념들을 털어냈다. 더 해봤자 머리만 아플 것이기 때문이다.

그렇게 머리를 흔들어대는 사이, 어느새 제튼과 세레나가 다가와 있었다.

"짠!"

대뜸 제튼을 내세우더니 목청을 높이는 동생의 모습에서 '칭찬해줘!' 라는 분위기가 풍겼다. 이에 셀린은 주먹을 부르르 떨었다. 도리어 꿀밤을 먹여주고 싶었기 때문이다.

은연중에 원한 상황이건 아니건, 외적으로는 부정했던 상황이지 않던가.

"하핫! 오랜만이네요."

제튼이 먼저 인사를 건네 왔다. 한동안 축제 준비로 바빠서 제대로 만날 시간이 없었던 까닭이었다.

"제니도 안녕."

"아저씨 안녕."

몇 번 얼굴을 본 덕분인지 제니는 활짝 웃으며 인사를 받아줬다.

"목요일인데도 있었네?"

셀린의 물음에 제튼이 쓰게 웃었다.

"어쨌든 아카데미 축제잖아요. 정규직이 아닌 시간제 강사라고 해도, 여기 직원이니까요."

아무래도 빠질 수가 없는 것이다.

"이렇게 나와도 되는 거야?"

셀린의 물음에 제튼이 어깨를 으쓱였다.

"뭐, 할 일이 많은 건 아니에요."

이미 약속한 근무보다 과하게 업무를 보고 있는 상황이었다. 때문에 학부장과 조율을 했고, 덕분에 여유 있는 근무를 인정받을 수 있었다. 게다가 축제 전과 달리 막상 축제가 시작하고 나자, 오히려 일이 적어진 것도 한 몫 했다.

전에는 음지에서 학생들이 움직이려 하는 까닭에 이를 감시하느라 바빴으나, 이제는 이미 판이 벌어진 탓인지, 더 이상 음지로 나돌 이유가 없었다.

물론, 은연중에 벌어지는 불법 도박 등을 생각한다면 이러고 있으면 안 되지만, 이는 사실 정보길드 측에서 통제하기로 되어 있는 부분이었고, 그 때문에 교사들이 움직일 필요는 없었다.

불법 도박이라고 하나, 이 역시 아카데미와 비밀리에 협약 된 내용이었기 때문이다. 이를 잘 통제한다는 조건으로 정보길드를 싸게 부려먹을 수 있었다.

"저보다는 여기 세레나가 더 바쁠걸요."

"그래?"

셀린이 의외라는 얼굴로 동생을 바라봤다.

"아무래도 모던 아카데미에게 여기는 타 지역이니까요."

교사들이 더욱 긴장을 해야 하는 상황이었다. 이제 막 신참교사인 세레나였다. 아마 상당한 무리를 해 가면서 시간을 냈을 게 틀림없었다.

그렇게 바쁜데 셀린과 제니를 어찌 안내하겠다고 데려온 것일까? 셀린이 당혹스런 얼굴로 동생을 바라보는데, 세레나가 빙긋 웃으며 대답했다.

"그런고로 전 여기서 이만 빠지겠습니다."

"……뭐?"

셀린이 깜짝 놀라서 음성을 높였다. 그러거나 말거나 이미 세레나는 뒷걸음질로 멀찍이 물러나고 있는 상황이었다.

"이따 봐~! 제니 안녕~!"

"안녕~!"

이 갑작스런 상황에 오로지 제니 혼자만이 활짝 웃으며 손을 흔들었다. 제튼과 셀린은 당혹감에 입만 벌리고 있을 뿐이었다.

그 둘이 정신을 차린 건 제니가 양 손을 활짝 폈을 때였다.

"다 먹었어. 히잉……."

불만이 쌓이기에 충분한 타이밍이었고, 그 열기가 두 남녀의 정신을 일깨웠다.

"일단, 움직일까요."

제튼이 그 말을 건네며 손을 뻗었다. 제니를 건네받기 위해서였다. 잠시 주저하는 듯싶었으나, 셀린은 제니를 건넬 수밖에 없었다. 제튼이 손재주를 살짝 부려서 자연스레 건네지도록 유도한 까닭이었다.

고개를 갸웃거리며 자신의 손을 내려다보는 셀린을 바라보며 제튼이 말했다.

"가시죠."

그 모습을 지켜보는 셀린의 머릿속으로 세레나가 했던 말이 떠올랐다.

〈닮았잖아.〉

제튼과 전 남편은 분위기가 비슷했다. 동생의 이야기 때문인지 그러한 부분이 강렬하게 와 닿았다.

그 때문일까?

딸아이를 안고 가는 제튼의 모습에서 아픈 환상이 비쳤다. 마치 전 남편이 아이를 안고 가는 것 같은 느낌이었다.

그것은 결코 이룰 수 없는 과거의 잔재였다. 그와 남편은 다시 합치기에는 너무 먼 길을 와 버렸기 때문이다. 셀린이 고개를 흔들며 제튼의 뒤를 쫓았다.

제니는 제튼이 맘에 쏙 들었다.

그도 그렇게 첫 만남부터 맛있는 걸 한껏 사주고, 귀여운 인형도 선물해 줬으며, 눈이 번쩍 뜨일 만큼 예쁜 장신구도 달아줬다.

4살의 어린 아이에게는 그야말로 성자며 성녀였고 성인이었다.

그래서 제니는 묻고 말았다.

"아저씨."

"음. 왜?"

"엄마하고는 언제부터 같이 살 거야?"

제튼의 표정이 굳어졌다. 하지만 이는 실로 찰나였고, 제니가 눈치 채기도 전에 지나갔다.

'끄응…… 하필이면 누나가 없을 때.'

셀린은 현재 볼 일을 보러 간 상태였는데, 이는 남녀노소 누구나 가릴 것 없이 찾아오는 생리현상의 처리를 위한 볼 일이었다.

초롱초롱한 아이의 눈빛에, 제튼은 최대한 침착함을 유지하며 물었다.

"혹시…… 제니는 아빠가 있었으면 좋겠어?"

잠깐 주저하는 것 같던 제니가 고개를 끄덕였다.

"응."

"왜 아빠가 있으면 좋겠어?"

"다른 애들은 다 있는데, 나만 없으니까."

저 나이대의 아이라면 충분히 가질 수 있을 법한 욕심이리라. 제튼이 고개를 끄덕이며 입을 열었다.

"제니는 엄마 혼자로는 싫어?"

단호히 고개를 흔드는 제니의 행동에서 모친에 대한 사랑이 느껴졌다. 그 모습에 미소 지은 제튼이 재차 말을 이으려는 순간이었다.

"그래도 아빠가 있으면 좋겠어."

제니가 먼저 이야기를 꺼냈다.

"그럼, 엄마가 안 힘들 거야."

예상 밖의 내용이 흘러나왔다.

"엄마 혼자, 땀 뻘뻘 흘리면서 일 하는 거 싫어."

저 연령대 아이들의 단순한 호기심 정도라고 여겼는데, 지금 제니의 눈빛에는 그 이상의 무언가가 담겨 있었다.

"혼자서 끙끙 앓는 것도 싫어."

고된 일을 하다가 보면 몸에 부담이 갈 수밖에 없었다. 특히 셀린의 여린 몸으로는 농사일이 더욱 힘겹게 여겨졌을 것이다.

거기다 틈틈이 다른 일들도 하고 있는 상황이었다. 배로 몸이 혹사당하는 상태였다.

"할머니가 엄마한테 뭐라 하는 것도 싫어."

혼인에 대한 이야기였다. 셀린을 쫓아다니는 마을 총각이 제법 있다는 것을 알기에, 이런저런 이야기로 설득을 하는 것이었다. 하지만 셀린은 아직 그럴 마음이 없는 까닭에, 자연히 모녀간의 목소리가 커질 수밖에 없었다.

"그리고…… 엄마가 우는 건 정말 싫어. 제일 싫어!"

가끔, 셀린은 남몰래 숨죽여서 눈물을 흘릴 때가 있었다. 이런저런 힘든 상황에 마음이 약해질 때가 있는 것이다. 제니는 우연찮게 그 모습을 봤고, 그로 인해 더욱더 아빠라는 존재를 원하게 되어버렸다.

"아빠가 있으면, 엄마가 힘들지 않아도 돼!"

그런 생각이 아이의 마음을 움직였다.

"엄마가 다리 아프다고 해도, 제니는 아직 어려서 엄마를 업어 주지 못해. 하지만 아빠들은 힘이 세서 엄마를 업어줄 수 있을 거야."

다른 집의 풍경 중, 인상적이었던 장면을 떠올리며 하는 이야기였다.

"게다가!"

정말 중요한 이야기를 하려는 듯, 제니가 앙증맞은 검지를 세우며 목소리를 낮췄다.

"아빠가 있으면, 엄마가 제니하고 더 놀아줄 수 있어! 히히!"

절로 실소가 나왔다.

애답지 않게 성숙하다고 생각했더니, 그 또래의 앙큼함도 함께 보여준다. 웃지 않을 수가 없었다.

'누나를 꼭 닮았네.'

얼굴만이 아니라, 그 영특함마저 셀린에게 제대로 물려받은 모양이었다. 입꼬리를 올리며 웃음을 흘려대는 제튼의 모습에 제니가 입술을 삐죽이며 재차 물었다.

"아빠 해 줄 거야 말거야?"

처음보다도 더 직접적이고 노골적인 질문이었다. 제튼의 미소가 살짝 어색해졌다.

"꼭 아저씨가 아빠를 해야 돼?"

"응."

"왜?"

"엄마 주변에는 아저씨밖에 없으니까."

단순할 수도 있는 이유였다. 하지만 결정적인 부분이기도 했다.

전 남편과의 일 때문에 셀린은 남자들과 거리를 뒀다.

그럼에도 불구하고 치근덕대는 남자들이 제법 있었으나, 그럴 때면 셀린은 무표정 혹은 인상으로 남자들을 밀어내고는 했다.

이런 자세한 속사정을 모른다고 할지라도, 셀린의 주변에 남자들이 없다는 것 정도는 어린 제니도 알 수 있었다.

그런 셀린의 곁에 처음으로 남자가 함께하고 있는 걸 봤다.

그저 함께하는 정도라면 치근대는 남자들과 다를 게 없다. 중요한 건, 그 남자와 하하 호호 웃으며 이야기를 나누기까지 한다는 점이었다. 제니에게는 실로 인상적인 장면일 수밖에 없었다.

"난 아저씨가 아빠 했으면 좋겠어."

맛있는 것과 귀여운 인형 그리고 예쁜 장신구, 이렇게 제니에게 잘 해준 것도 좋았으나, 그 무엇보다 마음에 드는 건, 셀린에게 친절하다는 점이었다.

제튼의 입가에 왠지 모르게 아픈 미소가 그려졌다.

'아빠라……'

그가 제니의 머리를 쓰다듬으며 말했다.

"미안."

뭐라고 해야 할까. 아이에게 상처가 되지 않으려면 어떻게 이야기를 하는 것이 좋을까.

"아저씨는 제니의 아빠가 되 줄 수는 없을 것 같아."

"……왜? 아저씨는 엄마가 싫어?"

제니의 동공이 촉촉하게 물들어갔다.

"아니. 아저씨도 좋아해. 하지만……."

말문이 채 이어지질 못했다. 마땅히 제니를 설득할만한 내용이 떠오르질 않는 까닭이었다. 그래서 진실을 살짝 털어놓았다.

"아저씨는 지금 마음에 병이 들었어."

"마음에 병?"

어린 제니로써는 이해하기 어려운 부분일 것이다.

"이 병이 다 낫지 않으면 아저씨는 제니 엄마를 아프게 할지도 몰라. 제니도 힘들게 할 수 있고. 그래서 누군가를 아직 받아들일 수가 없단다."

"많이 아파?"

제니의 걱정스런 물음에 잠시 실소가 나왔다.

"조금."

"막. 욱씬욱씬 해?"

"그래. 가끔씩 찌릿찌릿도 해. 제니가 넘어져서 아야 했을 때보다 이만큼 더 아파."

그렇게 말하며 손가락 열 개를 쫙 펴서 보여줬다.

"우웅……."

제니가 눈살을 찌푸리며 고민하는 얼굴이 되었다. 그러더니 이내 제튼을 향해 물었다.

"그럼. 그 병이 나으면 제니 아빠 해 줄 수 있어?"

설마 이런 식으로 결론을 내릴 줄이야. 제튼이 쓰게 웃으며 제니를 바라봤다. 여기서는 뭐라고 해야 할까? 잠시 머리를 굴리며 그럴싸한 대답을 찾았다. 하지만 제니의 순수한 두 눈과 마주하고 있자니 머리가 굳어버리기라도 한 듯, 제대로 돌아가질 않았다.

때문에 복잡한 생각들을 내던지며 답했다.

"그래. 그럴게."

아이가 바라는 대답을 해 주는 것, 그게 지금 할 수 있는 최선일 것 같았다.

대답의 순간 제니가 와락 제튼을 껴안았다.

"헤헤헤헷!"

그리고 들려오는 웃음소리. 고개를 절레절레 흔든 제튼이 제니를 들어 어깨위로 올려놨다. 그러면서 한 쪽을 가리켰다.

"저기, 엄마 온다."

아니나 다를까. 저 멀리 볼일은 마친 듯 셀린이 다가오고 있었다. 엄마의 얼굴을 확인하자 제니의 얼굴 가득 미소가 꽃피었다.

그리고 그 아래, 제튼의 얼굴에는 짙은 그늘이 내려앉았다.

셀린의 바로 뒤편으로 걸어오는 여인을 본 까닭이었다.

'오르카 메르셀로안!'

여인의 이름이었는데, 대개의 사람들은 그 이름보다 하나의 작위를 먼저 입에 올리고는 했다.

검작공!

딱딱하게 굳은 제튼의 얼굴을 본 것일까? 여인, 검작공이 활짝 웃으며 눈을 빛내고 있었다.

자신을 알아봤음을 직감한 제튼의 머리가 바삐 움직였다.

'어떻게 여기에?'

혹여 그의 위치가 발각된 건 아닐까 싶어서 더욱 긴장이 됐다.

'밀러가?'

하지만 이내 고개를 흔들며 부정했다. 밀러 베인의 충심을 알기 때문이다. 그의 명을 어기며 다른 이들에게 이곳을 알릴 리가 없었다.

헌데, 괴이한 장면이 눈에 들어왔다. 셀린과 오르카가 사이좋게 대화를 나누며 함께 걸어오고 있는 게 아닌가.

'이건 또…… 무슨 상황이지?'

머리를 열심히 굴려보고 있지만 연달아 터지는 돌발 상황 탓인지, 생각이 제대로 이어지질 않았다.

그러는 사이, 어느새 셀린과 오르카가 다가와 있었다.

"미안. 좀 늦었지."

그렇게 말을 건넨 셀린이 제튼과 제니를 한 차례씩 돌아보며 오르카를 소개했다.

"여기 이 아가씨는 '카르 오' 양이야. 조금 일이 있어서, 어떻게 감사인사라도 해 드리려고 모셔왔어."

"안녕하세요."

오르카가 방끗 웃으며 제니와 제튼에게 인사를 건네 왔다.

'카르 오? 이름을 쪼개서 아예 새로 만들었네. 허⋯⋯.'

오르카를 거꾸로 한 뒤, 앞의 두 글자 뒤의 한 글자 이렇 게 나눠 놓은 것이다.

어이가 없단 얼굴로 제튼이 오르카를 바라봤다. 그런 제 튼의 시선에 오르카가 몰래 기세를 뿌려왔다. 이를 통해 오르카가 그를 알아봤음을 재차 확인할 수 있었다.

'끄응⋯⋯ 여전하네.'

얌전을 떨고 있었으나, 오르카는 전 대륙이 인정하는 검 귀가 아니던가. 제튼은 무시무시한 그녀의 성격을 누구보 다도 더 잘 알고 있었다.

"일? 무슨 일인데요?"

제니가 셀린을 향해 물음을 던졌다. 엄마에게 안 좋은 일이라도 생겼나 싶었던지, 그 큼지막한 눈이 불안하게 떨 리고 있었다. 셀린이 제니를 품에 꼬옥 안으며 말했다.

"별 일 아니야. 그냥, 잠깐 말다툼이 있었는데, 여기 카 르양이 도와줘서 빨리 해결할 수 있었단다."

아무래도 축제다 보니 사람들이 몰리는 건 어쩔 수 없다. 그리고 이렇게 많은 사람들의 등장은 유독 한 장소를 곤란스럽게 만들고는 했는데, 그게 바로 화장실이었다.

아카데미라는 특수공간인 만큼 상당수의 화장실이 마련되어 있었으나, 그럼에도 불구하고 축제를 감당하기는 어려웠다.

자연히 줄이 길어질 수밖에 없었다. 그리고 이 와중에 간혹 새치기라고 하는 불쾌한 행동을 하는 이들이 나오고는 했는데, 셀린은 바로 그런 이들과 마찰이 생기고야 말았다.

그 때에 끼어들어 해결을 해 준 여인이 바로 오르카였다.

비록 제니에게는 별 것 아닌 것처럼 이야기를 했지만, 실제 상황은 생각보다 위험했었다. 새치기를 했던 여인의 일행들이 우르르 몰려온 까닭이었다.

새치기 상대에게 옳은 소리를 했던 셀린이 오히려 위기에 처하게 됐다. 게다가 그녀의 미모를 본 상대편의 남성 중 몇몇이 불편한 언동을 건네오며, 분위기는 한층 위협적으로 변해가고 있었다.

함께 줄을 서던 오르카가 도와주지 않았더라면 제법 위험한 상황이 발생했을지도 몰랐다. 물론, 정말로 최악의 위험상황까지 가지는 않았을 것이다. 축제의 안전관리를 위한 경비단이 존재하기 때문이었다.

하지만 그들이 도착하기 전에 발생하는 위협은 어찌 대처하기가 어려웠다.

"언니도 참. 말 편하게 하시라니까요."

오르카가 셀린에게 아양을 떠는 모습에 제튼이 몸을 부르르 떨었다.

'너 왜 그래?'

차마 묻지는 못하고 표정으로 불쾌감을 표현했다. 그에 맞춰서 오르카의 기세가 그를 찔러왔다. 이런 날 선 반응 덕분에 오히려 속이 편해진 제튼이었다.

'그래. 이래야 오르카지.'

오르카가 셀린에게 저리 행동하는 이유를 자세히 알 수는 없었지만, 나쁜 의도가 느껴지진 않았다. 그걸 위안으로 삼을 뿐이었다.

[오랜만이네.]

일순간 날아든 전음(傳音)이 제튼을 불편하게 만들었다. 이걸 받아줘야 하나 아니면 무시해야 하나, 고민이 이어졌으나 금세 결론을 내려야만 했다. 오르카의 눈가에 언뜻 붉은빛이 어리는 걸 본 까닭이었다.

'저 미친년이 돌려고 그러네.'

눈 돌아가는 순간 칼을 뽑아들지도 몰랐다. 제튼이 빠르게 전음을 받았다.

[어떻게 찾아왔지?]

최대한 차가운 느낌이 들게 전음을 조작했다. 천마의 '차가운' 모습을 비쳐줘야 하기 때문이다.

[다 방법이 있지. 흐흐!]

물론, 이런 냉랭한 태도에 기죽을 그녀가 아니었다.

[그것보다 의외네. 예전 모습이 전혀 남아있질 않다니.]

생김새 같은 외적인 부분을 말하는 게 아니었다. 태도나 기세 같은 내적인 요소를 이야기하는 것이었다. 때문에 제튼을 발견하고 난 뒤에도 잘못 본 것인 줄 알고 연신 눈을 비벼야만 했다.

내심 뜨끔한 제튼이었으나 겉으로 드러내지는 않았다.

[과거는 과거일 뿐이다.]

[헤~! 새 삶이다 이건가?]

이어지는 오르카의 이야기가 무겁게 어깨를 짓눌렀다.

[마왕의 유희인가?]

심장이 쿵 하고 떨어지는 기분이었다. 애써 심장을 다독이며 제튼이 물었다.

[나를 찾은 이유는?]

오르카의 눈이 초승달처럼 휘어졌다.

[약속했잖아.]

'……약속?'

제튼의 머리가 빠르게 돌아가기 시작했다. 곧이어 떠오르는 하나의 장면이 뇌리를 뒤흔들었다.

〈네가 경지에 오른다면 도전을 받아주마.〉

언제고 천마가 그녀에게 했던 이야기였다.

'설마……?'

제튼이 깜짝 놀란 얼굴로 그녀를 바라봤다. 아니나 다를까, 그녀의 내부 깊이 숨겨진 범상치 않은 기운이 느껴졌다.

'맙소사!'

정말로 경지에 다다른 것이다. 마스터? 아니었다.

그랜드 마스터!

일시지간 아찔한 현기증이 몰려왔다. 하지만 흔들리는 모습을 보일 수는 없었다.

천마.

오르카에게 보여줘야 할 것은 제튼이 아닌 까닭이었다.

'벌써? 어떻게? 말도 안 돼!'

하지만 그 내면은 끊임없이 경악과 탄성을 반복하며 내지르는 중이었다.

'이제 겨우 4년?'

그녀를 본 지도 3~4년 정도밖에 지나지 않았다. 당시 마스터 중에서도 손에 꼽히는 실력을 지니고 있던 그녀였다. 확실히 남다른 성취를 지니기는 했었다. 하지만 그렇다고 해서 그 너머의 영역에 들어설만한 수준은 아니었다.

헌데, 그 짧은 시간에 말도 안 되는 성취를 보여준 것이다.

'허…… 이것이 천급의 재능인가.'

언제고 천마가 그녀에 대한 평가를 내린 적이 있었다.

〈천급의 상! 무림에서도 내 바로 아래쪽에 있는 천재다. 너 같은 쫄따구는 감히 쳐다도 못 볼 하늘 위의 별 같은 존재인 거지. 크크크큭!〉

하늘이 내리고 땅이 인정했으며 세상이 받아들인 존재.

영웅!

한 시대를 풍미하기에 충분한 그런 절대적인 천재가 바로 검작공 오르카였다.

'천마 덕분에 마스터의 경지에 올랐지만, 그가 아니었어도 충분히 마스터의 영역에 올랐을 테지.'

실질적으로 천마가 한 일도 많은 건 아니었다. 그저 간단한 조언 정도였다. 그의 수하들처럼 연공법을 새로 나눠주거나 오러를 키워주는 등의 일을 하진 않았다.

그녀 스스로도 이미 충분한 실력과 조건 등을 갖추고 있었기 때문이다.

로판의 장미.

역사상 가장 유명했던 여기사로써, 익스퍼트 최상급에서 좌절했다고 알려진 여인의 후인. 그것이 바로 오르카였다.

오래 전, 로판의 장미는 마스터의 문턱 앞에서 자신이

지금껏 이뤄왔던 모든 게 잘못 되었음을 깨달았다.

그도 그렇게 그녀가 익힌 검술은 기존의 기사들, 즉 남성을 위한 것들뿐이었던 것이다. 이 부분의 문제를 해결하고자 처음부터 다시 시작하려 했다.

하지만 이미 그녀의 나이는 노년층에 접어들어 있었고, 결국 최후의 선을 넘지 못한 채 좌절하고야 만다.

그러나 당시 그녀가 연구했던 검술과 연공법등은 꾸준히 후인들에게 전해졌고, 대를 이어 발전되어 왔다. 그리고 이러한 연구의 성과가 오늘날 오르카에 이르러 꽃을 피운 것이다.

'그녀의 연공법은 이미 완성되었다고 할 수 있지.'

저쪽, 천마의 세상에서도 상위에 올릴 만큼 대단한 연공법이었다.

게다가 이를 익히는 오르카도 하늘이 낳은 최고의 무재였다. 그야말로 부족함 없는 조건을 갖춘 것이다.

'언제고 경지에 오를 거라고 생각 하기는 했지만, 그래도 이건······.'

너무 빨랐다.

적어도 강산이 한 번 바뀔 시간은 필요할 것이라고 여겼건만, 겨우 3~4년 남짓의 시간에 이를 넘어선 것이다.

'괴물.'

진정으로 그 말 외에는 떠오르는 게 없었다.

'으음…… 부담스럽네.'

오르카는 현재 그를 향해서 뜨거운 시선을 보내오고 있었는데, 그 시선이 주는 의미를 잘 알기에 마주하기가 어려웠다.

〈한 판 붙자!〉

초인이라 불리는 마스터.

그 마스터의 영역마저도 넘어선 신인들의 대결.

'난리가 나겠네.'

한바탕 광풍의 축제가 열릴 게 틀림없었다.

◈

사방을 아무리 둘러봐도 너른 평야만이 가득 메우고 있는 장소로, 두 개의 인영이 유성처럼 떨어져 내렸다.

일남일녀.

제튼과 오르카가 바로 그 주인공들이었다.

루마난 축제에 갑작스레 등장한 오르카로 인해 적잖게 당황했던 제튼이었으나, 다행스럽게도 오르카는 셀린과 제니 앞에서는 그 폭력적인 성향을 드러내지 않았다.

덕분에 셀린과 제니의 아카데미 나들이는 문제없이 끝을 맺을 수 있었다. 그리고 이내 어둠이 찾아들고 아카데미가 문을 닫기 무섭게, 제튼은 오르카를 데리고 이곳으로 달려왔다.

언제 터질지 모르는 폭발물을 아카데미에 계속 데리고 있기가 불안했기 때문이다.

"흐~응. 제법 넓고 괜찮네."

평야를 한 차례 훑어본 오르카의 감상평이었다.

"이 정도면 원 없이 치고받을 수 있겠어."

그녀의 이야기에 제튼은 표정이 구겨질 뻔 봤다.

'아주 작정을 하고 왔구나.'

애써 안면근육을 진정시킨 제튼이 그녀에게 물었다.

"어떻게 찾았지?"

그 모습에 오르카가 눈을 빛냈다.

"헤~에. 좀 전의 그 다정한 모습은 어디로 가셨을까?"

"두 번 묻게 하지 마라. 어떻게 날 찾아냈지?"

최대한 싸늘하게 위압적인 분위기를 풍겨내야 했다.

"쳇. 쌀쌀맞기는 못 본 사이에 많이 까칠해졌어. 예전에는 그래도 이 정도까지는……."

잠깐의 투덜거림과 함께 그녀의 설명이 흘러나왔다.

"감이지."

"감?"

제튼이 눈살을 찌푸리며 그녀를 쳐다봤다. 제대로 설명하라는 의미였다.

"갑자기 성장한 지방영지. 대가리 좀 쓴다는 놈들은 네가 중앙귀족을 견제하려고 그따위 수작질을 벌였네 뭐네 하는데, 안타깝게도 그런 헛소리를 믿기에는 내가 너를 너무나 잘 안단 말이야."

입맛이 썼다. 그도 그렇게 제튼과 오르카의 관계는 흔히 말하는 연인사이라 할 수 있었기 때문이다.

천마의 수많은 연인들 중에서도 특히 가장 오랜 시간을 보낸 존재가 바로 그녀였다. 그 뛰어난 실력 덕분에 전장에서도 함께 할 수 있었던 까닭이었다.

"중앙귀족 견제? 웃기지도 않는 소리지. 귀찮게 굴면 뎅겅! 뎅겅! 그냥 목을 쳐 버리면 되니까."

특히, 천마 못지않게 공격적인 성향을 지니고 있는 까닭에 그들은 죽이 잘 맞았고, 덕분에 이처럼 천마에 대한 심리파악에 유리할 수 있었다.

"하지만 뭐…… 나 정도 되니까 예상할 수 있는 거지. 중앙 머저리들은 멋대로 오해해서 견제니 새로운 신진세력이니 뭐니 하는 헛소리들을 지껄이더라고."

그렇게 지방영지에 대한 오해는 더욱 깊어졌다. 운이 좋았다고 해야 하겠으나, 어쨌든 그 덕분에 제튼의 고향은 더욱 베일에 싸일 수 있었다.

"어쨌든, 중앙귀족 견제. 그 부분에서 느낌이 팍! 하고 오더란 말이지. 이건 뭔가 있다!"

그게 뭘까? 그러다가 우연히 한 가지를 더 발견했다.

"발전하고 있는 지방 영지 중에 그것이 끼어있더란 말이지. 그거…… 제비뽑기."

천마가 제튼의 고향을 전쟁에서 빼내기 위해 부렸던 술수였다. 제튼의 고향을 그저 빼낼 수는 없기에, 제비뽑기라는 말도 안 되는 행태로 후방지원 및 보급부대를 영지별로 분류했다.

'추종향' 이라는 사기성 짙은 기술을 사용해서 제튼의 고향을 수월하게 뽑을 수 있었다.

'사기.'

당시 제튼의 머릿속으로 떠오른 단어는 오로지 그것 하나였다.

"신기하게도 제비뽑기로 숨통이 트였던 영지들이 제법 있더라 이거야."

이 부분을 발견해낸 몇몇 인사들이 있었으나, 그들은 여기서도 제 멋대로 해석을 하며 기존의 추리를 보충했다.

"중앙 대가리들은 이걸 가져다가 오래전부터 계획했네 뭐네 하면서 너의 지략에 감탄하더라. 풉! 그거 보면서 배꼽 빠지는 줄 알았다."

지략?

안타깝게도 천마에게는 어울리지 않는 단어였다. 물론 그가 머리를 안 쓰는 건 아니다. 하지만 머리보다 몸을 더 사용하는 성격이란 것이 중요했다.

"이 두 가지의 접점은 무엇일까?"

천마가 지방영지 쪽에 신경을 쓴 이유는 무엇인가. 생각을 하던 중 문득 자신의 고향을 떠올렸다. 그녀의 고향 역시 두 접점지역에 포함 된 까닭이었다.

"내가 살던 곳은 상당히 낙후된 지역인데, 중앙귀족 견제니 지방영지 발전이니 하는 것 덕분에 제법 살만한 곳으로 변했더라. 내 고향이 그곳이라는 걸 아는 건······."

그 순간 제튼의 등가에 싸한 한기가 올라왔다.

'천마!'

오르카에 대해서 가장 잘 아는 사람이 바로 그였다.

"대충 감이 오지?"

그녀의 물음에 제튼이 작게 고개를 끄덕거렸다.

"고향이 전쟁을 피한 건 우연일까? 고향의 발전은 뭘 의미하는 걸까?"

여기서 의문의 방향을 돌려봤다.

"천마의 고향은 지금 어떤 모습일까?"

전쟁을 피했을 거란 느낌이 들었다. 그것도 그녀와 같은 방식으로 빠져나갔을 것이란 예감이 스쳤다.

"뭐, 그런 생각이 들어서 혹시나 하는 마음에 막무가내로 찾아 나섰지. 겸사겸사 약속도 지킬 겸 해서 말이지."

제튼은 그녀가 말한 '겸사겸사'가 주된 목적임을 짐작할 수 있었다. 대략의 설명을 들은 제튼의 머릿속이 복잡해지기 시작했다.

'생각지도 못했네. 설마…… 그런 식으로 찾아냈을 줄이야.'

오르카에 대한 부분을 알게 된 것은 특별한 순간에 이어진 대화 때문이었다. 서로의 살과 살을 맞대는 그런 특별한 순간으로써, 흔히 연인들이 하는 육체적 대화라고도 한다.

제튼의 머릿속으로 수많은 육체대화의 순간들이 떠올랐다. 다른 연인과의 이야기들 속에서 또 다른 실수나 흔적을 흘린 것은 아닐까 걱정이 된 까닭이었다.

'끄응…… 미치겠네.'

하지만 안타깝게도 전부를 떠올리는 건 불가능했다. 비록 천마와 감각을 공유했다고는 하나, 그가 행하는 모든 것들을 함께 경험한 건 아니었다.

심상의 세계에서 수련을 하는 시간도 적잖게 있기 때문이었다.

'미치겠네.'

새삼 천마에 대한 원망이 솟구쳤다.

'설마, 쓸데없는 소리를 지껄인 건 아니겠지?'

제튼의 고향을 생각하면서 오르카에 대한 배려도 해 준 것으로 여겨졌다. 그 덕분에 꼬리를 밟혔으니 천마에 대한 분노가 이는 건 당연했다.

"자, 대충 할 말은 다 했으니까. 어때. 슬슬 한 판 해야지."

그러면서 흉흉한 기세를 피어 올리는데, 그 순간 주변 대기가 부르르 떨리면서 그 강렬한 파동에 긴장하는 게 느껴졌다.

'확실하군.'

경지에 올랐다는 걸 새삼 확인할 수 있었다.

스릉……

그녀의 검이 뽑혀 나왔다.

'붉은 유혹(Red Temptation).'

오래전 로판의 장미라 불린 여기사가 언젠가 완성될 후인을 위해 준비한 명검이었다.

우우우웅……

그녀의 검 위로 붉은 빛 무리가 맺히는 게 보였다.

'오러.'

맺혀가던 빛 무리가 이내 짙어지는가 싶더니, 이내 검의 모습을 감췄다.

'오러 블레이드.'

마스터들의 전유물이라 불리는 기운이 검 위에 피어났다. 오러의 강화 형태라 할 수 있는 것으로써, 저 안에는 수십 수백다발의 오러를 발산할 수 있는 기운들이 응축되어 있었다.

파스스스스스……

돌연 검을 감싸고 있던 기운들이 흩어지는가 싶더니, 그

짙었던 빛 무리가 다시 옅어지며 그 안에 숨어있던 검의
모습을 드러냈다.

'오러 스피릿(Spirit)!'

마도에는 용언이라는 마법이 존재한다.

그것은 전설 속에 등장하는 환상의 종족으로써, 중간계
의 조율자이며 신의 대리인이라 불리는 '드래곤'의 전유
물이라 할 수 있는 마법이었다.

그야말로 궁극이자 천상의 신비라고 평가받는 환상의
마법이었다.

인간들은 이 전설의 마법을 탐구하고자 하였고, 나름대
로 그 마법에 대한 연구 결과를 내어놓았다.

언령(言靈)마법.

그것은 말에 의지를 담아 발현되는 마법으로써. 수식이
나 공식등의 계산 같은 걸 뛰어넘어, 그저 의지만으로 현
상을 일으키는 기적이라고 하였다.

여기서 언급되는 의지의 힘. 그게 바로 오러 스피릿의
핵심이었다. 굳이 비교를 하자면 언령마법과 동일선상에
놓을 수 있는 기적의 파워인 것이다.

오러 블레이드를 생성하던 것 보다 그 색이 옅어졌다고
하나, 그 강렬함은 오히려 배가 된 것이 바로 오러 스피릿
이었다.

불순물들이 일체 배제된, 순수한 오러의 정수만으로 이

뤄져 있기 때문이다.

순수한 자연의 힘이 그 안에 담긴 것으로써, 그 파괴력은 대자연을 통해 볼 수 있는 수많은 재해들을 상상한다면 능히 짐작할 수 있었다.

하지만 이 힘을 끌어내기 위해서는 시전자 역시 적잖은 부담감을 안아야만 했다.

순수함.

인간으로써 지닌 가장 순수한 에너지만이 이와 소통할 수 있기 때문이다.

생명의 힘.

오러로 단련되고 발전 개발된 육신은 잠재되어 있던 육신의 신비를 깨울 수 있다.

하지만 이 안에 의지를 불어넣기 위해서는 '영(靈)' 적인 파워가 소모 될 수밖에 없었다. 인간으로써 대자연의 순수함을 감당하려면 지불해야만 하는 대가였다.

여기까지 생각하던 제튼의 머릿속으로 또 다른 세상의 전설이 떠올랐다.

'저기서 더 나아가서 검의 형상마저 버린다면……'

심검(心劍).

마음의 검이라고 불리는 무림의 전설이었다.

'스피릿 소드(Spirit Sword).'

오로지 의지만으로 이뤄진 환상의 경지였다.

"어때? 빛깔 죽이지?"

뜬금없는 오르카의 물음에 제튼이 실소했다. 확실히 순수한 기운으로 이뤄진 오러 스피릿은 오러 블레이드에 비해 옅을지언정, 그 매혹적인 광택은 더 강렬했기 때문이다.

"확실히 매력적이군."

그녀를 닮아 붉게 피어나는 유혹의 빛은 자꾸만 시선을 주고 싶을 정도로 아름다웠다. 붉은 검광을 바라보던 제튼의 시선이 자신의 양손으로 향했다.

"준비됐어?"

당장이라도 달려들 듯 기세를 피워내는 오르카의 모습에 쓴웃음이 나왔다.

'검이 필요할 것 같은데.'

안타깝게도 천마는 그와 달리 '검'이 아닌 '맨손' 박투를 즐겼다. 그리고 그녀가 이런 사정을 알 리가 없었다.

"간다."

말과 동시에 그녀의 신형이 쏘아져왔다.

'끄응……'

천마 흉내는 여러모로 그를 불편하게 만드는 것 같았다. 두 주먹을 불끈 쥔 제튼도 신형을 내던졌다.

쫘르르르르르……

그리고,

인간이 만들어낸 재해가 광활한 평야를 뒤덮었다.

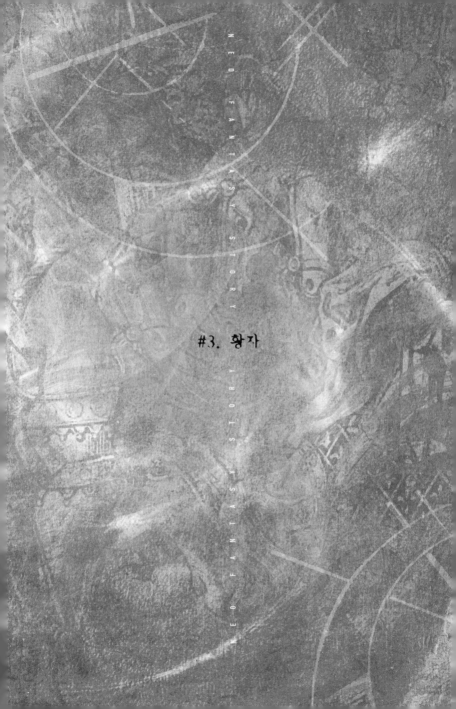

NEO FANTASY STORY

#3. 황자

#3. 황자

드디어 루마난 축제의 마지막날 아침이 밝았다. 일주일 간 몰려들었던 인구 그 이상으로 많은 관광객이 테룬 아카 데미를 찾아 왔다.

축제의 마지막인 이유와 더불어서 기사학부와 마법학부 의 최강자가 결정되는 날이기도 한 까닭이었다.

가을이라는 계절도 잊을 만큼 아카데미의 공기는 한껏 달아올라 있었다.

"에휴…… 드디어 이 지긋지긋한 추가근무도 끝이구나."

하지만 단 한명, 이 뜨거운 열기와 대비되는 모습으로 추욱 늘어진 사내가 있었으니, 바로 제튼이 그 주인공이 었다.

그는 현재 아카데미 한 구석의 그늘에 몸을 숨긴 채, 달궈진 열기를 회피하는 중이었다. 하지만 그럼에도 불구하고 밀려드는 열기로 인해 몸이 노곤노곤해졌고, 어느새 그의 고개가 위아래로 까딱거리며 졸음에 빠져들기 시작했다.

그러나 이 평온한 시간은 오래 이어질 수 없었다.

"뭐해?"

돌연 들이닥친 음성이 그의 귓전을 흔든 까닭이었다.

'끄응……'

눈을 뜬 제튼의 미간에 자그마한 주름이 잡혔다.

오르카.

어느새 나타난 그녀가 옆자리에 엉덩이를 걸치고 있었다.

"정말 많이 변했네. 이런 늘어진 모습이라니. 전이라면 상상도 못 했을 거야."

그녀의 이야기에 제튼이 한숨을 푸욱 내쉬며 말했다.

"넌 전혀 변한 게 없네."

어쩐 일인지 제튼의 말투는 한층 편안해져 있었다. 그 모습에 눈을 빛낸 오르카가 물었다.

"어라라? 갑자기 왜 이래?"

"쯧! 귀찮아졌어."

"뭐?"

"말했잖아. 과거는 과거라고."

"새 출발이다?"

"그래. 괜히 옛 모습 흉내 낸다고 힘 빼기는 싫다."

그를 잠시 지켜보던 오르카가 가볍게 미소 지으며 고개를 끄덕였다.

"뭐, 이 모습도 나쁘지는 않네."

"예전 모습이 그리워?"

"조금 정도는?"

그녀의 이야기에 제튼이 쓰게 웃었다.

'천마에게 떽떽거리는 유일한 존재라고 해야 하려나.'

물론, 제튼은 제외대상이었다.

'라이벌.'

천마는 그리 생각하지 않았으나, 오르카는 천마를 그리 대했었다. 그녀는 천마를 연인이기 이전에 넘어서야 할 '벽' 같은 존재로 여겼다.

'그 모습이 귀엽다고?'

오르카를 대하던 천마의 모습도 참 재미있었다.

천마 왈!

〈이렇게 공격적인 여자는 무림에도 몇 없으니까. 흐흐! 이런 처자가 특히 발라먹는 맛이 남다르다 이거야. 실력만큼 몸매가 예술이거든.〉

음란마귀를 사육하는 그의 욕정은 뒤로 하더라도, 그녀가 천마에게 적잖은 인정을 받고 있었다는 건 사실이었다.

그녀의 옆모습을 슬쩍 흘겨본 제튼이 이내 자신의 양 손으로 시선을 내렸다.

'분명…… 보통은 아니지.'

그녀와 펼쳤던 전투가 머릿속으로 스쳐갔다.

강했다.

오러 스피릿은 '의지'로 이뤄진 힘이다. 때문에 그 안에는 시전자의 의지가 한껏 반영될 수밖에 없었는데, 일검일검 휘둘러질 때마다 날아드는 그녀의 의지는 그야말로 오싹할 정도의 압박감을 지니고 있었다.

천마의 전투를 따라잡기 위하여 맨손으로 상대를 해야 했고, 덕분에 제튼은 직접적으로 그녀의 의지에 손을 들이밀 수밖에 없었다.

그 역시 양 손 가득 오러 스피릿을 둘렀으나, 그럼에도 불구하고 밀려드는 강렬한 충격이 양 손을 저릿저릿하게 만들 정도였다. 그만큼 그녀의 의지가 강렬하다는 의미이기도 했다.

형성된 오러 스피릿의 양이 적어서 그렇지, 그 안에 담긴 의지만큼은 충분히 두터웠다.

그래서 차마 맨손으로 부딪치는 걸 자제하며 피하거나 흘려보내니, 등 뒤로 평야가 크게 갈라지고 뒤집어지는 게 아닌가.

절로 소름이 끼치는 순간이 아닐 수 없었다.

'와…… 장난 아니네.'

베겠다는 의지에 대지가 그 깊이를 알 수 없을 만큼 깊고 넓게 갈라졌다. 족히 백여미르는 넘어갈 것 같았다.

거기에 아주 묵사발을 내 버리겠다는 일념이 펼쳐지며 땅거죽이 통째로 들리는데, 전투중임에도 불구하고 잠시 오금에 힘이 풀릴 정도였다.

'와…… 이 악독한 년. 그래도 지 연인한테.'

아주 자비가 없었다.

'너무 오냐오냐 키웠어. 끄응…….'

물론, 그가 아니라 천마가 이리 만든 것이었다.

'하긴…… 애만 콕 찝어 말하기도 애매하지.'

오르카 정도는 아니었으나, 알게 모르게 천마의 머리꼭대기에 오르려고 하는 여자들이 몇몇 있기는 했다.

'악랄한 마귀 마왕 마신!'

그게 천마에 대한 일반적인 평이었다. 하지만 반전이 있었다.

'내 여자에게는 따뜻한 남자.'

그 따뜻함이란 게 천마의 기준이라는 부분에서 약간의 오류가 있기는 했으나, 분명 수하들을 대하는 것에 비한다면 상당한 차이가 있었다.

때문에 천마와 생활을 했던 몇몇 여인들의 경우, 일정

기간이 지나면 제법 천마의 앞에서 편히 행동하는 경향을 보이고는 했다.

'단! 이 년은 좀 다르지.'

꽈르르르르릉······

순간 천둥성이 울리는가 싶더니 귓불이 뜨끔해졌다. 피했다고 피했는데 그 의지의 잔재가 스쳐간 것이다.

'아오······ 젠장!'

저 앞으로 두 눈에 불을 키고 달려드는 오르카의 모습이 보였다.

'첫 만남도 딱 저랬지.'

실로 골 때리는 기억이었다.

〈너 좀 친다며? 한 판 붙자.〉

대뜸 찾아와서 검을 들이미는데, 당시 제튼의 충격은 이루 말할 수가 없었다. 아직 천마가 전쟁의 물밑작업을 하던 당시였고, 가명으로 활동하던 시기이기도 했다.

하지만 그 거짓된 이름값만으로도 인근 지역을 충분히 압도하고 있었고, 덕분에 귀족들도 함부로 이를 드러내지 못했었다. 헌데, 그런 천마에게 당돌하게 찾아와 도전을 하는 사람이 있을 줄이야.

이 막나가는 존재가 여인이라는 사실에 한 번 놀랐고, 그 실력이 두 번 놀랐으며, 전투 중에 발전해가는 놀라운 재능에 세 번 놀라야만 했다.

"죽어, 이 개자식아-!"

비명인지 고함인지 모를 괴성을 내지르며 검을 휘두르는 그녀의 모습이 보였다.

'썩을…… 그래도 연인인데.'

사랑의 속삭임 대신 칼부림과 욕설 그리고 저주를 선사하고 있었다. 훌쩍 몸을 빼내며 검격을 피했다.

'취향 참 독특하단 말이야.'

그는 여러모로 천마와 안 맞는다고 생각했다.

'음?'

일순간 제튼의 시선이 굳어졌다. 제법 거리가 있음에도 불구하고 오르카가 돌연 검을 내지르는 것을 본 까닭이었다.

일순간 검 끝으로 강렬한 의지가 모이는 걸 느꼈다.

'미친!'

욕설을 내지를 뻔 봤다.

'의어검(意御劍).'

무림에는 기운으로 검을 부리는 이기어검(以氣御劍)이란 수법이 존재하는데, 지금 그녀가 하는 것은 거기서 더 나아가 의지로써 검을 통제하는 일종의 신기였다.

콰우우우우우……

마치 공간을 격하는 것 같은 움직임을 보이며 순식간에 그녀의 검이 다가들었다.

133

'젠장!'

이를 악물며 주먹을 불끈 쥐었다. 갑작스런 어검술에 당황해서 피할 타이밍이 늦은 것이다.

'완전하진 않아.'

그나마 다행이랄까? 검에 그녀의 의지가 이어지고 있다는 건 알겠으나, 제대로 통제를 하지 못하는 것 같은 느낌이 강렬했다. 검을 놓는 순간 하얗게 탈색된 그녀의 안색이 이를 증명하고 있었다.

겨우겨우 의지만 이어놓고 있는 것이다.

덕분에 어정쩡하게 어검술(御劍術)의 형태만 남은 채 검이 날아들고 있었다. 이는 즉, 딱 한번만 잘 막아내면 된다는 소리였다.

주먹을 움켜쥐었던 제튼이 손을 풀며 날을 세웠다.

'막아? 괜히 힘 쓸 필요 없겠지.'

피하기에 늦었다고 해서 꼭 막으란 법은 없었다.

'흘린다!'

제튼의 양 손으로 강렬한 의지가 밀려들며 오러 스피릿이 극한까지 활성화되기 시작했다. 동시에 다가드는 오르카의 검, 붉은 유혹을 향해 뻗어냈다.

콰드드드드드드드……

강렬한 진동이 손바닥을 타고 전해져왔다.

'대단하긴 대단해!'

그녀의 경지에 새삼 감탄사를 터트리며 손을 빼냈다. 이미 경로가 틀어진 검은 그를 지나치며 뻗어나가고 있었다.

꽈르르르르릉……

등 뒤로 천둥성이 터져 나오며 재차 땅거죽이 뒤집어지는 게 느껴졌다. 지금까지 중에서 가장 큰 재해였을 것이라고 짐작됐다.

'짜릿하네.'

화끈한 손바닥의 통증에 손을 털며 훌쩍 신형을 띄웠다. 저 앞으로 무너져 내리는 오르카의 모습을 본 까닭이었다.

"쯧! 그러게 왜 무리를 해가지고."

제정신을 유지하기도 어려울 만큼 과한 일검이었다. 덕분에 그녀의 내부가 제법 상해있는 것 역시 전해졌다.

'정말 죽일 각오로 덤벼들었단 말이지.'

그도 모르게 시선이 하늘로 향했다.

"도대체 네 취향은 뭐냐?"

죽자고 덤비는 연인이라니.

저 하늘에 천마의 얼굴이 떠있기라도 한 듯, 그렇게 조용히 질문을 내던졌다. 하지만 이내 고개를 절레절레 흔들며 시선을 내려 오르카를 바라봤다.

'막을 수 있다고 믿었겠지.'

천마라면 충분히 감당할 수 있을 거라 여겼기 때문에, 무리를 해가며 전력으로 덤빈 것이리라.

"다음에도 이런 식이면 곤란한데."

지금의 발전 속도를 보자면, 언젠가는 그가 오른 경지를 넘어설지도 모른다. 그 때에도 이렇게 전력으로 달려들면 정말 답이 없었다.

천마의 잔재로 인해 언제까지 고생을 해야 하는가.

절로 욕지기가 치밀었다.

"하아…… 빌어먹을 놈."

한마디 툭 내던진 그의 신형이 이내 평야에서 자취를 감췄다.

오르카에게 내상이 있었다고는 하나 금세 치유가 가능한 것이었다. 때문에 제튼은 아카데미 근처 여관에 방을 잡고, 그녀를 짐짝마냥 던져놓은 뒤 방을 나왔다.

'그래도 한 일주일은 걸릴 줄 알았는데.'

옆에 앉은 그녀의 모습을 보아하니, 이미 치유가 끝난 모양이었다.

'쯧! 치유력도 괴물급이네.'

속으로 투덜거린 제튼이 엉덩이를 털며 자리에서 일어났다. 슬슬 학부로 돌아가 보는 게 좋을 것 같았기 때문이다.

"언제까지 있을 거야?"

제튼의 물음에 오르카가 입꼬리를 말아 올리더니 역으

로 물었다.

"언제 돌아갈 건데?"

"쯧! 안 가. 고향에서 조용히 살 생각이니까."

그의 대답에 오르카가 혼잣말처럼 중얼거렸다.

"그러고 보니, 황자를 독살하려는 움직임이 있던 것 같
더라……."

두어 걸음 움직이던 제튼의 신형이 그대로 멈춰 섰다.

"그냥 구경만 할 거야?"

이어지는 물음에 제튼의 두 눈이 질끈 감겼다.

"아들이잖아?"

그의 머릿속으로 떠오르는 황자의 모습이 떠올랐다.

검은 머리에 검은 눈빛.

'아들?'

머릿속에 물음이 이어진다.

누구의?

아직, 그 답은 나오질 않았다.

◈

서른다섯 봄.

그가 떠났고, 나는 육신을 돌려받았다.

그리고 나는 여행을 시작했다. 바라건대 긴 여행이길

원했다. 예상으론 족히 10년 이상의 세월이 걸릴 것으로
여겨지는 것이었다.

하지만 정확히 1년 뒤,

여행은 급작스럽게 마무리 되었고, 나는 거대한 돌덩이
를 가슴에 품어야만 했다.

천마.

아아아아…… 그의 흔적은 어디까지 나를 괴롭히는 것
일까.

여행 중에 소문을 들었다.

일부러 귀를 닫고 회피했던 제국의 소식이건만, 본의 아
니게 들을 수밖에 없었다. 온 세상이 한입으로 그 이야기
만 떠들어 대는 까닭이었다.

"저 멀리 칼레이드 제국의 황자가 오러의 축복을 받았
대!"

"맙소사. 그 어린 나이에?"

제국에서 가장 먼 왕국까지 왔건만, 결국 그들의 소식이
들이닥쳤다.

오러의 축복.

이것은 뛰어난 재능을 지닌 아이가 고위신관들의 축성
을 받으면 우연찮게 발생하는 현상으로써, 오러의 축복 외
에도 각 재능에 따라 마나의 축복이라 불리기도 했다. 역
사적으로 봤을 때, 이런 현상을 일으킨 아이들 대부분은

자라서 초인이라 불리는 영역에 들어서고는 했다.

헌데, 내용 속에 괴상한 단어가 포함되어 있었다.

'황자?'

그토록 외면하던 제국의 정보였건만, 어느새 내 귀는 그
들의 이야기에 기울어지고 있었다.

"이제 겨우 2살이라던데, 벌써 오러의 축복이라니."

"그런 대단한 황자라니. 제국은 미래도 탄탄하구나. 부
럽다 부러워."

사람들의 이야기 속에서 또 다른 단어가 귀를 어지럽
혔다.

'2살?'

탯줄을 자르며 1살이 되는 것을 생각한다면, 작년에 탄
생했다는 소리였다. 그리고 잉태했던 건 적어도 거기서 10
개월을 더 앞당길 수 있었다. 그 시기는 그가, 천마가 아직
황도에서 한창일 때였다.

문득, 소름끼치는 생각이 뇌리를 스쳤다.

'설마······.'

아닐 것이다. 아니겠지. 아니어야 한다. 어느새 등가가
축축해졌고, 전신 가득 긴장감에 떨리고 있었다.

'확인해야 한다!'

그 길로 제국으로 향했다.

그리고 보았다.

검은 머리에 검은 눈동자를 한 그 아이를…….

당시의 기억을 떠올리자 저도 모르게 등 뒤로 땀방울이 맺혔다. 제튼은 아랫입술을 질끈 깨물며 걸음을 옮겼다. 오르카의 시선이 뒤통수로 쏟아지고 있었으나, 애써 무시하며 앞으로 나갔다.

'……빌어먹을 천마. 개자식!'

아이를 떠올리면 자연스레 그에 대한 욕짓거리가 치밀었다.

'대체 무슨 속셈으로…… 으득!'

천마는 이곳에서 수많은 여인들을 품었다. 상당수가 그저 하룻밤의 유희로써 즐긴 것 뿐이었으나, 그 중에는 진짜 연인처럼 진득하게 정을 이어나간 이들도 여럿 있었다. 오르카 역시 그 중 한명이었다.

하지만 그 와중에 결코 단 한 번도 새 생명을 잉태한 적은 없었다.

그것은 진정 신인의 영역에 오른 자의 '의지'가 반영된 것으로써, 천마가 허락하지 않는 이상 결코 아이가 탄생할 수 없게 되어 있었다.

헌데 황자가 태어났다.

아이를 처음 마주했을 때, 그는 아찔한 현기증에 무릎이 풀리는 줄 알았다.

비밀리에 들어갔다는 걸 상기하고는 급히 신형을 바로 세웠고, 덕분에 황도에 그의 흔적을 남기지 않을 수 있었다.

혹시나 싶은 마음에, 그 후로 1년간 과거 연인들의 행적을 조사했다. 또 다른 아이가 있을지도 모른다는 생각이 든 까닭이었다.

다행이라고 해야 할까?

더 이상의 아이는 없었다. 황자가 처음이며 마지막이었다.

'무슨 생각으로 아이를, 후⋯⋯!'

혹여, 이 세상에 왔다간 흔적이라도 남기고자 한 것일까?

장기적으로 계획했던 여행을 접고 귀향을 결심한 것도 이 즈음이었다.

가족.

어째서인지 모르겠으나, 갑자기 가족의 향기가 그리워졌다. 원래라면 10년 정도 돌아다니며 그의 행적을 감추고 천마의 흔적을 털어내려고 했다.

'이 외에도 몇 가지 예정이 존재하긴 했지만⋯⋯. 머릿속이 어지러워서 계획을 이어나갈 여유가 없었지.'

이후 갑작스레 밀려든 주체할 수 없는 그리움 때문에 무작정 귀향길에 올라버렸다.

떠올리면 머리만 복잡해지는 내용인 탓에, 이곳으로 돌아오고 부터는 되도록 상기하지 않고 있었다.

하지만 오르카로 인하여 결국 떠올리고야 말았다.

'황자⋯⋯.'

그의 머리가 어지럽게 돌아갔다.

'독살?

왜? 어째서? 그 어린 아이에게 무슨 잘못이 있단 말인가?

'오러의 축복.'

그것 외에는 떠오르는 게 없었다.

'젠장. 젠장. 젠장!'

화가 치밀었다. 열이 뻗쳤다. 성질이 났다.

'천마 이 개자식!'

그 때문이다.

황자가 오러의 축복을 받은 이유는 그의 안배 때문이다. 이로 인해 귀족들의 견제를 받게 되었으니, 황자가 위기에 처한 건 결국 그 때문이었다.

'망할 썩을 개 쌍 놈!'

한껏 천마를 향해 욕설을 불태운 제튼이 한숨을 푸욱 내쉬며 새로운 얼굴을 머릿속에 떠올렸다.

황제.

좀 더 정확히는 '여황'이었다. 천마의 첫 번째 연인이라고 할 수 있는 존재이기도 했다.

오르카가 가장 오랜 시간을 천마의 곁에서 보냈다면, 가장 긴 시간을 천마와 '알고' 지낸 건 그녀였다.

여황이건만 굳이 황제라 부르는 이유 역시도 천마 때문이었다.

〈결국 대공 덕분이지.〉

〈여자가 남자 하나 잘 만나서.〉

〈제깟 년이 무슨 능력이 있다고.〉

한때, 그녀를 비하하는 발언들이 알게 모르게 중앙 귀족들 사이로 흘렀었다.

그 때문일까?

그녀는 나약한 자신을 지우고자 했다.

'그 이후로 여황이라 부르면 가만 놔두지 않았었지.'

〈짐은 여자이기 이전에 황제다!〉

그녀의 외침이 새삼 귓속에 메아리쳤다.

'그녀는 알고 있을까?'

황자 독살에 대한 사안인 만큼 알고 있을 것으로 여겨졌다.

'삼등분 됐다고는 해도, 까마귀의 몸통은 남아있을 테니까.'

천마가 직접 키운 정보단이 아니던가.

'적어도 황도 내에서 만큼은 정보력을 갖추고 있겠지.'

날개를 잃어 지방까지 뻗치지는 못한다지만, 부족한대로 황궁을 감시하는 눈만큼은 아직 살아있을 거라고 믿었다.

'오르카가 알아냈을 정도니까.'

충분히 저하된 까마귀의 전력으로도 알 수 있을 거라 여겼다.

'뭐…… 그 산적 녀석이 대단하긴 하지만.'

그녀가 어떤 경로로 정보력을 얻었을지는 대충 예상이 됐다. 언제고 천마가 선물로 준 요원의 능력이리라.

'생긴 것과 다르게 그 방면에서는 머리가 열린 놈이니까.'

천마가 인정했을 정도니 더 말할 필요도 없었다.

'아마 날 찾는다고 산적 녀석을 시켜서 정보단체를 만들었겠지.'

적당한 지원만 갖춰지면 언제든 한 몫 단단히 할 인재였다. 그간은 오르카가 귀찮다고 등한시했을 터이나, 제튼의 행적을 찾고자 결국 단체로 키웠을 것이 틀림없었다.

'어쩐다.'

잠시 산적생각으로 머리를 환기시키려 해 봤으나, 결국 머릿속에 남는 건 황자에 대한 생각뿐이었다.

'독살…….'

귓속을 울리며 연신 머리를 두드리는 단어였다.

검은 머리와 검은 눈.

잔상처럼 떠오른 그 모습이 동공을 덮었다.

"후……."

어느새 걸음을 멈춘 그가 시선을 들어 허공을 바라봤다. 무의식의 반응일까? 바라본 하늘은 황도가 위치한 방향이었다.

제튼의 뒷모습을 바라보는 오르카의 눈가에 한 줄기 의문이 깃들었다.

'왜 저러는 거야?'

그래도 아들의 일이건만 저 태도는 대체 뭘까? 쉬이 이해가 되질 않았다.

'사자는 새끼를 절벽으로 던진다…… 뭐, 그런 건가?'

연인의 성격이라면 그럴 수도 있다는 생각이 문득 들었다.

'쯧! 알아서 잘 하겠지.'

이정도 나서 준 것으로도 그녀는 할 것을 다 했다고 여겼다.

'그 빌어먹을 년은 싫지만, 황자는 죄가 없으니까.'

연적에게 베풀기 싫은 친절이었으나, 아이에게는 죄가 없기에 한 발 나서준 것이었다.

문득, 이곳 루마난 축제를 들린 이유가 떠올랐다.

'영감이 이곳에 있다고 했었는데.'

갑작스레 제튼을 발견하고는 잊어버렸었다.

'치료실이 어디였더라.'

제튼의 뒷모습을 한 차례 더 바라본 뒤, 그녀도 자리에서 걸음을 뗐다.

❖

마르한은 40년 그 이상의 시간동안 고행의 길을 걸었다. 그 와중에 방랑사제라는 별칭까지 얻을 정도였으나, 의외로 그의 여정 대부분은 대륙의 중심부가 아닌 외진 곳들을 중점으로 이어져 있었다.

신관과 사제들이 넘쳐나는 대륙 중앙과 달리, 그들의 손길이 크게 미치지 못하는 외곽이기에 마르한의 존재가치가 더욱 남달랐다.

오지의 많은 이들의 그의 손아래 치유 받았고 해방되곤 했다.

그 와중에는 특별한 인연들도 제법 있었는데, 그 중 하나의 인연이 루마난 축제가 끝나가는 무렵에 찾아들었다.

"오랜만이네요."

"허헛! 어째 나이를 먹질 않는구나. 어서 와라 오르카."

검작공이라 불리는 제국의 강자도 오지에서 맺은 특별

한 인연 중 한명이었다.

"갑자기 찾아오다니. 거 참. 깜짝 놀랐다."

"나야말로 놀랐다구요. 설마, 영감님이 이런 곳에 정착
했을 줄이야."

"어쩌다 보니 그렇게 됐다."

"잘 됐네요. 그 나이 먹고 골골거리며 돌아다닐까봐 걱
정했는데."

"내 걱정을? 허헛! 고맙구나."

"쯧!"

짧게 혀를 찬 오르카가 입술을 삐죽 내밀었다. 그녀의
모습에 재차 웃음을 터트린 마르한이 일어나서 차를 준비
하며 물었다.

"날 보려고 온 거냐?"

"뭐…… 그런 것도 있고요."

슬쩍 시선을 피하는 오르카의 모습에 마르한이 눈을 빛
냈다.

"다른 이유가 있는 모양이구나."

"겸사겸사라고 해두죠."

고개를 끄덕인 마르한이 미소와 함께 차를 내려놨다.

"마셔 보거라. 제법 괜찮을 게다."

"난 이런 거 안 마시는 거 알잖아요."

"그래서 설마, 나한테 술을 달라고?"

"끄응……."

눈살을 찌푸린 오르카가 할 수 없다는 듯 찻잔을 들었다. 한 모금 입에 넣기가 무섭게 찡그려지는 그녀의 표정이 재밌었던지, 마르한이 연신 웃음을 터트렸다.

"웃지 마욧!"

"허허허헛…… 미안하구나. 그보다 여기에 온 이유가 설마, 내가 생각하는 그 것이 맞느냐?"

"……."

일순간 말문이 닫혀버린 오르카의 모습에서 마르한은 자신의 예상이 맞다는 걸 알 수 있었다.

"쳇. 괜히 쓸데없는 걸 이야기해서는……."

간혹 마르한과 편지를 주고받고는 했는데, 그 와중에 오르카가 누군가를 찾아 움직인다는 내용이 전해져버렸다.

워낙 특별한 인연으로 묶인 사이다보니 비밀이라 할 것도 쉬이 이야기하고 했던 것이다. 물론 그들 사이의 편지는 특별한 방식으로 전달되기 때문에 외부 유출에 대한 우려는 없었다.

"그가 이 마을에 있단 말이지……."

마르한은 오르카의 편지로 그녀가 '전쟁영웅'을 찾고 있다는 걸 알고 있었다. 그리고 그가 예상하기로 이 근방에서 전쟁영웅과 가장 근접한 자는 한 명 뿐이었다.

"제튼이냐?"

또 다시 말문이 막혀버린 오르카의 모습에 마르한이 고개를 끄덕였다.

"역시, 그가 맞구나."

"······어떻게 아셨어요?"

"어쩌다 보니 알게 됐지."

그리 말하며 어깨를 으쓱이는 마르한이었다.

'하긴······ 사제라고 해도 보통 사제가 아니니까.'

한 개 마을에 돌던 전염병을 홀로 치유해낸 기적의 사제가 아니던가.

"하지만 조금 의외이기도 하구나."

고개를 갸웃거리며 내뱉는 마르한의 이야기에 오르카가 물었다.

"뭐가요?"

"그가 전쟁영웅이라니. 내가 알던 것과는 전혀 다른 것 같아서 그런다."

"하긴, 예전과는 좀 달라지긴 했더라구요. 머리카락 색도 그렇고 분위기도 좀······."

전쟁영웅.

제국에서야 그리 부른다고 하나, 적국에서는 항시 마귀에 마왕이며 마신이라 불리던 존재였다. 검은빛 머리와 눈동자가 그리 불리는데 한 몫 단단히 하긴 했지만, 그의 잔혹무비한 손속이 없었다면 그런 별칭들이 붙지도 않았을 터였다.

"그는…… 따뜻한 사람이다."

마르한의 이야기에 오르카가 눈살을 찌푸렸다.

'사람? 따뜻?'

그녀의 기억 속 연인은 차가운 눈빛으로 수백 수천의 피로 죽음의 연주를 하던 사내였다. 악마니 마신이니 하는 괴이상한 단어로 불린 적은 많았어도, 사람이라 칭해진 적은 없었다. 헌데, 거기에 더해서 '따뜻'이란 단어까지 사용됐다.

황당하고 어이가 없다고나 할까?

"학살자라고 들었건만, 그에게서는 피의 향기가 느껴지질 않더구나. 그런 그가 진정 검은사신이라 불렸었다니."

검은사신.

그의 검은머리와 눈동자에 누군가 붙여준 별칭이었다.

"……과거는 과거일 뿐이라고 하던데요."

오르카의 말에 마르한이 턱을 쓸었다.

"과거는 과거일 뿐이라……."

잠시 그 말을 음미하던 마르한이 오르카를 향해 물었다.

"그래서 원했던 건 이뤘느냐?"

"예. 아주 시원하게 한바탕 했죠."

"결과는?"

"아직은 무리더라구요."

찾던 사람도 찾았고, 목적하던 것도 이뤘다. "앞으로는 어떻게 할 생각이냐?"

"우선 지켜보려구요."

"지켜봐?"

"예. 자기 아들이 위험하다는데, 아무리 냉혈한이래도 그냥 보고만 있지는 않겠죠."

마르한과는 정 반대되는 '냉혈한'이라는 표현을 하는 그녀였다.

"차갑다라…… 그래. 그보다, 무슨 소리냐. 아들이 위험하다니?"

"황자요."

"……그러고 보니 황자가 있었지. 그래. 황제와 대공 사이에서 나왔을 거라는 소문이 있기는 했는데, 그 소문이 정말이었구나."

"설마 헛소문이라고 생각했어요?"

"그럴 리가."

황제와 대공이 연인사이라는 건 제국 사람이라면 누구나 알고 있는 사실이었다. 게다가 검은 머리에 검은 눈동자를 지닌 황자의 모습은 일말의 의심마저도 지워버리기에 충분했다.

"그래도 좀 의외구나."

"뭐가요?"

"대공이 사라진지 얼마나 됐다고 벌써 분란이라니. 거

참. 듣기로는 대공이 남겨놓은 전력이 상당하다고 하던데."

"그거 쪼개진지 한참 됐어요. 게다가 벌써라뇨. 그 자식이 있을 때에도 알게 모르게 뒤통수 칠 궁리만 하던 놈들인걸요."

"그 자식? 그래도 네 연인에게 표현이 과하구나."

"망할 바람둥이 새끼한테는 이런 표현도 약과죠."

"허헛……."

격한 오르카의 말투는 항상 헛웃음을 새게 만들곤 했다.

"아마 그 자식은 귀족들의 반감을 잘 알고 있었을걸요. 자신이 없으면 제국이 어떻게 변할지도 충분히 예상했을 거예요."

그런데도 불구하고 돌연 잠적해버렸고, 중앙의 귀족들은 기다렸다는 듯 움직였다. 덕분에 황제는 때 아닌 수탈을 당해야만 했다.

눈과 귀가 되어주던 까마귀의 날개가 뜯어졌고, 힘이 되어주던 무력단체도 갈라졌으며, 발언권을 유지해주던 권력마저 갈가리 찢겨진 상태였다.

"그년이 맘에 안 들긴 하지만 어쨌든 황제니까. 흔들리는 건 별로 달갑지가 않네요."

"네가 도와주면 되잖니."

"하? 설마 모르는 건 아니죠? 제 고향이 칼레이드 제국에 짓밟힌 걸."

"내가 알기로 인명 피해는 별로 없다고 들었는데."

"별로! 없는, 거죠."

"전쟁이었다. 어쩔 수 없는 거야. 게다가 네 친인척들은 무사하질 않으냐."

천마가 손을 써 준 덕분이었다.

"신의 말씀을 전하시는 분이 전쟁에 너무 너그러운 거 아니에요?"

"결국 나도 인간이니, 그분의 뜻에 온전히 응할 수가 없는 모양이지."

그러면서 허옇게 웃는다. 이에 혀를 찬 오르카가 휙 하니 고개를 돌려버렸다. 마르한이 그녀를 향해 질문을 던졌다.

"그는 어떻게 할 것 같으냐?"

이에 오르카가 역으로 물었다.

"영감님이 보기에는 어떨 것 같아요?"

과거를 잊겠다며 새 삶을 시작한 제튼이다. 냉혈한이니 뭐니 했으나 오르카는 그의 모습에서 묘한 이질감을 느꼈다. 그래서인지 자신의 생각에 확신을 하기가 어려웠다. 때문에 마르한의 의견을 필요로 했다.

"말했잖느냐."

〈따뜻한 사람.〉

이를 떠올린 오르카가 실소했다.

"정말 모르겠네요."

고개를 휘휘 흔든 그녀가 답답한 마음에 차를 들이켰고, 이내 인상을 구기며 잔을 던지듯 내려놨다.

"허허헛……."

"웃지마욧!"

마르한의 웃음소리와 오르카의 신경질적인 음성이 기도 실 가득 울려 퍼졌다.

✦

아스트 교장은 뜻밖의 손님을 맞아 적잖게 놀란 상태 였다.

'제튼?'

그와의 대면을 가장 기피하는 교직원이 웬일로 직접 그 의 방을 찾아온 것이다. 놀라운 마음과 함께 호기심이 가 득 차올랐다.

'무슨 일로 찾아온 걸까?'

제튼에게는 궁금한 게 많았다. 그도 그럴게 이번 루마난 축제의 대전에서 기사학부는 그가 바라던 걸 이뤄줬는데, 그 학생들 중 일부가 제튼의 수업을 들었다는 것이다.

일부라고 표현을 해서 그렇지, 본선이라 할 수 있는 32 강전의 대진표의 학생들 중 무려 7명이나 그의 '복습과

나' 를 들었던 학생이었다.

테룬 아카데미 15명.

모던 아카데미 11명.

마판 아카데미 6명.

이는 32강전의 각 아카데미 학생 분포도였는데, 테룬 아카데미가 가장 많은 15명이었다. 그리고 그 15명 중 절반에 가까운 숫자가 제튼의 수업을 들었던 아이들이었다.

우연이라고 생각할 수도 있었으나, 분명 그 7명은 전과 다른 기량을 보였다고 했다. 기사학부장인 캐로에게 직접 들은 내용이었고, 덕분에 제튼에 대한 기대감이 대폭 상승할 수밖에 없었다.

더구나 예선전에서도 의외의 기량을 보여준 학생들 대부분이 제튼의 수업을 들었던 아이들이었다. 어느 정도 기대를 하고 있기는 했지만 이 정도일 줄은 몰랐다. 때문에 아스트와 캐로 둘 모두 적잖게 놀라고 있던 중이었다.

물론, 아스트나 캐로 정도쯤 되니 아이들의 기량 향상을 제튼과 대조해서 생각할 수 있는 것이었다. 그도 그렇게 이미 그 둘은 제튼의 특별함을 짐작하고 있기 때문이다.

이를 파악하지 못하는 다른 선생들의 경우에는 그저 아이들이 의외성을 보인다고 여기거나, 자신들의 수업 효과가 드러나는 거라며 자축하고 있는 중이었다.

일반 선생들 중에서 유일하게 그 둘과 같은 생각을 하는 이라면 레이나 한명 뿐이었다.

"매일 도망치기 바쁘더니, 웬일로 찾아왔나?"

"헛…… 흠!"

아스트의 말에 슬쩍 헛기침을 한 제튼이 바로 본론을 꺼내들었다.

"휴가 신청하러 왔습니다."

"……뭐?"

긴 침묵 그리고 짤막한 반문.

"추가근무가 너무 길었습니다. 그러니까 장기 휴가 좀 주시죠."

뜬금없이 한 대 맞은 기분이랄까? 괜히 머리가 얼얼한 아스트가 관자놀이 부근을 두어 차례 압박하며 물었다.

"수당이 따로 나간 것으로 알고 있는데. 부족한가?"

"예."

'끄응…….'

앓는 소리가 나올 뻔 봤다.

"보통 상하관계에서 상급자가 좀 억지를 써도 흔쾌히 고개를 끄덕일 줄 아는 게 바람직한 부하직원의 자세 아닌가?"

"하핫! 그렇게 운영되는 직장이라. 꼬라지 참……."

뒷말은 작게 흘렸으나, 절묘하게 아스트의 귀에 들릴 정

도의 음량이었다. 미간에 주름을 잡은 그가 다시금 입을
열었다.

"쯧! 나도 그냥 해 본 소리일 뿐이네. 그보다 휴가라니.
갑자기 무슨 일인가?"

"말씀 드린 것처럼, 추가근무가 너무 과한 것 같다고나
할까요. 솔직히 수당은 쥐꼬리만큼 주면서 너무 부려먹는
것 아닙니까? 원래라면 4시간 일하면 충분할 시간에 70시
간은 넘게 뛴 것 같은데요. 이걸 제 수업으로 환산하면, 저
이미 두 달 넘게 일한 겁니다. 조금만 더 무리하면, 지금
당장 겨울방학 들어가도 될 것 같은데요."

"으음……."

결국 신음성이 새버렸다. 아스트가 재차 관자놀이를 짚
으며 말했다.

"정말, 그 이유 때문인가?"

"예."

잠시 동안 아스트와 제튼의 눈싸움이 이어졌으나, 먼저
백기를 든 건 아스트였다.

"후우. 하긴, 약속이 한 주에 2시간 이었으니까."

최초 계약을 그리 하였었다. 굳이 따지자면 이 규칙을
어긴 건 아스트고, 제튼은 충분히 항의를 할 이유가 있
었다.

"얼마나 주면 되겠나. 일주일? 아니면 이주일? 설마……."

"한 달이면 충분하겠네요."

아스트의 말을 딱 끊으며 제튼이 말했다.

"그건 너무 긴 것 아닌가?"

"설마, 제가 넘어갈 거라고 생각한 건 아니죠?"

"끄응…… 눈치 챘나?"

아쉽다는 듯 손가락을 튕기는 아스트의 모습이 보였다. 그도 그렇게 말이 일주일, 이주일이지, 결국 생각해보면 겨우 4시간 빠지는 것과 다를 게 없는 까닭이었다.

어차피 제튼의 할당량은 한 주에 2시간이지 않은가.

"두 달치 이상 부려먹은 걸 겨우 한 달로 퉁 치는 거니까. 손해는 아닐 겁니다."

"쩝. 할 수 없나."

입맛을 다시는 그의 모습에 대충 이야기가 정리되었음을 느낀 제튼이 자리에서 일어났다. 그 순간 아스트가 그를 붙잡았다.

"아니. 뭐가 그렇게 급해? 기왕 온 김에 이야기나 좀 나누다 갈 것이지."

"기왕 휴가를 받은 김에, 일찍부터 즐기려고 그러죠."

"휴가는 내일부터네."

아직은 축제 중이었다. 뒷머리를 긁적이던 제튼이 할 수 없다는 듯, 다시 엉덩이를 걸쳤다.

"혹시, 뭐 궁금한 거라도 있으십니까?"

그의 물음에 아스트가 어깨를 으쓱이며 말했다.

"뭐, 그렇지. 빙 돌려 이야기하는 건, 자네 덕분에 머리가 아파서 귀찮으니까 바로 묻지. 도대체 뭘 가르친 건가?"

"무슨 말씀이십니까?"

"이번 루마난 축제에서 기사학부의 성적이 상당히 좋다는 걸 알고 있을 거야."

그 말에 제튼이 슬쩍 시선을 회피했다.

"……몰랐나?"

대답은 없었다. 아스트의 눈가에 잔경련이 일었다.

"몰랐구만."

농땡이를 너무 피운 모양이었다. 휴가 계산하러 온 상황이었다. 자연히 뜨끔한 얼굴이 된 제튼이 급하게 입을 열었다.

"제 담당구역이 대전장하고 좀 거리가 있어서요."

"그래도 제자들의 시합이잖나. 관심 정도는 기울여야지."

입이 열 개라도 할 말이 없었다. 그저 합죽이가 되어 눈알만 굴릴 뿐이었다.

"쯧! 어쨌든 이번 축제에서 기사학부의 성적이 제법 잘나왔네. 난쟁이 녀석을 아주 제대로 물 먹여 줄 수 있었지."

난쟁이란 그의 오랜 숙적인 모던 아카데미의 토파스 교장을 이야기하는 것이었다.

"기사들에 대해서 많은 것을 알고 있지는 않네. 아무래도 내 전공이 아니다 보니 관심도가 좀 약하기는 하지. 그래도 궁금한 건 어쩔 수가 없더군. 자네, 대체 아이들에게 뭘 가르친 겐가?"

"아시잖습니까."

"복습과 나?"

"예. 말 그대로 그것뿐입니다. 알고 있던 걸 한 번 더 되짚어 준 것 뿐이죠."

"그걸, 나보고 믿으라는 건 아니겠지?"

제튼이 어깨를 으쓱였다.

"아직 아이들입니다. 과거에는 성인으로 인정해주는 나이의 아이들도 있을지 모르겠지만, 이곳 아카데미에서 배움을 청하는 학생의 위치인 이상, 아이들이라고 부르기 충분하죠. 작은 변화만으로도 발전의 가능성이 충분한 시기일 겁니다."

"작은 변화?"

"말씀드리기가 좀 민망한데, 제가 아는 거라고는 아이들이 삼류라고 부르는 기본적인 연공법과 검술 밖에 없어서요. 그래서 이 기초적인 부분을 열심히 파고들었죠."

"그리고?"

"그렇다고요. 그저 기본을 열심히 가르쳤을 뿐입니다."

그 말에 잠시 턱을 쓸던 아스트가 고개를 끄덕였다.

"아이들이 지금껏, 기본이 부족했다는 건가? 그 말은 기사학부의 다른 선생님들을 무시하는 언사로 들릴 수도 있네."

"오해의 소지가 있군요. 그분들은 충분히 잘 가르쳤습니다. 문제는 아이들이죠."

"아이들?"

"원래 삼류니 하급이니 하는 건 인기가 없으니까요. 제대로 귀담아 들은 아이들의 수가 적었던 것뿐이죠. 전 복습이라는 과정을 통해서, 한번이라도 더 기본을 몸에 익힐 수 있게 한 정도랄까요. 아마 기존의 수업처럼 제 수업도 한 귀로 흘렸을지 모르지만, 아시다시피 제 수업은 '복습과 나'라는 주제를 통해서, 아주 지겹도록 기본기를 익히거든요."

"대충하려고 해도 매 수업마다 반복하다 보면 조금은 몸에 익숙해질 수밖에 없다?"

"아이들이 이미 한 차례 기본기 수업을 마친 상태라서 가능한 방법이랄까요."

"어째서지?"

아스트가 눈을 빛내며 그를 바라봤다.

"이미 익혔던 것이라고 해도, 시간이 지나서 다시 되새

기면 또 다른 발견을 하게 되는 것과 똑같은 맥락이라고
할 수 있죠."

"호…… 재미있군."

고개를 끄덕인 아스트가 잠시 제튼을 관찰하듯 바라봤
다. 이에 제튼이 미소를 지어보이며 순진무구한 눈빛을 연
발했다.

'분명, 뭔가가 더 있는데.'

의심은 짙었으나 더 물을 수는 없었다. 아스트의 직감이
더 이상의 대답을 듣기가 어렵다는 걸 알려왔기 때문이다.

"뭐, 그렇다고 해 두지."

"그럼. 이만 일어나 보겠습니다."

자리에서 일어난 제튼이 문 앞에 도달했을 때였다.

"휴가 동안에 또 땅만 팔 생각인가?"

이에 제튼이 빙긋 웃었다.

"설마요. 휴가잖습니까."

"그럼?"

"역시, 휴가는 여행이죠."

대답과 함께 제튼이 방을 나섰고 홀로 남은 아스트가 짧
게 실소하며 고개를 끄덕였다.

"그런가."

창 너머로 축제가 절정에 이르는 함성소리가 들려왔다.

칼레이드 제국의 수도 크라베스카.

그 중앙에는 절로 감탄이 솟구칠 정도로 아름답고 웅장한 건물이 세워져 있었으니, 그곳이 바로 황궁 브레이브였다.

이곳 브레이브의 한편에는 사자의 탑이라는 특이 건축물이 하나 존재하는데, 이 건축물은 족히 수백미르에 이를 정도로 높게 세워져 있어서, 수도 어디에서건 확인하고자 한다면 찾아볼 수 있었고, 그로 인해 수도의 자랑거리로 불리고 있기도 했다.

최초 사자의 탑을 세우던 당시, 불가능한 건축물이라고들 했다. 하지만 장인들과 더불어 마도공학의 정수까지 집결시키자 결국 환상은 현실로써 탈바꿈되며, 종래에는 타국의 부러움을 사게 만드는 세기의 걸작이 완성될 수 있었다.

하지만 그 누구도 감히 그곳의 실체를 확인하려 하지 않았다. 아니, 확인을 할 수가 없었다.

사자의 탑!

제국 수도의 자랑거리라고 불리는 그곳이, 사실은 전쟁 영웅의 거처였던 까닭이었다.

그 넓고 높은 건물을 홀로 사용한다며 욕을 하는 이들은 없었다. 전쟁영웅은 말 그대로 '영웅'이기 때문이다. 그래서인지 뒤로 수군거리는 자들은 있을지언정, 감히 대놓고 비난하는 이들은 존재하지 않았다.

이런 사정으로 인해서 사자의 탑은 제국민의 자랑이지만, 동시에 제국민들의 가장 큰 미스터리이기도 했다.

이는 귀족들 역시 마찬가지였다.

사자의 탑을 드나들 수 있는 건 황가와 몇몇 허락된 소수의 인원들 밖에 없기 때문이었다. 기본적으로 탑을 지키는 병력마저도 소수정예로 제한을 해 놓았다는 것을 생각한다면, 탑의 내부를 확인한 인원은 채 100명이 안 될 수밖에 없었다.

헌데, 이런 특별한 사정을 지닌 탑의 정면 정원으로 신이 나서 뛰어다니는 아이가 한 명 보였다. 정원 역시도 탑의 일부로 인정된다는 걸 생각해 본다면, 아이의 신분은 실로 범상치 않을 것이라고 여겨졌다.

"전하~."

순간 들려오는 여인의 음성에 아이가 반응하는가 싶더니 그 발걸음이 한층 빨라졌다.

카이든 라 브라만 칼레이드.

단 하나뿐인 제국의 후계자! 그게 바로 아이의 정체였다.

"황자 전하~!"

정원 한편으로 30대 중반의 아름다운 여인이 모습을 드러냈는데, 그 복장을 통해서 황자의 유모임을 짐작할 수 있었다.

막 정원 한쪽으로 모습을 던지려던 카이든 황자와 유모의 시선이 마주쳤다.

"쳇!"

들켰다는 표정으로 아쉬움을 드러낸 황자가 빠르게 몸을 던졌다. 분명 듣기로는 황자의 나이는 올해 겨우 3살이었다. 하지만 순간적으로 황자가 비쳐준 움직임은 일반적인 그 또래 아이들의 것과 달랐다.

명확한 뜀박질과 날렵한 움직임 거기에 더해 유연한 몸동작까지, 못해도 10살 정도는 되어야 비쳐줄 법한 수준의 동작들이었다.

게다가 일순간 비춘 황자의 속도는 10살 그 이상의 것으로 여겨졌다. 충분히 유모를 진땀나게 할 만한 움직임이라할 수 있었다.

하지만 아직 성인의 속도를 따라잡기는 무리였던지, 결국 유모의 손에 잡힐 수밖에 없었다.

"100까지 세고 찾으랬잖아. 이렇게 빨리 찾아낸 걸 보니까 분명 50밖에 안 센 거지?"

카이든의 투덜거림에 유모 '라나'가 가볍게 이마위의 땀을 닦아내며 부드럽게 웃었다.

"설마요. 당연히 100까지 셌죠. 그보다 술래잡기는 그만

끝내고, 슬슬 수업하러 가셔야지요."

유모 라나의 말에 카이든이 입술을 삐죽 내밀었다.

"벌써?"

"예. 시간이 됐으니까요. 또 빠지려고 하셨다가는 지난 번처럼 황제폐하께서 크게 화를 내실거에요."

지난 기억이 떠오른 것인지, 카이든의 표정이 급속도로 우울해지는 게 보였다. 그 모습이 안쓰러워 라나가 가슴깊이 아이를 안아주었다. 하지만 놀고 싶다는 아이의 바람을 이뤄줄 수는 없었다.

황자!

그 절대적인 신분은 아이라고 하여 자비를 베풀지 않기 때문이다. 오히려 어리기에 더욱 잔혹한 무게감으로 짓누를지도 몰랐다.

'재능이라도 없으셨으면⋯⋯.'

2살 무렵에 있었던 오러의 축복으로 인해 황자의 재능은 전 대륙에 널리 알려졌다. 동시에 그를 향한 기대감 역시 더욱 커졌는데, 여기에는 사실 숨겨진 비밀이 존재했다.

'삼종의 축복을 한 몸에 지니신 분이니. 후⋯⋯.'

오러, 마나, 정령.

세상에 알려진 것과 달리, 황자는 그 세 가지의 축복을 한 몸에 지니고 있었다. 그야말로 전무후무한 축복으로써,

대륙의 오랜 역사 내에서도 유래가 없는 일이었다.

당시 축성을 했던 대신관은 황자의 재능을 향해, 신이 직접 보살핀다고 이야기하며 감탄을 거듭했을 정도였다.

하지만 이 덕분에 황도의 상황은 매우 복잡해져 버렸다.

'무례한 너구리들!'

파스카인 공작, 리베란 공작, 트라베스 공작.

귀족파의 수장이라 불리는 그들 삼공작이 한층 노골적으로 황실을 압박하기 시작한 것이다.

그나마 다행이랄까?

황자의 축성식은 사자의 탑 앞에서 이뤄졌는데, 그로 인해 대규모로 이뤄지지 않을 수 있었고, 덕분에 이 사실을 아는 이들은 그리 많지가 않았다. 이는 황자에 대한 진실을 감추기에 충분한 조건이었다.

과한 재능으로 인해 주변 국가들이 삼공작과 비슷한 행동을 보일지도 모른다는 결론에, 황실은 삼종의 축복을 오러의 축복 하나로 줄여서 발표를 한 상태였다.

대 제국 칼레이드.

이러한 명성과 달리 지금 제국에 필요한 것은 일정의 휴식기였다. 오랜 전쟁으로 인해 상당수가 지쳐있기 때문이었다.

자취를 감춘 전쟁영웅.

귀족들의 분란.

약화된 황실.

거기다 제국 곳곳에 숨어 암약하는 망국의 사자들까지.

제국의 전력이 여전하다고 하나, 현재는 잠시 멈춰서 숨을 고를 시간이 필요했다. 삼공작들 역시 이 부분을 알기 때문에 축복의 크기를 줄이는데 동참한 것일 터였다.

'하지만 그 속내는 또 모르지……'

라나의 눈가에 싸늘한 한기가 스쳐갔다.

오러의 축복 하나만으로도 그들 삼공작을 긴장하게 만들기에 충분하건만, 무려 삼종의 축복이 한 몸에 내렸다.

'분명, 더러운 수작을 부리겠지.'

그녀의 시선이 황자에게로 향했다.

'제가 꼭 지켜드릴게요.'

그러며 더욱 꼬옥 끌어안았다. 황자 앞에서는 평범하게 행동하고 있으나, 사실 그녀의 정체는 유모이기 이전에 비밀호위이기도 했다.

너무 세게 안았던 것일까? 잠시 버둥거리던 황자가 획하지 가슴을 벗어나는 게 보였다.

"답답해."

"어머. 죄송해요."

"그만, 가자."

한 차례 고개를 끄덕인 황자가 성큼 발걸음을 돌리는 게 보였다. 3살 아이라고 여겨지지 않는 당당한 걸음걸이에

절로 쓴웃음이 나왔다.

'애늙은이가 따로 없지.'

분명 이제 겨우 3살이건만 자꾸만 10살 혹은 그 이상의
아이처럼 대하고는 했다. 놀라운 사실은 그녀 자신도 스스
로의 태도가 당연하다고 여긴다는 것이다.

삼종의 축복이라는 재능 때문인지 모르겠으나, 분명 황
자는 남다른 특별함이 존재했고, 그녀는 이 부분을 인정하
고 있었다.

'역시…… 주군의 핏줄!'

황자의 뒤를 따르던 그녀의 시선이 한쪽으로 돌아갔다.
바로 옆에 세워진 거대한 탑이 눈에 담겼다. 한 때 그녀가
주인으로 모셨던 존재의 거처가 바로 저곳이었다.

'언제쯤 돌아오실 것인지.'

전쟁영웅의 거처이자 제국 수도의 자랑거리인 사자의
탑.

사실, 그곳은 현재 위기에 직면해있는 상태였다. 삼공작
들을 비롯한 귀족파의 압박에 의해 탑의 내부공개가 조금
씩 이뤄지고 있는 상황이었다.

영웅의 거처.

이 얼마나 매력적인 단어인가.

"사자의 탑은 제국의 자랑거리라고 할 수 있습니다."

"타국에서 이를 보고자 찾아오는 이들이 많습니다."

"개방하여 우리의 위상을 타국의 사신들에게 알리는 겁니다."

말은 이렇게들 하고 있으나, 그들은 이곳에 전쟁영웅의 비밀이 숨어있을 거라 여기는 것 같았다.

뭐가 되었건 영웅과 관련된 것 중 아무거나 하나라도 건져 낼 수만 있다면, 그들은 충분히 만족할만한 성과를 이뤘다고 할 수 있을 것이다. 때문에 지겹도록 탑에 대하여 물고 늘어지고 있었다.

그리고 분명, 결국은 저들의 의도대로 사자의 탑은 내부 가득 귀족들의 발자국을 허락하게 될 터였다.

'돌아오실 거죠······.'

부디 그의 주인이 영영 떠난 것이 아니기만을 바랄 뿐이었다. 제국이 휴식기를 가지고 있듯, 주인 역시도 잠시 휴가를 보내는 것이라고 믿고 싶었다.

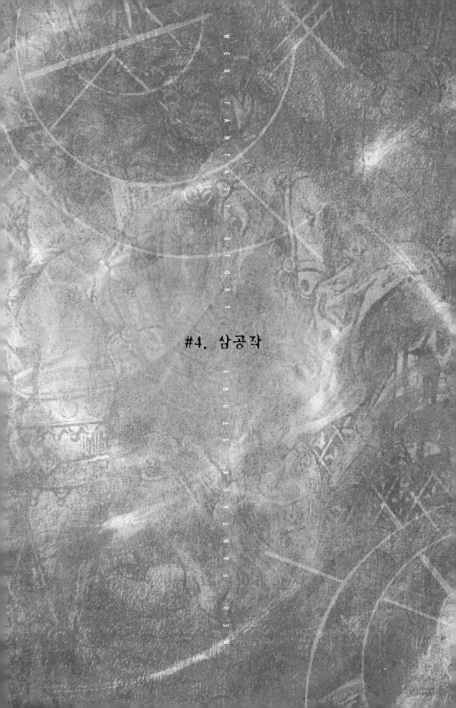

#4. 삼공작

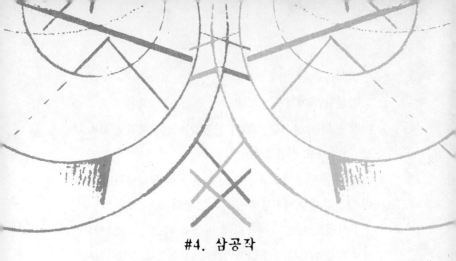

#4. 삼공작

마치 하늘에 닿을 듯 우뚝 솟아오른 거대한 탑을 보고
있노라면, 누구나 한번쯤은 생각하게 된다.

"황도인가."

제국의 심장부에 도착했음을 느끼게 만드는 저 웅장한
건축물은 언제나 눈을 번뜩이게 만들고는 했다.

트라베스 공작은 마차 밖으로 보이는 탑을 바라보며 나
직이 중얼거렸다.

"사자의 탑……."

그를 비롯한 삼공작과 각 귀족파의 인사들을 두려움에
떨게 만들었던 존재의 거처였다. 때문에 이를 바라보는 눈
위로 싸늘한 한기가 머무는 건 어쩔 수가 없었다.

"검의 정점."

전설처럼 여겨지는 그랜드 소드 마스터, 혹은 소드 그랜 저라 불리는 경지를 이뤄낸 살아있는 전설이며 신화적 존 재, 그가 바로 전쟁영웅이었다.

검 대신 맨주먹으로 전투를 치루던 걸 생각한다면, 한층 더 강렬하게 여겨지는 부분이기도 했다.

통상적으로 소드 마스터에 비해서 피스트 마스터가 더 오르기가 어렵다고 알려져 있기 때문이었다. 이는 역사적 으로 살펴봐도 그 수가 워낙 적기 때문에, 그 희소성에 점 수를 더 줬다고도 볼 수 있었다.

'어느새 3년이 지났나.'

영웅이 사라지고 흐른 시간이었다. 그가 제국의 실권에 서 물러난 시간과 점차 모습을 드러내지 않던 시기까지 고 려해 1년 정도 더하면, 대략 4년여의 시간동안 그들 귀족 파는 기회를 얻었다고 할 수 있었다.

이미 영웅이 머물던 무렵에도 심심찮게 움직임을 보여 줬던 그들이었다. 그 와중에 영웅이 사라졌다. 이 마당에 더 이상 움츠릴 이유는 없었다.

'그가 돌아오기 전에, 최대한 힘을 키운다.'

삼공작들의 공통된 생각이었다.

두려움?

전쟁영웅이 그들에게 보여줬던 광폭한 성격은 분명 소

름끼치도록 무서웠다. 하지만 그럼에도 불구하고 그들은
행동하기를 주저하지 않았다.

'더 이상 두렵지 않다.'

그들은 과거와 달랐다. 당시에는 없었던 힘이 있었다.

분명 전설처럼 회자되던 그랜저의 전투력은 무시무시했
다. 오랜 시일이 흐른 지금도 그의 전투 모습을 회상하면
절로 등골이 오싹할 정도였으니 더 말해 무엇 하겠는가.

하지만 그럼에도 불구하고 이제는 그를 똑바로 응시할
용기가 생겼다.

'분명, 대단하긴 하지만…… 그래도 감당할 수 있다!'

제국전쟁 시절부터 꾸준히 비축해왔던 가문의 힘을 드
러낸다면 충분히 가능할 터였다. 물론 함부로 확신하며 확
답을 내리지는 않았다.

'부족하다면 부족한 대로 방법은 있지.'

그리 생각한 트라베스 공작이 입꼬리를 말아 올렸다. 그
가 괜히 귀족파가 아닌 것이다.

파스카인 공작과 리베란 공작.

거기에 그를 포함하여 흔히들 삼공작이라 부른다. 마르
셀론 공작이 있음에도 불구하고 따로 삼공작이라는 단어
가 사용되는 이유는 하나였다.

귀족파!

바로 그들 삼공작이 서 있는 위치 때문이었다. 때문에

황실파인 마르셸론 공작을 제외한 그들 세 공작만 한데 묶어서 부르는 것이었다.

지금이야 귀족파 내에서 서로 파벌을 형성한 채 눈치싸움을 하고 있다지만, 만에 하나 영웅이 귀환하고 그를 상대해야 하는 상황이 벌어진다면?

그 때는 '귀족파' 라는 명목아래 힘을 합치게 될 터였다.

솔직히 전쟁영웅을 트라베스 공작 홀로 감당한다는 건 무리가 있었다.

'어쩌면 망상일지도.'

하지만 파스카인 공작이 힘을 더하고 리베란 공작이 뒷받침을 해 준다면 어떨까.

"큭!"

상상만으로도 웃음이 나왔다.

그들 두 공작 역시도 자신처럼 비축해 놓은 뒷심이 존재하는 것을 알고 있었다. 그러한 힘들이 한데 뭉친다면?

'제 아무리 영웅이라 해도, 충분하다!'

나직이 실소한 그가 사자의 탑을 바라보며 입꼬리를 말아 올렸다. 그가 손을 들어 올려 창밖의 탑을 향해 뻗었다.

'언젠가는 내 것으로……'

그러며 꽈악 움켜쥐는 주먹 속으로 탑의 형상이 사라졌다.

드높게 솟은 건축물들과 세련된 거리의 모습, 그리고 그 위를 가득 메우며 북적거리는 사람들을 보고 있노라면 새삼 깨닫게 된다.

'돌아왔구나.'

제튼은 수도의 풍경을 보며 쓰게 웃었다. 옛 추억이 떠오른 까닭이었다. 그 순간 옆에서 들려온 음성이 그의 감상을 흔들었다.

"요상한 표정도 짓고, 확실히 예전하고는 다르네."

함께 수도로 올라온 오르카가 옆으로 바짝 접근하더니 그의 얼굴을 이리저리 살펴보는 게 아닌가. 그 아름다운 얼굴에도 불구하고 머리에 떠오른 건 귀찮다는 생각뿐이었다.

'이걸 가만히 내버려 둘 수도 없고.'

원래는 그녀를 떼어놓고 올 계획이었다. 하지만 그럴 수가 없었다. 혹여 그녀가 고향에서 말썽이라도 부릴까 걱정된 까닭이다. 때문에 할 수 없이 그녀와 함께 수도로 올라와야만 했다.

마법의 힘을 빌려 시선의 집중을 피한 상태였기에, 그녀로 인한 소란은 피할 수 있었다.

"그것보다 어때?"

오르카의 뜬금없는 질문에 제튼이 그녀를 바라봤다.

"네 집. 오랜만에 보는 거잖아. 어때?"

그녀의 이야기에 고개를 돌려보니 저 한편으로 세워진 높다란 탑이 눈에 들어왔다.

사자의 탑!

'쓸데없는 돈지랄.'

탑에 대해 그가 지니고 있는 감상평이었다.

"별 감흥 없어."

그 말에 눈을 빛낸 오르카가 재차 물었다.

"듣자하니 너구리 녀석들이 네 집을 들쑤시려고 난리라 던데, 가서 뒤집어 놔야지."

그러면서 제튼의 반응을 살핀다. 그가 옛 모습을 보여주지 않을까 기대하는 눈빛이었다. 하지만 제튼은 일관된 모습으로 나올 뿐이었다.

"맘대로 하라고 해. 어차피 잠잘 때 말고 쓸 일도 없었으니까."

오르카가 짧게 실소했다.

"하긴, 확실히 잠자리에 특화되기는 했었지. 층 별로 여자를 들여놨었으니까."

'끄응…….'

한 때, 전쟁이 막바지에 이르고 천마의 바람기가 극에 달했을 때, 그런 시기가 있었다.

〈층별로 전 대륙의 미녀들을 들이는 거야. 어때? 멋지지!〉

당시 천마가 했던 이야기였다. 자신의 육체임에도 불구하고 뒤통수를 찐하게 갈기고 싶던 순간이었다.

고위 귀족도 쉬이 드나들지 못 했던 그곳이었으나, 실상은 참으로 남달랐던 것이다.

"그런데…… 계속 궁금했던 건데, 그 머리카락은 원래 그 색이었냐?"

그녀의 물음에 제튼이 한 차례 고개를 끄덕였다.

"호? 그렇다면 검은머리가 위장용이었다는 소리인데……."

이어지는 의문이 제튼을 난감하게 만들었다.

"그럼, 황자는 왜 검은색인데?"

'쯧!'

이에 제튼이 할 수 없이 한마디를 던졌다.

"검은 머리도 진짜다."

단지, 그의 것이 아니었을 뿐. 분명 그것도 하나의 진실이기는 했다.

"뭐?"

이해할 수 없는 이야기에 그녀가 고개를 갸웃거리는 게 보였다. 하지만 더 이상 이야기를 나누고 싶은 마음이 없었기에 후다닥 걸음을 옮겨버렸다.

"어디가?"

즉각 그녀가 따라붙으며 물어왔으나 가볍게 무시해줬다. 그가 현재 황도에서 갈 만한 장소는 한 군데 밖에 없었다.

'밀러 베인.'

유일하게 그의 본모습을 알고 있는 수하의 거처가 오늘의 목적지였다.

❖

프라임 기사단. 일루전 기사단. 피닉스 기사단.

이렇게 3개의 단체를 향해 제국민들은 최강의 3대 기사단이라 부르며 칭송했다.

그 중 황제 직속의 프라임 기사단을 제외한 두 개의 기사단, 일루전과 피닉스 기사단은 어느 시점부터 변질되는가 싶더니, 조금씩 최강이라는 단어에서 한 발 멀어져버리고야 말았다.

그들 두 기사단은 삼공작들의 끊임없는 물밑작업으로 인하여, 그 내부가 갈가리 찢겨 엉망이 되어버린 것이다.

전쟁영웅이 사라진 후, 아니 사라지기 이전부터 꾸준히 그들과의 접촉을 시도해왔던 삼공작들의 노력이 현재까지 이어지며 만들어낸 결과물이었다.

그들 일루전과 피닉스 기사단은 각기 삼공작의 그늘 속으로 발을 담그게 되면서, 이제는 삼등분이 되어있는 상황이었다.

겉모습이야 일루전과 피닉스의 모습을 유지하며 최강을 연기하고 있었으나, 그 안으로 들어가면 각 파벌 간에 덩어리를 이루며 옛 동료들끼리 날을 세우고 있는 실정이었다.

이렇게 나눠진 기사단원들은 각기 삼공작에게 흡수된 상태였는데, 그 중 가장 많은 단원을 끌어들인 이가 바로 파스카인 공작이었다.

각 기사단의 단원들이 삼공작 중, 유독 그에게로 향한 이유는 간단했다.

소드 마스터!

파스카인 공작의 능력 때문이었다. 삼공작 중 유일한 소드 마스터였기에 기사들이 그에게로 몰린 것이다. 물론 리베란 공작과 트라베스 공작의 꾸준한 작업 덕분에, 쏠림 현상을 막기는 했지만, 그래도 삼공작 중에서 가장 많은 기사를 끌어들인 건 사실이었다.

그런 파스카인 공작이었으나, 여전히 그는 부족하다고 여겼다.

'이 정도로는 안 된다!'

삼공작 중에서 유일하게 소드 마스터의 영역에 오른 덕

분일까? 그는 전쟁영웅의 실체를 일부나마 엿볼 수 있었다.

분명, 제국전쟁 속에서 전쟁영웅이 보여준 위용은 어마어마했다. 그 때문에 귀족들이 그를 두려워하며 감히 눈도 마주치지 못한 것이 아니겠는가.

하지만 그 무시무시한 모습 속에서 그는 보았다. 그리고 작게나마 느끼기도 했다.

'그건, 그의 전력이 아니다.'

마스터에 오른 그의 본능이 속삭여줬다. 저것은 가짜다! 진짜는 따로 있다.

그랜드 마스터.

그 명성에 어울리는 엄청난 전투력을 목격한 이들 대부분이 고개를 조아리며 경배하기에 바빴다. 하지만 파스카인 공작은 달랐다.

그 와중에도 영웅의 모습을 열심히 관찰했고, 덕분에 하나의 흔적을 발견하기에 이른 것이다.

'그토록 치열한 전투였건만, 땀 한 방울을 안 흘린다고?'

전율을 느끼며, 공포에 물들었다.

'……그저 놀고 있었을 뿐이다!'

가까스로 마스터를 넘어서는 수준만 비쳐주며 유희를 하고 있었다. 수천, 수만명의 목숨을 가지고 장난을 치고 있던 것이다. 그 순간 새삼 깨달았다.

'마왕. 마신!'

그는 영웅이 아니었다.

'숨겨진 저력이 어느 정도나 될지 모른다.'

때문에 최선을 다해 전력을 증강해왔다. 하지만 여전히 부족함을 느꼈다.

그나마 다행이랄까?

'파스카인, 리베란.'

삼공작!

그는 혼자가 아니었다.

홀로는 힘들지 모른다. 하지만 저들 두 세력의 힘을 합친다면? 불안감을 떨쳐낼 수 있다고 여겼다. 충분히 영웅의 숨겨진 힘을 감당할 수 있을 거라 믿었다.

그의 시선이 한쪽으로 돌아갔다. 저 한편으로 우뚝 솟은 건축물이 보였다.

'사자의 탑!'

자연히 떠오르는 검은 머릿결의 사내.

'반드시 넘어 주겠다!'

언제고 있을 환상의 날을 꿈꾸듯, 그의 두 눈이 감겼다.

암중 임무를 수행하던 버릇 때문일까?

밀러는 항시 자신의 집 주변에 은밀한 표식을 남겨놓곤 했다. 그 덕분일까? 그는 자신의 거처에 침입자가 있다는 걸 빠르게 눈치 챌 수 있었다.

스릉……

조심스레 품을 뒤져 자그마한 단검을 뽑아들었다. 만약의 사태를 생각한다면, 일반적인 검 보다는 근접전도 가능한 단검이 유용하다 여긴 까닭이었다.

'강자다!'

그의 본능이 외쳐댔다. 감각을 열심히 퍼트리고 있건만 단 한 줌의 기운도 걸려들지 않는 게 그 증거였다. 절로 등골이 오싹해졌다.

'빠질까?'

지금이라도 등을 돌리고 도주하고 싶었다.

'이미 늦었나.'

자신은 이미 침입자의 영역에 들어왔다는 걸 알았다. 자신의 거처였으나 이곳은 적의 둥지나 다름없었다. 등을 돌렸다가는 반항의 기회마저도 빼앗길 게 틀림없었다.

배웠던 대로 익혔던 대로 어둠 속으로 몸을 밀어 넣었다. 최대한 은밀하게 달빛마저 그의 모습을 찾지 못하도록 깊이 더 깊이 숨어든다. 비록 상대를 찾지는 못했다고 하나, 어둠 속에서라면 기회를 잡는 게 가능하리라 여겼다.

콰득!

"컥!"

일순간 목덜미에 압박감이 이는가 싶더니 숨이 턱 막혔다.

'젠장!'

욕지거리가 치밀었다. 그가 들어서려던 어둠 속에 침입자가 대기하고 있던 것이다. 바로 코앞이건만 눈치 채질 못했다. 그의 예상보다 더욱 강자라는 걸 느낄 수 있었다. 머리가 빠르게 계산을 거듭하는 와중에도 손과 다리는 생존을 위해 반격의 몸부림을 치고 있었다.

단검이 어둠을 가르고 양 다리가 날렵하게 전방을 휘갈겼다.

파파파팡!

'뭐야. 뭐가 어떻게 된 거지?'

손끝과 발끝에 느껴지는 감각이 분명 상대를 치고 갈랐다. 헌데도 불구하고 자신의 목덜미를 쥔 악력은 여전했다. 문득 신형이 들린다고 느꼈고, 동시에 시선이 빙글 돌았다.

쿠웅......

등판에 짜릿한 충격이 전달됐다. 목을 잡힌 채 땅바닥에 메쳐진 것이다. 이를 악물며 신음성을 삼켜냈다. 두 눈을 질끈 감고 싶었으나 상대를 확인하기 위해, 그리고 혹시

모를 허점을 잡아채기 위해 오히려 더욱 크게 부릅떴다.

"부족해."

돌연 들려온 음성에 부릅뜬 동공이 크게 흔들렸다.

"네 영역이라고 해도, 이미 적이 자리를 잡고 있는 이상 이곳은 너의 터전이 아니다. 적의 함정이다. 빠르게 어둠 속으로 숨어들려던 건 괜찮았다. 하지만 가장 좋은 은신처 는 이미 너의 것이 아님을 알아야 한다."

'주군!'

정신이 번쩍 들었다.

"너의 감각에 파악되지 않는 상대라면 먼저 등을 보여 라. 너의 나약함을 보여 상대를 유도해라. 최악의 상황에 서는 너의 존재야말로 가장 매력적인 미끼라는 걸 알아야 한다."

상대의 이야기를 귀에 담는 사이 어느새 목 언저리의 압 박감이 사라지고, 빠르게 숨구멍이 열리는 걸 느꼈다.

"허어어업……."

참는다고 참았으나 제법 공기가 고팠던 모양인지, 폐부 깊숙이 숨을 들이켜고 있었다. 그러면서 시선을 올려보니, 과연 어렴풋이 비쳐든 달빛이 바라던 이의 얼굴을 비쳐줬 다.

그의 영원한 지존이 그 앞에 서 있었다.

"오랜만이야."

제튼이 짤막하게 입을 열었다.

"주군!"

한 호흡에 가슴을 진정시킨 그가 재빨리 무릎을 꿇으며 머리를 조아렸다. 밀러의 뒤통수를 내려다보며 제튼이 물었다.

"내가 온 이유는 알고 있겠지?"

밀러의 머릿속이 복잡해졌다. 그의 주저하는 모습에 제튼이 고개를 끄덕였다.

"모르는군. 까마귀와의 연계가 엉망이 된 건가?"

순간 새로운 음성이 끼어들었다.

"날개를 뜯긴 까마귀는 더 이상 검은 사자들을 믿지 않으니까."

제튼과 마찬가지로 저 한편의 어둠에서 모습을 드러내는 그림자가 보였다. 오르카였다. 제튼이 눈살을 찌푸리며 그녀를 바라봤다.

"흑사자 기사단을 안 믿는다고?"

"그래. 오로지 그들을 부리려고만 할 뿐이야."

짧게 혀를 찬 제튼이 밀러를 바라봤다.

"이 역시 황제의 명령이겠지?"

그렇지 않고서야 어찌 까마귀들이 흑사자 기사단을 부릴 수 있겠는가.

"예. 주군."

골 때리는 상황이라고 해야 할까? 황제의 비수가 될 수 있도록 만든 흑사자 기사단이건만, 황제가 그 날을 꺾어 버렸다.

'엉망이군.'

밀러가 정보수집을 할 때부터 대충 예상을 했었으나, 그래도 이 정도까지 막장일 줄은 몰랐다.

"삼공작의 능력이 대단한 거지."

오르카가 끼어들며 말했다.

"후…… 삼공작인가."

역시 관건은 그들이었다. 제튼은 뒷골이 뻐근해져 오는 것을 느꼈다.

'천마 이 망할!'

욕지거리가 목구멍까지 치솟았으나 꿀꺽 삼켜야만 했다. 생각해보면 현 상황은 결국 그로 인해서 발생한 것이나 다름없기 때문이었다.

좀 더 정확히는 천마로 인한 것이지만, 만약 그가 황도를 떠나지 않았다는 전제가 붙는다면?

그의 책임도 제법 있다는 걸 부정하기가 어려웠다.

'떠나기 전에, 삼공작의 목줄을 조여 놨어야 했는데.'

당시에는 겨우 찾은 자유로 인해 이러한 상황들을 생각하기도 어려웠다. 게다가 이후 들려온 황자의 소식으로 반쯤은 패닉 상태나 다름없던 그였다.

'으음……'

가슴 한편이 묵직해지면 신음성이 올라왔다. 애써 억누른 그가 밀러를 바라보며 물었다.

"네가 알고 있는 건 없나?"

그 물음에 잠시 생각을 하는 듯싶던 밀러가 조심스레 입을 열었다.

"최근 들어 황궁의 공기가 달라졌습니다."

"달라졌다?"

"주군을 뵌 이후, 까마귀들의 청을 거절하며 제 역할에 충실하고자 하였습니다."

그 반작용으로 밀러는 까마귀들과 좀 더 멀어지며, 정보 부분에 있어서 더욱 큰 공백을 느껴야만 했다. 그나마 비밀 요원들 사이에 알려진 밀러 베인의 명성 덕분일까? 최소한의 정보력은 유지가 가능했으나, 그걸로 황궁의 비처를 살피는 건 불가능에 가까웠다.

"아직 정확한 판단을 내리기는 어렵지만……."

"네 느낌은 어떤데?"

제튼이 말을 자르며 물었다.

"……삼공작들이 움직이려는 것 같습니다."

이에 제튼이 고개를 끄덕이는가 싶더니 오르카를 바라봤다. 그 시선의 의미를 느낀 것일까? 오르카가 밀러를 향해 말했다.

"황자 독살에 대한 정보가 있었어. 알고 있니?"

밀러의 깜짝 놀란 얼굴로 미루어보아, 그가 전혀 몰랐다는 게 짐작됐다. 이에 오르카가 쪽지를 하나 건넸다.

"그곳으로 찾아가서 '돼지고양이'를 찾아서 그놈과 연계해. 부족한 정보력을 채울 수 있을 거야."

그녀가 지닌 정보원과 밀러의 능력이 더해진다면, 황도에 끼어든 불순물을 걸러내는 게 가능할지도 몰랐다.

"명을 따르겠습니다."

오르카의 제안이었건만 고개는 제튼에게 숙인다. 이 모든 게 그의 지시로 이뤄진 것임을 짐작한 까닭이었다. 이런 밀러의 태도에 불쾌할 법도 했으나, 오르카 역시도 그를 잘 알기에 웃으며 넘겼다.

"여전히 충직하네."

그 말에 오르카에게도 한 차례 고개를 숙여 보인 밀러가 제튼에게로 시선을 돌리며 말했다.

"말씀드릴 게 있습니다."

제튼이 고개를 끄덕이자 밀러가 이야기를 이었다.

"수하들에게 들은 내용입니다."

그와 마찬가지로 까마귀의 요원노릇을 하는 흑사자 기사단의 단원들을 이야기하는 것이었다.

"망국의 사자들을 보았다고 합니다."

제튼의 눈이 빛났다. 망국의 사자들이란, 그의 손과 칼레이드 제국의 발에 짓밟혀 패망하거나 흡수된 국가들의 잔존세력들을 의미하기 때문이다.

굳이 이들을 언급하는 것으로 보아 특이한 내용이 끼어 있을 것이라고 여겨졌다.

"그들이 뭉치고 있는 것 같았다는 이야기를 들었습니다."

"누구의 소식이지?"

"드라이입니다."

드라이 악센. 흑사자 기사단의 단원으로, 그 역시 제법 충직한 수하였던 게 떠올랐다. 삼공작의 수작질 속에서도 꿋꿋이 남아있는 단원이기도 했다.

"좀 더 자세히 이야기해봐."

"벨마른 왕국, 타코비아 왕국, 메타본 왕국 그리고……."

잠시 멈춘 밀러가 오르카를 한 차례 바라본 뒤 말을 이었다.

"체르센 왕국의 기사들이 한 자리에 모여 있는 걸 봤다고 합니다."

순간 오르카의 표정에 금이 갔다.

체르센 왕국은 제국전쟁 이전까지만 해도 그녀가 살던 국가였기 때문이다. 이제는 칼레이드 제국으로 통합 되었고, 그녀 역시 제국의 일원이 되었지만, 그렇다고 해서 모국에 대한 향수를 잊은 건 아니었다.

"각 국가의 복장이나 특색을 드러낸 채 모임을 가진 건 아니었지만, 아시다시피 드라이 녀석은 제법 머리가 똑똑합니다. 한 번 본 사람의 얼굴은 결코 잊는 법이 없습니다."

그들은 감추려고 했을지 모르나, 드라이는 그 속에서 진실을 보았고 국가를 연결시키기까지 했다.

'망국의 사자들이 한 자리에 모였다라…….'

확실히 심상찮은 내용이었다. 특히, 벨마른 왕국과 체르센 왕국의 조합은 더욱 그러했다.

'오랜 세월을 전쟁으로 보내온 놈들마저 손을 잡았다?'

분명 뭔가가 있었다. 물론 망국의 사자들이 자신들의 자존심을 접고, 서로 부족한 부분을 메우기 위해 뭉치는 건 가능했다. 하지만 이게 쉬운 일은 아니었다. 천마가 그들의 잔존세력을 뿔뿔이 흩어놓았기 때문이다.

이런 이들이 뭉쳤다?

특히, 벨마른 왕국과 체르센 왕국처럼 원수관계인 사이를 손잡게 하는 건, 더더욱 어려운 일이었다.

'필요에 의한 동맹이겠지.'

제국이라는 단 하나의 적을 향한 어깨동무였으리라. 그렇다고 해도 쉬이 납득이 가질 않았다.

'자금은 어디서 나온 거지?'

애초에 그들이 흩어질 수밖에 없는 이유 중 하나가 무엇이던가. 천마가 모든 자금줄을 막아버린 까닭이 아니던가.

한 개 왕국의 망자들이 뭉치는 자금도 만만치가 않았을 터인데, 지금 나온 국가는 무려 네 개 왕국의 망자들이었다. 분명 상당량의 자금으로 그들을 모았을 게 분명했다.

'삼공작일까?'

선뜻 그들로 답을 내리기가 어려웠다. 망국의 사자들에게 그들이 주는 의미를 알기 때문이다.

제국의 공작? 아니다. 그들에게 삼공작은 그저 '배덕자'일 뿐이었다.

천마에게 넘어가 성문을 열고 제국의 군사를 성도로 들인 배반자들이 바로 그들 삼공작인 것이다. 물론, 천마의 정보조작으로 인해 이러한 부분들이 외부로 알려지지는 않았다.

하지만 천마와 함께 한 제튼과 당시의 일을 겪었던 망국의 사자들만큼은 이 모든 진실을 알고 있었다.

그런 이들과 손을 잡는다?

무리라고 여기는 한편, 가능성을 아예 지우지는 않았다. 벨마른과 체르센 왕국처럼 원수 간에도 손을 잡는 게 가능한 것이 바로 전장이기 때문이다.

이 부분에 대해서는 좀 더 많은 정보와 시간이 필요하다 여겼다. 그렇게 망자들에 대한 생각을 접으며 밀러에게 재차 물었다.

"또 다른 정보는 없나?"

"황자님에 대한 정보입니다."

"……말하라."

"축복에 대한 정보에 숨겨진 진실이 있는 것 같습니다."

의아한 마음이 들었다.

"진실이라고?"

"황자님께 내려지신 축복이 오러의 축복 하나가 아닐지
도 모른다는 정보를 들었습니다."

"하나가 아니다? 마치 당시 상황을 보지 못한 듯 이야기
하는군."

"예. 축성을 내리던 장소가 사자의 탑 앞이어서…… 저
희들은 발을 들일 수가 없었습니다."

"알고 있는 이들은?"

"황제 폐하와 프라임 기사단의 제 1호위들 그리고 공작
들과 직속의 고위귀족들까지, 총 50명이 안 넘는 인원이었
습니다."

제튼이 고개를 끄덕였다. 축성 장소가 사자의 탑이라는
이야기에 대충 상황을 짐작한 것이다. 그러면서 다음 이야
기를 하라는 듯 눈빛을 보냈다.

"황실 내부에서 은밀히 돌고 있는 소문을 들었는데, 황
자님께 내려진 축복이 원래는 세 가지라고 합니다."

'설마⋯⋯.'

"오러와 마나 그리고 정령의 축복까지. 이를 칭해서 삼종의 축복이라고 부르고 있습니다."

제튼의 눈이 가늘어졌다. 음모의 향기를 맡은 것이다.

'은밀히 퍼지고 있다?'

관점을 달리 생각해보면 은밀히 퍼트리고 있다. 라고 생각할 수 있었다.

'누군가 의도적으로 흘리는 것일까?'

황자에게 진정 세 종류의 축복이 있는지는 아직 미지수였다.

'천마의 비술이 어떤 영향을 미쳤을지는 모르니.'

하지만 삼종의 축복이라는 소문으로 인해, 황자를 향한 귀족들의 견제는 더욱 심해질 것이 틀림없었다.

'어쩌면⋯⋯.'

외세의 힘을 불러오는 계기가 될 지도 몰랐다.

'삼공작이려나?'

이 역시 의문이었다. 정보의 부재로 인한 현 시점에서, 그저 추측만으로 결론을 내리는 건 피해야 했다.

섣부른 판단으로 머릿속이 엉키는 걸 경계하며, 이에 대한 생각도 잠시 한쪽으로 밀어 넣었다.

"또 다른 특별한 정보는?"

그의 물음에 밀러의 고개가 깊이 숙여졌다.

"죄송합니다."

없는 모양이었다.

"되었다. 지금부터 모으면 될 일."

그 말과 함께 손을 흔들었다. 움직이라는 의미였다. 이에 오르카가 건네줬던 쪽지를 한 차례 바라본 밀러가 정중히 예를 올린 뒤 자리를 떠났다.

"평소 성격대로 하는 게 어때?"

오르카의 물음에 제튼의 시선이 돌아갔다.

"쓸어버려. 이것저것 잴 필요 없이 의심된다 싶으면 싹 밀어버리면 되잖아."

'끄응……'

확실히 천마는 그렇게 했을 터였다. 하지만 그는 달랐다.

"말했듯이, 과거……."

"과거는 과거일 뿐이라고? 도대체 무슨 일이 있던 거야? 안 본 사이에 달라져도 너무 달라졌잖아. 꼭 너 아닌 것 같다."

'다른 사람 맞어.'

몸뚱이만 같을 뿐이었다.

"피는 묻힐 만큼 묻혔다."

"풉! 푸하하하하핫-!"

제튼의 이야기에 오르카의 웃음보가 터져버렸다.

"아이고 배야. 웃기지 말라고. 진지한 얼굴로 그 따위 어울리지 않는 대사라니. 아이고 배야."

'끄응⋯⋯.'

이건 뭐, 씨알도 안 먹히니. 제튼은 괜히 함께 왔다는 생각을 했다.

"솔직히 말해서, 너와 가장 안 어울리는 이야기잖아. '피는 묻힐 만큼 묻혔다.' 뿌핫-!"

맞는 말이었다. 하지만 그럼에도 불구하고 부정하려 한다.

'난 천마가 아니다!'

육신은 같을지언정 그 안에 담긴 내용물은 전혀 달랐다. 쉴 새 없이 이어지는 오르카의 웃음소리에 눈살을 찌푸린 제튼이 휙 하니 발길을 돌렸다.

"푸푸푸⋯⋯ 어? 야. 어디가?"

제대로 빈정이 상한 듯, 제튼은 대답대신 걸음을 빨리하고 있었다.

◆

짙게 내려앉은 어둠이 대지를 칠흑빛으로 물들이고, 하늘 가득 별빛이 차올라야 할 시간에도 여전히 빛으로 가득한 장소가 존재했다.

크라베스카.

제국의 수도답게 현란한 빛무리가 밤거리를 밝게 비추며, 대낮처럼 환한 불빛을 피워내며 어둠을 몰아내고 있었다.

'멋지군.'

리베란 공작은 수도의 야경을 바라보며 짙은 미소를 그려냈다.

'이거야말로 마도공학의 결정체라 할 수 있지.'

그렇게 한참 웃음을 보이던 그의 입꼬리가 돌연 경련을 일으켰다.

'사자의 탑!'

야경의 한편에 우뚝 솟아있는 건축물이 불쾌감을 조성한 까닭이었다. 그로 하여금 공포라는 감정을 각인시켰던 존재의 거처가 바로 저 탑이었다. 어찌 웃음을 이어갈 수 있겠는가.

그를 웃게 만드는 수도의 풍경이다. 이는, 마도의 공부가 저 거리 가득 녹아있기 때문이었다.

아이러니한 건 마도공학의 예술이라 할 수 있는 수도의 풍경 중에서, 최상의 작품인 저 탑이 그를 가장 기분 나쁘게 한다는 것이었다.

그가 자신의 양 손을 내려다봤다. 세월의 흔적이 가득 배여 쭈글쭈글하게 변한 손이 보였다.

'10년? 15년?'

남은 생을 계산해 봤으나, 그렇게 길지는 않을 것 같았다. 그 시간이 다 가기 전에 가슴 속 깊이 뿌리내린 두려움과 승부를 내고 싶었다.

'황자 암살…….'

그의 머릿속으로 하나의 음모가 떠올랐다.

"좋은 기회인가."

내려갔던 입꼬리가 다시 솟구쳤다.

"명색이 아들의 위기인데, 구경만 하지는 않겠지."

사신의 귀환.

전쟁영웅이라 불리는 절대자의 모습이 잔상처럼 눈 위에 머물렀다. 칠흑처럼 검은 머릿결이 흩날리는 게 비쳤다.

길게 기른 검은 머릿결이 흩날릴 때면, 마치 밤하늘이 일렁이는 것 같았다.

"오겠지."

수많은 여인들을 품었으나 후계자는 오로지 한명 뿐이었으니, 그게 바로 황자였다. 가문의 정보력으로 수차례 확인을 거친 만큼, 또 다른 아이가 존재할리는 없을 것이라고 확신했다.

아무리 마귀, 마왕, 마신이라 불린다고 하나, 단 하나뿐인 아들의 위기를 모른 척 하지는 않을 거라 여겼다.

그를 맞이하고자 지금껏 준비해온 것들이 떠올랐다.

'아직은…… 부족하지.'

패배도 예상했다. 하지만 그럼에도 불구하고 승부를 걸 자신이 생겼다. 이유는 간단했다.

삼공작.

그들에게서 모자란 부분을 채우면 되는 까닭이었다. 서로 이를 드러내며 으르렁 거리고 있다고는 하나, 사신을 상대로는 언제든지 어깨를 맞댈 수 있었다.

문득, 한 가지 말도 안 되는 상황이 떠올랐다.

"……모르는 건 아니겠지?"

이내 말도 안 된다며 고개를 흔들었다. 그의 귀에 들어갈 수 있도록, 황자 암살에 대한 정보를 퍼트렸다. 비록 고급 정보로 포장하여 은밀히 흘렸다고는 하나, 그것만으로도 충분하리라 여겼다.

'설마……'

명색이 전쟁영웅이 아니던가. 자취를 감췄다고 하나, 황도로 통하는 최소한의 연결고리는 남겨놨을 거라 여겼다.

"아니겠지?"

말도 안 된다는 생각에 재차 실소를 터트린 그가 다시금 수도의 풍경으로 눈을 돌렸다. 어둠을 밝히는 마도의 불꽃들이 두 눈 가득 차올랐다.

'멋지군!'

이 멋진 야경을 더욱 고상하게 감상하고 싶었다. 그의 시선이 하늘까지 불꽃을 피워내는 건축물을 바라봤다.

'저 탑의 꼭대기에서 내려다본다면.'

그를 불쾌하게 만들던 탑이다.

하지만 그 정상에 서서 황도의 야경을 감상하는 건 왠지 최고의 기분일 것 같았다. 가볍게 입맛을 다시며 재차 야경 감상에 빠져들었다.

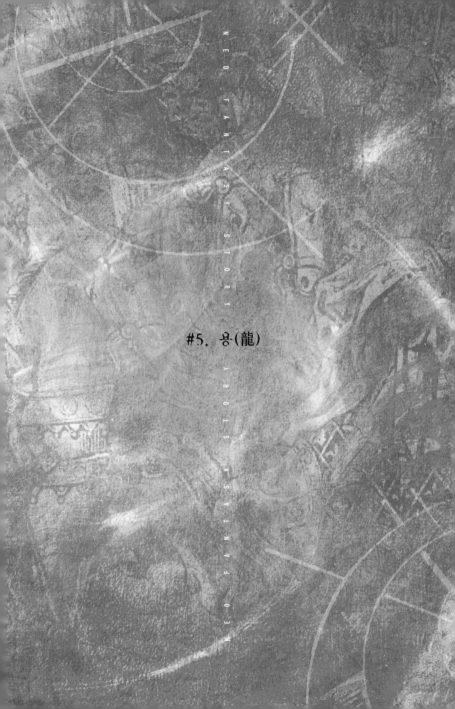

#5. 용(龍)

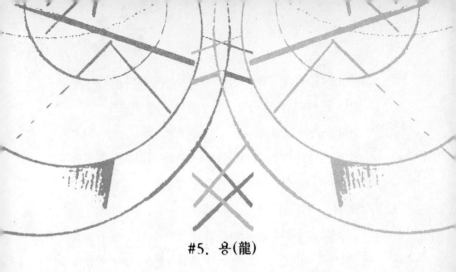

#5. 용(龍)

어둠이 짙게 깔린 야심한 시각, 대담하게도 칼레이드 제국 황궁의 담을 넘는 이들이 존재했다.

담을 지나쳐간 그림자는 두 개였는데, 황궁의 어둠속에 완벽히 녹아들어, 황실을 비밀스레 호위하는 기사들도 이 의문의 존재들의 기척을 잡아내지는 못했다.

그림자들은 어마어마한 황궁의 경비들을 꿰뚫으며 황제의 거처로 향해갔다. 황궁의 중심부인 만큼 그 호위는 외곽보다 한 층 견고하고 단단할 터였건만, 그럼에도 불구하고 두 그림자는 유유히 그들의 경계마저 지나쳐버렸다.

아차! 하는 순간 황제의 안위에도 이상이 생길 수 있는 상황이었다. 헌데, 그림자들의 목적지는 황제의 침실이 아니었던 듯, 중간에 살짝 경로가 변경되는 게 아닌가.

어디로 가는 것일까?

얼마 지나지 않아 그림자들의 정확한 목적지를 확인할 수 있었다.

황자!

칼레이드 제국의 단 하나뿐인 후계자가 머무는 거처였다. 황자의 거처를 코앞에 두고 그림자들은 잠시 이동을 중단했다.

창을 통해서 은은한 등불과 함께 나지막한 노랫소리가 흘러나오고 있던 까닭이었다.

"……반짝 작은 별 아름답게 빛나네……."

가만히 귀를 기울여보니 노래를 속삭이듯 부르는 것이 자장가를 부르는 것 같았다. 잠시 더 그렇게 기다리고 있으니, 얼마 안 있어 노래가 끝나고 은은하게 퍼져 나오던 등불이 꺼지는 게 보였다.

지켜보던 그림자들은 서로를 바라보며 고개를 끄덕였다. 황자가 잠이 들고, 자장가를 부르던 시녀가 방을 나선 것이다. 기다렸다는 듯 그림자들이 방 안으로 스며들었다.

그렇게 방 안으로 들어선 그림자들 중 제법 덩치가 있는 그림자가 황자의 곁으로 다가갔다. 그러더니 잠든 황자의 모습을 유심히 바라보는 게 아닌가.

이 모습에 다른 그림자가 다가오며 물었다.

"직접 보는 건 처음이지? 어때? 아들이라는 게 실감 나?"

앞서의 그림자, 제튼이 쓰게 웃으며 뒤를 돌아봤다.

"전에도 본 적 있다."

그 대답에 뒤편의 그림자, 오르카가 눈을 빛내며 재차 물었다.

"언제? 언제 왔었는데?"

그녀가 알기로 제튼은 황도를 떠난 뒤 단 한 차례도 모습을 드러낸 적이 없었다. 이 말은 그녀도 모르게 은밀히 다녀갔다는 소리가 아닌가.

"오러의 축복이 있었을 때."

"에~이. 왔으면 연락이나 할 것이지."

그녀의 이야기에 고개를 흔들며 방 안을 한 차례 살폈다. 과연 대 제국의 후계자가 지내는 침실다웠다. 방 곳곳에 펼쳐져있는 마법의 흔적들이 눈에 띄었다.

하지만 안타깝게도 제튼과 오르카의 능력을 감당할만한 수준은 아니었다. 게다가 지금 그들 주변에는 오러의 막이 펼쳐져 있어서, 대화의 흔적도 밖으로 새어나가질 않았다. 때문에 외부에서 그들의 흔적을 알 리가 없었다.

"그런데 갑자기 여기는 왜 온 거야?"

제튼을 따라 나서기는 했지만, 그 목적지가 황궁이고 황자의 침실이라는 걸 알았을 때는 조금 놀라야만 했다. 하지만 이내 고개를 끄덕이며 뒤를 따랐다.

'그래도 꼴에 아비라고 궁금하기는 한 모양이네. 하긴, 그 이유가 아니면 여기까지 올 이유가 없지.'

완전히 은퇴를 한 것처럼 굴던 그가 수도로 돌아온 것도 황자 때문이 아니던가.

'어라?'

헌데, 의아한 모습이 눈에 들어왔다.

'뭐 하는 거야?'

황자를 코앞에 두고 그의 손이 주저하는 게 보였다. 마치 머리라도 쓰다듬을 듯 뻗어나가던 제튼의 손이 거짓말처럼 돌아 나오는 것이 아닌가.

'뭐지?'

이해할 수 없는 제튼의 행동에, 재차 질문을 하려던 마음을 접은 채 가만히 그의 행동을 주시했다.

'후우우…… 쉽지 않구나.'

제튼은 주먹을 쥐었다 폈다를 반복하며 황자를 바라봤다. 검은 머리가 자꾸 그를 망설이게 만들었다.

한 박자 늦게 오르카의 질문이 머릿속에 떠올랐다.

'왜 왔나라……'

이유야 간단했다. 오르카의 예상 그대로였다.

보고 싶었다.

황당하게도 이곳 수도에 도착하니 황자의 상태가 궁금해졌다. 아니, 독살 소식을 듣던 그 순간부터 이미 황자를 마음에 품고 있었던 것 같았다.

'어째서?'

의문이 꼬리를 물고 이어졌다. 조금 전 황자에게 손을 뻗던 그 순간도 마찬가지였다. 그가 의도하기도 전에 이미 손이 나아가고 있었다. 그러다 황자의 검은 머리가 눈에 들어왔고, 동시에 손이 멈춰버렸다.

검은머리에 검은 눈동자.

그의 피와 살을 물려받았건만 천마의 특징을 온몸에 두르고 있었다. 어찌하여 이런 결과가 나온 것일까? 사실, 그 이유는 이미 알고 있었다.

'비술······.'

천마가 태아에게 시행한 금단의 비술 때문이었다. 하지만 안타깝게도 그 정체까지는 파악하지 못했다.

무공으로 경지에 오르기도 바쁜 시간이었다. 그 외의 술법들은 수박 겉핥기식으로 배울 수밖에 없었다. 아니, 배웠다는 표현도 부족했다.

그저 천마의 기억 일부를 물려받은 정도이기 때문이다. 마치 정돈되지 않은 책장이 그의 머릿속에 담겨있는 느낌이었다.

그나마 이 엉망인 지식이라도 있었기 때문에 아이의 상태를 파악하는 게 가능했다.

'비술로 인해 생긴 특징일 뿐이다.'

그럼에도 불구하고 자꾸만 천마를 떠올리게 만들며 경계하게 만들었다. 아랫입술을 잘근잘근 깨물던 제튼이 애써 각오를 굳히며 다시금 손을 뻗었다.

'확인해야 한다.'

이곳에 황자를 찾아 온 이유는 분명 '보고 싶다' 라는 이유가 크다. 하지만 그저 보고 싶다로 끝나서는 안 됐다. 황자의 몸 상태도 함께 체크해야만 했다.

독살!

황자가 그 위험한 음모에 침식당하고 있는지 확인하려는 것이다. 독 중에는 평소 잠복하고 있다가 일정 조건이나 기간이 되면 발작하는 녀석들도 있기 때문이었다. 이를 확인하고자 재차 손을 뻗었다.

그리고 이내 황자의 이마에 손이 닿았다.

'……아!'

처음이었다.

이전에 왔을 때도 그저 침상 앞에서 멀거니 보기만 했을 뿐이었다. 이처럼 직접 황자를 만진 건 이번이 처음인 것이다.

두근……

심장이 쿵쾅거리며 뛰었다. 기운을 불어 넣어서 황자의 상태를 체크해야 하건만, 어느새 그의 손은 아이의 이마를 지나 볼을 쓰다듬은 뒤 콧잔등을 살포시 누르고 있었다.

"아음……."

조금 세게 눌러버렸을까? 일순간 황자의 눈살이 찌푸려지는 게 보였다. 이에 깜짝 놀란 제튼이 황급히 손을 떼었다.

'대체 뭐 하는 짓거리야?'

뒤편에서 지켜보는 오르카가 어이없다는 얼굴로 제튼을 바라봤다. 그 피도 눈물도 없는 대마왕이, 마치 아이를 두려워하는 듯 행동하고 있다. 이를 어찌 받아들여야 할까?

'미쳐버렸나?'

못 본 사이에 '오러역류'가 일어나서 정신이 휙까닥 한 것일지도 모른다는 생각이 들었다. 간혹 오러역류로 미쳐버리는 이들에 대한 소문을 들을 수 있었는데, 오르카는 이러한 소문들을 떠올리는 중이었다.

오러역류에 빠지면 대부분 사망하는 게 보통이었으나, 운이 좋으면 살아남는 경우도 있었다. 하지만 이렇게 살아난 이들 중에는 오러역류의 부작용으로 인해, 마치 전과는 다른 사람인 것 마냥 행동하는 이들이 존재했다. 오르카는 제튼이 그와 같은 경우가 아닐까 하는 의심을 해봤다.

'정말 그런 거라면…… 돌아도 참신하게도 돌았네.'

거기까지 생각하던 그녀가 아리송한 얼굴로 제튼을 바라봤다.

'거 참, 애초부터 미친놈이라서 뭐라고 해야 할지를 모르겠다.'

생각해봤자 머리만 아플 뿐이었다. 그런 그녀의 시선 속으로 제튼의 손이 다시금 움직이는 게 보였다.

재차 황자에게 손을 뻗은 제튼이 조심스레 기운을 끌어올렸다.

우우우웅……

점차적으로 기운의 양을 늘려가자 은은한 울림이 황자의 육신을 중심으로 퍼져 나오기 시작했다. 이 모습에 오르카가 눈살을 찌푸렸다.

현재 방 안에 씌워진 오러의 막은 그녀가 펼치고 있는 것이었는데, 제튼과 황자의 모습으로 봐서는 좀 더 기운을 퍼트려야 할 것 같았기 때문이다.

'쯧! 귀찮게…….'

입술을 삐죽인 그녀가 한층 진한 오러로 방 안을 감싸 안았다. 그 즈음 해서 제튼도 눈살을 찌푸리는 상황과 대면하게 되는데, 이는 황자의 몸 안에서 일어난 의문의 기운으로 인한 것이었다.

'천마. 이 미친 놈!'

욕짓거리가 목구멍까지 넘어왔으나, 가까스로 입 밖으로 내뱉는 건 막을 수 있었다. 만약 등 뒤에 오르카만 없었더라도 한껏 욕설을 퍼부어줬을 터였다.

크르르르……

순간 그의 내부에서 으르렁대는 소리가 들려왔다. 그 안에 잠들어있던 짐승이 눈을 뜨려 하고 있었다. 황자의 기운에 반응을 한 것이다.

'빌어먹을!'

이를 악 물며 재빨리 황자에게서 손을 빼 냈다. 보냈던 기운을 다급히 거둔 까닭인지, 내부가 진탕되며 울렁거림이 느껴졌다.

"후우우우우……."

길게 호흡을 고르며 내부를 진정시킨 그가 복잡한 얼굴로 황자를 바라봤다. 조금 전 그 잠깐의 접촉으로 그는 천마가 부린 술수를 일부 파악해냈고, 덕분에 황자를 어찌 대해야 할지 더욱 복잡한 심정이 되어버렸다.

'천마신공(天魔神功)!'

정확히 어떠한 수단으로 뿌리를 내리게 한 것인지는 모른다. 하지만 분명 황자의 몸속에서 일어난 의문의 기운은 천마신공이었다.

그리고 이 기운의 잔재 때문에 제튼의 천마신공도 거칠게 잠꼬대를 한 것이다.

'미치지 않고서야…… 허!'

새삼 천마가 제정신이 아니라는 걸 인정해야만 했다. 어떤 금단의 술법을 사용한 것인지는 모른다. 하지만 분명 비술을 통해 황자의 몸속에 천마신공을 뿌리내리게 했다는 건 알 수 있었다.

무림이라는 세상에는 이런 방식으로 무공의 전수를 하는 경우가 가끔씩 존재하기 때문이었다. 물론 태아에게 하는 방법인 만큼 위험성이 컸고, 그 까닭에 정파에서는 결코 시행하는 않는 사마외도의 방법이었다.

그리고 이러한 방법은 그 무공의 급수에 따라 위험도 역시 커지는데, 황자의 몸에 있는 건 무려 '대' 천마신교라 불리는 마교의 지존공이었다.

아마 황자의 몸에 시행된 비술은 전 무림을 통틀어서 최강의 술법일 터였다.

'아이에게 이따위 미친 짓이라니.'

절로 이가 갈렸다.

그리고 동시에 한 가지 사실을 인정해야만 한다는 걸 깨달았다.

'내 아이…… 으드득!'

황자는 분명 그의 아이였다. 검은 머리와 검은 눈동자. 그 이유가 이제는 확실해졌기 때문이다. 천마신공의 흔적!

천마신공을 익히면 자연적으로 머리색과 눈동자가 검게
물들게 되는 까닭이었다.

'경지를 넘기 전에는 조절할 수 없지.'

게다가 한 차례 기운의 교감을 나누면서 그의 본능이 알
아버렸다. 황자와 그는 이어져 있다는 걸 밝혀버린 것이
다. 더 이상 피할 길이 없었다.

사실, 머리색이나 눈동자에 대해서는 어느 정도는 비술
에 의한 것이라고 예상했던 부분이기도 했다. 하지만 막상
확인을 하고 나니 이래저래 복잡한 마음을 감추기가 어려
웠다.

이렇게 알게 된 진실은 그로 하여금 새로운 고통을 안겨
주었다.

길지 않은 시간일지 모르나, 그는 자신의 아이를 부정해
왔다. 이건은 분명 새로운 멍울이 되어 가슴 한편을 짓누
를 터였다.

게다가 또 다른 진실이 그를 더욱 아프게 만들었다.

'……천마의 아이이기도 하다니.'

말이 안 된다고 여길지도 모르나, 천마는 비술을 통해
자신의 영력 일부를 아이에게 심어놓았다. 덕분에 자신의
살과 피로 이루어졌음에도 불구하고 진하게 천마의 향기
를 품고 있는 것이었다.

'후…… 우선은 확인이 먼저겠지.'

나직하니 한숨을 내쉰 제튼이 다시금 손을 들어 황자에게도 가져갔다.

조금 전과는 달리, 일말의 방심마저도 지워버렸다. 아차! 하는 순간에 그의 몸속에 있는 천마신공도 깨어날 수 있기 때문이었다.

순전히 제튼의 기운만을 움직여서 황자의 몸 안을 살폈다. 기운의 양이 늘어나자 조금 전과 마찬가지로 기이한 울림이 일어나더니 변화가 시작됐다.

'모습을 드러내라.'

조심스레 황자의 천마신공을 유혹하며 외부로 끌어냈다. 그리고 잠시 후 황자의 머리 위로 희미한 연기가 피어오르는 게 보였다. 점차 그 양을 늘려가던 연기는 하나의 형태를 이뤘는데, 그건 실로 놀라운 것이었다.

"드…… 드래곤?"

등 뒤에서 들려온 오르카의 음성이 떨리고 있었다. 제튼 역시 그녀처럼 적잖게 놀란 상태였다.

황자의 머리 위로 피어난 연기는 전설 속 드래곤의 모습을 연상케 했는데, 그 형태가 전설과는 조금 달랐다.

이야기 속 드래곤의 얼굴은 분명 닮아 있었다. 하지만 등 뒤로 뻗어있어야 할 날개가 보이질 않았다. 게다가 언뜻 도마뱀을 연상시키는 몸체를 지니고 있어야 하건만, 황자의 머리 위 드래곤은 마치 뱀처럼 긴 몸체를 지니고 있을 뿐이었다.

제튼은 이러한 차이를 통해 황자의 머리위에 피어난 것이 드래곤이 아님을 알 수 있었다.

'용(龍)인가.'

천마 세계의 신수로써, 이곳의 드래곤과 비슷한 전설적 생물이라 할 수 있었다.

조심스레 기운을 빼내자 한 차례 형상을 갖췄던 연기가 신기루마냥 흩어지더니, 이내 황자의 콧속으로 스며들었다. 이 모습을 바라보는 제튼의 입가에 쓴웃음이 걸렸다.

'기뻐해야 하는 거겠……지?'

천마신공!

무림 최강이라 할 수 있는 마교의 지존공은 한 가지 특이한 사항을 품고 있었다.

그건 바로 기운의 형상화였는데, 천마신공을 익히는 사람의 자질이나 기질에 따라서 천마신공의 기운이 개성적인 형태로 변한다는 것이었다.

황자의 머리위에 피어났던 용의 형상이 바로 그 증거였다.

'자질이 대단하다고 해야 하겠지…….'

천마신공이 내비칠 수 있는 형상 중에서도 손에 꼽히는 게 바로 '용'이었다. 아마 모르긴 몰라도 제대로만 큰다면 다음 세대의 절대자는 황자일 것이 틀림없었다. 분명 기뻐

해야 할 내용이다. 하지만 그럼에도 불구하고 입맛이 쓴
이유는 다를 게 없었다.

크르르르……

그의 품 안에서 으르렁대는 이 '짐승' 때문이었다.

격이 다르다고 해야 할까?

황자의 용과 너무도 비교되는 녀석이 그의 품안에 잠들
어 있었다. 아련하니 천마의 음성이 떠올랐다.

〈크하하핫! 견(犬)이라니. 그야말로 졸(卒)인 네놈과는
궁합이 딱이질 않느냐. 크하하하하하―!〉

그의 웃음소리가 거짓말처럼 귓전을 울려 퍼졌다. 그도
모르게 두 눈이 질끈 감겼다.

개!

제튼의 품 안에 잠든 짐승의 정체였다.

〈아무리 졸이라지만, 그래도 그냥 똥개를 품고 살게 둘
수는 없지. 내가 아주 제대로 키워주마.〉

그의 호언장담 덕분에 그의 천마신공은 아주 멋지게 자
라버렸다.

광견(狂犬)!

혹은 투견(鬪犬)이라 불러 마땅한 놈으로 성장한 것이다.

재밌는 건, 이 천마신공이라는 놈이 자체적인 영성을 지
니고 있다는 것이다. 그 때문일까? 몸의 주인인 제튼에게
는 항상 반항을 하면서도 천마에게는 언제나 꼬리를 살랑

거리는 게, 여러모로 참 마음에 안 드는 녀석이었다.

천마와 제튼을 비교하며 놈 나름대로 강자와 약자를 분별한 것이었다.

'천마신공…… 확실히 보통 기공은 아니지.'

무림 세상에서 가장 악랄하다는 마교의 지존공이다. 그런 마교의 지존공을 본의 아니게 익힌 황자였다. 헌데도 황자는 대신관의 축성에서 삼종의 축복을 얻어냈다.

마공(魔功)이 신의 가호를 받아들인 격이었다.

어떻게?

이유는 간단했다.

'천마신공…… 마공이면서 신공(神功)이기도 하니까.'

이름에도 나와 있듯이, 천마신공은 두 가지 모두가 될 수 있는 지존공이었다.

'천 '마' 신공이냐. 천마 '신' 공이냐…… 선택하기에 따른 거지.'

익히기에 따라서 선이 될 수도 있고 악이 될 수도 있는 것이다.

그런 의미로 보자면, 현재까지 황자가 품고 있는 용의 위치는 선(善)에 기반을 두고 있었다. 특히 대신관이 내린 축성 덕분인지, 용은 한층 더 신성스러운 영역에 발을 디딘 상태였다.

'나와는 다르지.'

제튼은 선이 아니라 악이었고, 신수가 아닌 마수였다. 천마의 성향이 그대로 녹아든 까닭이었다.

그의 육신에서 태동했으나, 성장은 천마를 통해 이뤄졌기 때문이다.

'애물단지가 따로 없으니.'

짤막하니 마수에 대한 평가를 내린 제튼이 감았던 눈을 뜨며 황자에게로 시선을 던졌다.

그리고……

어느새 눈을 뜬 황자와 마주해야만 했다.

아찔한 정적이 그들 사이로 내려앉았다. 이 순간만큼은 오르카도 숨을 죽이고 있었다.

그렇게 얼마나 지났을까? 돌연 황자의 입이 열렸다.

"아빠?"

제튼의 등가가 축축하니 젖어들기 시작했다.

'어떻게?'

깜짝 놀랐다.

보름달 덕분에 평소보다 빛이 좀 강하다고는 하나, 그들이 서 있는 곳은 실내가 아니던가. 결국 빛보다는 어둠이 짙다는 의미였다.

'그런데도 나를 알아봤다고?'

당황해서 아이를 바라보고 있는 사이, 어느새 침상에서 허리를 세운 황자가 제튼을 향해 고개를 들이밀고 있었다.

"아······빠?"

아이의 음성에 조금 전 보다 한층 짙은 의문이 담겼다.

"······꿈에서 본 모습하고 똑같아."

'꿈? 설마, 천마 이 망할!'

비술을 통해 전해진 천마의 영력이 뭔가 수작을 부린 모양이었다. 그렇지 않고서야 단번에 그의 모습을 파악할 수 있을 리가 없지 않은가.

그토록 충직했던 밀러마저도 한 번에 알아보지는 못했었다. 오르카는 예외로 두더라도 어지간해서는 단번에 알아보지 못하는 게 지금 제튼의 모습이었다.

게다가 어둠을 꿰뚫는 눈동자를 보니 안력에도 무언가 비밀이 있는 것 같았다.

"······."

"······."

이어지는 긴 침묵. 아비와 아이는 꼭 닮은 표정으로 서로를 바라본 채 멍때리기를 공유했다.

어쩔 수가 없었다.

과거 제튼이 몰래 왔던 것을 제외한다면, 사실 그들은 이번이 첫 만남인 까닭이었다. 부자간에 흐르는 어색한 공기가 점차 농도를 더해갈 즈음 아이가 먼저 말문을 열었다.

"아빠······라고 불러도 되죠?"

"다, 당연하지."

"헤헷!"

아이의 해맑은 웃음소리가 더없이 고마웠다. 원망해도
모자랄 판국에 저처럼 밝은 모습을 보여주니 하늘에 감사
하는 마음마저 들었다.

"내가…… 밉지는 않니?"

제튼의 조심스런 물음에 아이가 고개를 끄덕였다.

"예. 미워요."

저런 대답을 어쩜 이리 쾌활하게 할 수 있을까. 제튼이
조금은 벙찐 얼굴로 아이를 바라봤다.

"하지만 제 유모 라나가 그랬어요. 아빠는 제국을 세우
는데 온 힘을 다해서, 그래서 지치셔서, 조금 쉬셔야 한댔
어요. 하지만 저를 사랑하니까…… 그러니까 분명 다시 오
실 거라고 했어요."

'라나!'

밀러만큼이나 충직한 수하 중 한명이었다. 조금 전 자장
가를 불러주던 시녀의 정체이기도 했다.

그녀는 '대' 마법사라는 소리를 들을 만큼 뛰어난 마법
사로써, 이 방안에 깔려있는 마법 역시도 라나의 손으로
만들어진 것이었다.

'그나마 다행인가.'

라나가 이런저런 좋은 소리로 제튼에 대해 포장을 해 준

모양이었다. 그렇지 않고서야 황자의 눈빛이 저리 맑을 수
가 없기 때문이다.

'백룡의 기운 덕분이기도 하려나.'

'선(善)'의 기운을 품고 있는 덕분에, 원한이나 원망보다
는 이해하고 포용하는 마음을 더 가득 안고 있는 듯 했다.

"게다가 작년에도 몰래 오셔서 저를 보고 가셨잖아요."

'……음?'

제튼이 깜짝 놀라서 아이를 바라봤다.

'그걸 기억한다고?'

겨우 2살 때의 일이 아닌가. 분명 당시에 아이와 눈을
마주치기는 했었다. 하지만 아주 잠시였다. 아이의 검은
눈동자에 기겁한 그가 빠르게 몸을 빼냈기 때문이다.

'천마 이 망할 놈, 대체 무슨 짓을 해 놓은 거냐?'

애초에 보통의 비술이 아니라는 것 정도는 알았지만, 이
건 해도 해도 너무한 것 같았다.

"저기…… 아빠."

"그, 그래. 말해 봐라."

하지만 아이는 말 대신 몸으로 표현했다. 얼굴을 붉히
며 양 팔을 활짝 벌리는 모습에서 원하는 바를 알 수 있
었다.

안아주세요!

'이것 참…….'

난감한 얼굴을 하면서도 몸은 성실히 아이를 받아들이고 있었다. 그렇게 조심스레 아이를 품에 안아 들자, 가슴 깊이 밀려오는 포근함에 심장이 격하게 쿵쾅거리며 열기를 더하는 게 느껴졌다.

"헤헷! 좋다."

아이는 그 말과 함께 얼굴을 제튼의 가슴에 묻으며 비비적거렸다.

'아빠의 품은 이런 거구나.'

처음이었다.

황자라는 신분 때문일까? 아이는 항상 아이답지 못한 태도와 언행을 비치며 매 순간을 보내야만 했다.

그나마 아이가 나이다워질 수 있는 시간이라면 유모인 라나와 함께하는 잠깐 뿐이었다. 이마저도 유모와 단 둘일 때뿐이고, 다른 이들이 함께하면 태연히 황자를 연기해야만 했다.

그 지고한 위치 때문일까?

모친인 황제 역시도 아이를 아이로 대하지 않고 황자로써 대했고, 덕분에 지금처럼 부모의 품과 향기를 제대로 느껴본 적이 없었다.

처음 안겨보는 부친의 품은 왠지 모르게 친근한 느낌이었는데, 사실 이는 천마신공의 영향이 컸다.

비록 선과 마의 다른 성향을 띄고 있다고는 하나, 둘 모두 한 뿌리를 지녔다는 점에서 진한 공감대가 형성된 상태인 것이다.

이러한 천마신공의 영향 덕분일까? 제튼은 품 안에서 비비적대는 아이의 감정을 일부 전달받을 수 있었다.

'설마…… 그녀는 아직도 천마를 미워하는 건가.'

황자의 태도에서 그녀, 황제가 떠올랐다. 제튼이 아는 한 대륙 제일의 미녀가 아닐까 싶은 게 바로 황제였다.

그가 전 대륙의 여인들을 전부 알고 있는 건 아니었으나, 황제의 미모는 못해도 세손가락 안에는 들어갈 것 같았다.

그리고 이 손에 꼽히는 미모 때문에 천마의 눈에 든 것이기도 했다.

'반 강제로 그녀를 안은 거나 다름없지.'

과거 황제가 아직 소국의 공주였던 시절, 그녀를 원하던 사내들은 많았다. 하지만 그녀가 원했던 사내는 따로 있었다. 그러나 안타깝게도 그녀는 공주라는 신분으로 인해 원하는 사랑을 할 수가 없었다.

'하필 천마의 눈에 들어서는…… 쯧!'

등가교환이라고 해야 할까? 천마는 그녀를 품었다. 그 보답으로 소국을 제국으로 만들어 줬다.

안타까운 건 여기에는 그녀, 황제의 의사가 단 한 톨도 들어가 있지 않다는 점이었다. 소국의 늙은 왕과 거래를 했고, 왕은 천마의 능력을 딸과 맞바꾸었다.

시간이 흐르면서 천마와 그녀 사이에도 나름의 애정이라는 게 생기기는 했다. 하지만 그에 못지않은 원망이 그녀 가슴에는 가득 차있었다.

'그럴 만도 하지. 천하에 몹쓸 바람둥이니.'

대륙제일미녀라 해도 부족하지 않을 여인을 두고, 매번 바깥으로만 나돌며 새 여자를 탐했다. 당연히 애정보다 원한이 쌓일 수밖에 없던 것이다.

'게다가 잘해주지도 않았으니까.'

천마 딴에는 애정표현도 하고 대우도 제법 해줬다고 할 수 있으나, 제튼이 봤을 때는 안 하니만 못한 수준이었다.

제튼의 눈가에 씁쓸한 기운인 묻어났다.

'그 원망이 아이에게 향했구나.'

황자에게서 전해져 오는 외로움에 가슴이 먹먹해졌다.

검은 머리에 검은 눈동자.

제튼이 느꼈던 그 감정을 황제도 느꼈으리라.

'후우……'

안쓰러운 마음이 들어서일까? 그의 손이 아이의 등을 살며시 토닥이고 있었다.

'정말 이해가 안 되네.'

방 한편에서 부자상봉을 지켜보던 오르카는 연신 미간을

찡그려댔다. 제튼의 모습이 너무도 낯선 까닭이었다.

'저토록 온화한 기운이라니.'

마치 신관들이 뿜어내는 성력을 연상시키는 기운이 제튼의 전신가득 흘러넘치고 있었다.

'성력?'

전쟁영웅과 가장 거리가 먼 기운이리라.

'마기나 광기라면 모를까.'

물론, 아들과의 만남이니까 남다른 모습을 보일 수는 있다. 하지만 그래도 그 모습이 너무 남다르니 자꾸 의심이 갔다.

'도대체 무슨 일이 있었던 거야?'

잠적했던 동안 어떤 경험을 한 것인지 새삼 궁금해졌다. 의문이 짙어지다보니 황당한 생각마저 들었다.

'혹시…… 저거 가짜 아니야?'

이내 실소하며 고개를 흔드는 오르카였다.

#6. 검술수업

#6. 검술수업

빛 한 점 들어오지 않는 어두운 밀실.

은연중에 들려오는 숨소리로 인해 누군가가 있음을 알 수 있었다.

숨소리를 통해서 적어도 두 명 이상의 존재가 있다는 것 정도는 짐작이 가능했다.

문득 굵직한 음성 하나가 어둠속에 파문을 일으켰다.

"황제가 움직였다."

동시에 어둠 속에서 거친 숨소리들이 들렸다. 호흡들이 진정될 즈음 부드러운 음성이 이야기를 이었다.

"준비한 독 역시 건네졌습니다."

어둠 속이라 정확한 파악은 어려웠으나, 한층 들쑥날쑥

해진 숨소리들로 인해 적잖은 긴장감을 느낄 수 있었다.

"계획이 시작 되었습니다."

부드러운 음성의 이야기에 여기저기서 침을 삼키는 소리가 들렸다.

"남은 건 기다리는 일 뿐이군요. 헌데, 계획대로 이뤄지지 않으면 어떻게 합니까?"

여성의 것으로 여겨지는 음성이 끼어들며 물었다. 이에 답한 건 굵직한 음성이었다.

"상관없다."

하지만 너무 짧아서 어둠 속 누구도 제대로 이해하지를 못했다. 이에 부드러운 음성이 부연 설명을 덧붙였다.

"최선이 안 되면 차선이니 걱정하실 필요는 없습니다."

그걸로 흔들리던 호흡들이 진정되는 소리가 들렸다. 숨소리가 잦아들고 정적이 몰려올 즈음 굵직한 음성이 한마디를 툭 뱉었다.

"끝."

역시나 너무 단답형이었고 전달이 잘 안 됐다. 부드러운 음성이 또 다시 보조했다.

"각자 자리로 돌아들 가시기 바랍니다. 하핫……."

조금 전과는 다른 어색한 침묵이 어둠속을 채워갔다.

제국의 수도에 들어오고 일주일이 지났을 무렵, 상당히 신경 쓰이는 이야기가 제튼의 귀에 들어왔다.

〈황자가 검술 수업을 시작했다.〉

　분명 나쁘지 않은 소식이었으나, 제튼은 눈살을 찌푸리며 의문을 내비쳤다.

　'삼공작 놈들이 그걸 용납했다고?'

　그들은 천마를 알고 있었다. 그리고 황자에게 내려진 축복을 직접 목격했다. 때문에 황자의 성장을 집요하게 방해한 것이 아니던가.

　상황이 어떻게 된 것인지에 대한 의문은 밀러를 통해서 해결할 수 있었다.

　"황제폐하께서 공작들과의 자리에서 독살에 대한 부분을 언급했다고 합니다."

　황자 독살에 대한 내용이 비밀스러운 정보라고는 하나 황실의 정보력이 이를 놓칠 리가 없었다. 날개가 찢겼다고 해도 까마귀들의 몸통은 아직 남아있기 때문이다.

　"황자 주변의 보호를 강화하는 것으로 충분하지 않나?"

　삼공작이라면 분명 그 정도로 타협하려 했을 터였다.

　"폐하께서는 황자 전하가 제국의 미래라며, 그분 스스로가 나약하시면 안 된다고 강하게 주장하셨습니다."

물론 삼공작을 몇 마디 말로 설득하기는 어려웠다. 하지만 제안과 동시에 그들에게 가해진 몇몇 제한을 풀어주자, 결국 그들도 한 발 물러날 수밖에 없었다.

'사병에 대한 제한선이라.'

그들 삼공작이 지니고 있는 기사단이나 병력의 수를 좀 더 늘리게 해 준 것이다. 어찌 보면 황권을 위협할 수 있는 제안이었으나, 사실 꼭 그렇지만도 않았다.

눈 가리고 아웅 하는 격이라고, 이미 그들 삼공작에게는 알려진 것 이상의 사병이 존재하기 때문이다. 이들을 좀 더 자연스럽게 외부로 드러낼 기회를 준 것이었다.

'나쁘지 않은 타협안이다.'

겨우 황자의 검술수업 하나 가지고 이 정도까지 이야기가 오갈 수 있다는 게 황당할 수도 있으나, 저들은 천마를 경험했기 때문에 이 정도는 당연한 상황이었다.

'하지만…… 이상하게 걸리는군.'

천마를 겪었기 때문에 더욱 격렬하게 황자의 성장을 방해해야 옳았다. 사병이야 지금껏 하던 것처럼 뒤로 키우면 되지 않은가. 물론 이러한 방식이 더 많은 자금을 필요로 한다고 하나, 그들 삼공작의 능력이라면 결코 부담되는 규모는 아닐 터였다.

'그런데도 굳이 한 발 물러났단 말이지.'

황제와 삼공작들 사이에 이뤄진 대화를 직접 보고 들은

게 아니라서 정확한 결론을 내리기는 어려웠다. 하지만 분
명 무언가 알 수 없는 찜찜함이 남아있었다.

"황자에 대한 호위는?"

"전보다 철저하게 이뤄지고 있습니다."

거기까지 듣던 제튼이 문득 황자를 떠올렸다.

"검술수업이라…… 선생은?"

"아직 그 부분에 대해서는 토론 중인 것으로 알고 있습
니다. 우선 황실 측에서는 '브로임 팔론'이 언급되었다고
합니다."

프라임 기사단의 부단장이었다. 아직 30대 중반임에도
불구하고 무려 익스퍼트 상급에 이른 실력자로써, 그 재능
으로 본다면 충분히 마스터의 영역에도 도달할거라 여겨
지는 기사였다.

'브로임이라면 정석 검술에 있어서는 가장 우수했었
지.'

누군가를 가르치기에는 상당히 괜찮은 조건이라고 생각
했다. 특히 황제에 대한 충성도가 높은 브로임이라면 황자
를 가르치는데 있어서도 최선을 다할 것이라 여겨졌다.

"삼공작의 반응은?"

"그들 역시 황자전하의 검술 선생으로 몇몇 기사들을
추천했습니다."

"귀족파를 대표하는 기사들이겠군."

사병에 대한 제안으로 한 발 물러선 것을 이 부분에서 메우려는 의도일수도 있었다.

"독살의 정보가 어디서 흘러나왔는지는 알아냈나?"

"죄송합니다."

'사반트의 능력으로도 부족했단 말이군.'

돼지고양이 혹은 산적으로도 불리는 오르카의 정보원이었다. 밀러를 그에게로 보내서 서로 협력할 수 있도록 한 상태였는데, 현재 밀러가 보고하는 내용 대부분이 사반트를 통해서 전달되는 것이나 다름없었다.

'그 녀석이 지닌 정보력 너머의 일이라.'

제튼은 사반트의 수준이 얼마나 대단한지 잘 알고 있었다. 콧대가 하늘을 뚫고 오르는 천마가 인정할 정도였으니, 정보계통에서는 손에 꼽을 수준일 터였다.

'그렇다면 삼공작이군.'

그들이 가장 유력했다. 사반트의 시야를 벗어나려면 그 정도는 돼야 한다는 게 제튼의 결론이었다.

'누굴까?'

공작들의 얼굴이 머릿속을 스쳐갔다.

'어쩌면, 삼공작 전부일지도 모르겠군.'

입맛이 썼다.

비록 그가 한 일은 아니라고 하나, 이토록 그를 미워하는 이가 많다는 건 그리 유쾌한 일이 아니기 때문이었다.

그 여파가 아이에게까지 향한다는 걸 생각해 본다면, 결코 웃어넘길 수만은 없는 일이었다.

밀러가 조심스레 말문을 열었다.

"사반트가 전해달라는 이야기가 있었습니다."

"말해 봐."

"정보의 시작점을 알아내지는 못했으나, 왠지 모르게 구린 냄새가 난다고 했습니다."

'구리다?'

애초에 황자 독살이라는 부분에서 이미 구린 정보였다. 헌데, 그 출처에 대한 부분에서 굳이 구리다는 표현을 언급했다.

'확실히 뭔가 있기는 있는 모양이군.'

삼공작의 능력이라면 충분히 이런 식의 정보조작이 가능할 터였다. 여기까지 생각하던 제튼의 눈가에 한 줄기 이채가 돌았다.

'어쩌면 의도적으로 퍼트린 정보일지도 모르겠군.'

그 이유까지는 아직 알 수 없었으나, 분명 무언가 이유가 있을 것 같았다.

밀러는 지닌바 정보를 전부 전달하고는 은밀하게 자리를 벗어났다. 그들의 만남이 알려져서는 안 되는 부분이기 때문에 최대한 조심을 기하는 것이었다.

밀러가 떠난 방향을 한 차례 바라보던 제튼이 이내 자리에서 몸을 일으켰다. 그 모습에 한쪽에서 구경하던 오르카가 다가오며 물었다.

"어디가?"

이에 제튼은 대답대신 창가로 가더니 휙 하니 신형을 날리는 게 아닌가. 그가 향하는 방향을 통해서 황자에게 향하는 것임을 알 수 있었다.

바깥을 보니 밤이 깊은 것이, 황자가 홀로 있을 시간이었다.

"거 참, 무지하게 챙기네."

요 일주일 동안 제튼은 시간이 날 때마다 틈틈이 황자를 찾아가고는 했다. 핏줄 간에 통하는 게 있어서일까? 첫 만남의 어색함이 사라지는 건 그야말로 순식간이었다.

그리고는 황자와 다정하게 이야기를 나누는데, 이를 본 오르카는 마왕이라 불리던 이가 사실은 사람이었다는 것을 새삼 깨달을 수 있었다.

'그동안은 몰라라 하더니만.'

무슨 심경의 변화가 있던 것인지 참으로 미스터리였다. 도저히 이해하려야 할 수가 없는 부분이기도 했다.

❖

황자 카이든은 이제 겨우 3살의 어린 아이다. 그 나이대의 아이들에게 잠이란 너무나도 소중한 것이라고 할 수 있었는데, 제튼은 그 중요한 시간을 방해하는 걸 마다하지 않았다.

'천마신공의 공능이면 수면이 좀 부족해도 잘 크고 잘 자랄 테니까.'

야심한 시각 외에는 황자가 홀로 있는 시간이 없기 때문에 어쩔 수 없는 선택이었다. 주변으로 수많은 호위 기사들이 서 있었으나, 제튼에게는 없는 거나 마찬가지였다.

제튼이 도착하면 마치 기다렸다는 듯 카이든이 눈을 떴고, 부자는 그렇게 어둠 속에서 그간 나누지 못한 서로의 이야기들을 나누고는 했다. 외부로 불빛이 새어 나갈까 불도 켜지 않았다.

카이든은 상상만 해오던 부친의 실체를 보고 느끼며 그에 대해 알아가는 걸 즐겼고, 제튼은 아이에게 해 주지 못한 애정을 듬뿍 쏟으며 아이가 웃는 걸 보고 즐겼다.

늦은 밤, 잠깐씩 이어지는 만남일 뿐이었으나, 그 시간들은 분명 소중히 아끼고 싶은 순간이었다.

"아빠는 어떻게 해서 그렇게 강해졌어?"

물론 간혹 난감한 상황들도 있기는 했다.

'별 거지 발싸개 같은 놈한테 몸을 뺏겨서.'

이렇게 이야기 할 수는 없기에 할 수 없이 최대한 그럴 싸한 대답을 내어놓았다.

"운이 나빠서."

말해놓고 나서도 이게 뭔가 싶을 정도였으니 카이든의
반응은 어떻겠는가. 황당하니 쳐다보는 아이의 머리를 살
며시 쓰다듬으며 비기를 시전 했다.

"어른의 사정이라는 게 원래 그렇단다. 좋은 일도 나쁘
게 작용할 때가 있고, 나쁜 일도 좋게 돌아올 수 있는 거란
다."

그렇게 대충 얼버무린 뒤, 빠르게 화제전환을 시도하는
게 최선이었다.

"그보다 아빠가 가르쳐 준 호흡법은 제대로 하고 있지?"

야밤에 은밀히 들리는 이유 중 하나는 아이가 천마신공
을 제대로 익히게 하기 위해서였다.

"응. 그런데 이걸 왜 해야 하는 거야?"

"조금 전에 아빠는 어떻게 강해졌냐고 물었지? 그 호흡
법을 열심히 하면 아빠처럼 강해질 수 있단다."

"와~! 그럼 이게 기사들이 배운다는 연공법이구나."

"그렇지."

제튼이 웃으면서 카이든의 머리를 쓰다듬었다. 그 따스
한 손길에 빙긋 웃어보이던 카이든이 이내 고개를 갸웃거
리며 물었다.

"그런데 연공법은 엄청 어렵다고 들었는데, 이건 너무
쉽던데…… 우웅."

이상하다는 듯 연신 고개를 돌려대는 모습에 제튼은 '백룡'을 떠올렸다.

'이미 천마신공을 익히고 있으니, 어찌 보면 당연한 결과인가.'

사람이 숨을 쉬는 걸 당연하게 받아들이듯, 카이든은 이미 천마신공의 연공법을 당연하게 행하고 있었다.

용!

몸 안에 신수를 깨운다는 건, 천마신공이 3성 이상은 되어야만 가능한 일이기 때문이다. 덕분에 카이든은 본인도 모르게 일상생활 중에 천마신공의 연공법을 행해왔고, 제튼이 알려준 호흡법을 무리 없이 받아들일 수 있던 것이다.

'아예 익히지 않는 게 제일이지만…… 어쩔 수 없지.'

이미 몸 안에 뿌리를 내린 이상 제대로 익히지 않으면 언젠가는 해를 입을 수도 있었다. 그러니 확실하게 가르치는 게 옳다는 결론이었다.

'그 어렵다는 천마신공을 이렇게 간단히 체득한다는 게 좀 어이없긴 하네. 훗!'

머리가 아닌 몸으로, 본능으로 자연스럽게 행해버리는 것이다.

문득, 카이든의 중얼거림이 들려왔다.

"검술도 배우고 싶다."

혼잣말처럼 내뱉었으나 명백히 제튼에게 전해지길 바라며 하는 이야기 같았다. 제튼이 가볍게 실소하며 말했다.

"걱정 마렴. 곧 엄마가 좋은 선생님을 불러서 검술을 가르쳐 주실 테니까."

"……폐하께서요?"

아이의 반응에 제튼의 눈가에 언뜻 안타까운 기색이 스쳐갔다. 다행히 찰나 간에 지나간 탓에 카이든은 발견할 수 없었다.

'폐하라…….'

엄마가 아닌 폐하라는 호칭을 사용하는 모습이 가슴을 아프게 했다.

'스스로를 다그치는 것도 모자라 이 어린 아이마저도 철혈이 되기를 원하는 거냐.'

아니면 정말로 천마에 대한 원망이 황자에게로 전달된 것일까?

'후…….'

그저 한숨만 나올 뿐이었다.

"아빠가 가르쳐주면 안 돼요?"

그 물음에 제튼이 황제에 대한 상념을 애써 밀어냈다.

"네가 좀 더 크면, 그 때 따로 가르쳐주마. 그러니 우선은 엄마가 붙여주는 선생님께 배우도록 하렴."

말은 이렇게 했으나 제튼은 검술 부분에 대해서는 크게

가르칠 생각이 없었다.

'무림의 무공은 천마신공 하나면 충분하다.'

그나마도 이미 뿌리를 내려버렸기에 어쩔 수 없이 배움을 전한 것이다. 다른 무공들에 대해서는 굳이 전하고 싶지 않았다.

'검술에 대해서는 이쪽에도 충분히 훌륭한 것들이 많으니까.'

스스로가 익힌 검술도 초급검술이라 불리나, 그 진실은 상당히 높은 수준의 검술들이지 않던가.

그런 면에서 생각해본다면 그의 검술을 전해도 될 터이나, 이 못지않은 고위 검술들이 황궁에는 가득 널려 있었다.

여차하면 나중에라도 가르치면 되지만, 그의 예상대로라면 굳이 그의 것을 전하지 않아도 황자는 잘 성장할 터였다.

'천마신공의 공능이라면 충분하지.'

거기에 카이든이 지닌 재능 역시도 최고이기에, 무리 없이 자라서 경지에 오를 것이었다.

"그보다 오늘은 어떤 이야기를 해 줄까?"

이야기가 길어지다 혹여 쓸데없는 내용이 나올까 싶어 슬쩍 화제를 전환했다.

"어제 잠깐 말씀해주신 설산족이요."

"그럴까. 설산족은 북방에 있는 일족인데. 전설상에는 전신을 하얀 털로……."

비록 천마를 통해 보고 듣고 쌓은 지식들이 대부분이었으나, 그 속에는 아이를 즐겁게 해 줄 신비한 이야기들이 가득 했다.

깊은 밤, 두 부자는 그렇게 시간가는 줄 모르고 이야기꽃을 활짝 피웠다.

천마신공의 영향 덕분에 피로에서 좀 더 자유로울 수 있다고는 하나, 그래도 아직은 잠이 중요한 나이인 까닭일까?

카이든은 제튼의 이야기를 들으며 자연스레 꿈나라로 빠져들었고, 그 모습에 빙긋이 웃은 제튼은 아이의 잠자리를 봐 준 뒤 조용히 방을 나왔다.

황궁의 건물을 두어개 건너뛰었을까? 문득 그의 곁으로 내려서는 그림자가 있었다.

"애 잠도 못 자게 뭐하는 짓거리야."

기다리고 있던 것인지, 오르카가 투덜거리며 그를 타박해왔다.

"문제없다."

제튼의 이야기에 그녀가 맘에 안 드는 듯, 입술을 삐죽 내밀었다.

"귀찮게 할 거면 따라오지 마라."

"안 되지. 그러다 또 도망가면 어떻게 잡으라고."

"쓸데없는 소리. 내 고향을 알면서 그런 소리를 하나."

"에~이. 고향이라고 애착을 가질 네가 아니잖아."

확실히 천마라면 충분히 가능한 소리였으나, 제튼의 경우에는 그렇지가 못했다. 하지만 굳이 이러한 사실들을 가르쳐 줄 필요는 없었다. 그저 침묵으로 응수하면 되는 것이다.

"조금 전에 아주 재미있는 걸 발견했는데, 자꾸 그런 식으로 못되게 굴면 안 가르쳐준다."

"재밌는 것?"

제튼이 되묻자 이번에는 오르카가 침묵으로 복수했다. 그 모습에 눈살을 찌푸린 제튼이 획 하니 발길을 돌렸다.

"장난 칠 생각 없다."

그렇게 말하며 막 신형을 던지려는 찰나였다.

"황자와 관련된 건데."

제튼의 발길이 우뚝 멈췄다. 고개를 돌려 바라보니 입꼬리를 말아 올린 그녀의 모습이 보였다.

"어때, 관심이 좀 생기셨나?"

황자의 검술수업을 위해 새롭게 마련된 수련장 위로 두 개의 그림자가 내려섰다.

남녀 한 쌍의 그림자는 각기 오르카와 제튼이었는데, 재미있는 것의 정체를 가르쳐 주겠다며 오르카가 이곳으로 온 것이다.

'넓군.'

수련장을 한 차례 돌아보던 제튼의 머릿속으로 과거 이 장소의 모습이 떠올랐다.

'정원이었지.'

밀러에게 들었던 정보대로라면, 정원이 하루아침에 황자의 수련장으로 탈바꿈 된 것이나 다름없었다. 새삼 황실의 무지막지한 노동력에 감탄을 하고 있는데, 오르카가 저 한편에 세워진 병기거치대로 향하는 게 아닌가.

뭔가 싶어 지켜보는데, 그녀가 거치대 한쪽에 세워진 목검을 하나 들어 올리더니 그에게로 획 하니 내던졌다.

"무슨 의미지?"

목검을 받아들며 그리 묻는데, 오르카는 대답 대신 빙글거리며 웃고만 있을 뿐이었다. 눈살을 찡그리며 그녀에게 다가서려는 찰나, 돌연 제튼의 걸음이 멈춰 섰다.

"이거⋯⋯."

제튼이 깜짝 놀란 얼굴로 목검을 내려다봤다. 그 모습에 오르카가 곁으로 다가오며 물었다.

"느꼈어?"

그리 묻는 오르카의 손에는 다른 수련용 목검들이 잔뜩

들려있었다. 제튼의 표정이 딱딱하게 굳었다.

"설마, 그것도?"

"그래."

무엇이 이들을 이리 경악하게 하는 것일까?

"아다만티움이야."

그 때, 오르카의 입에서 놀라운 단어가 튀어나왔다.

"으음…… 아다만티움."

제튼의 입에서 신음성이 흘러나왔다.

전설 속의 3대 금속.

오리하르콘, 아다만티움, 미스릴.

그 중에서 마계의 금속이라 불리는 것이 바로 아다만티움이었다.

제튼이 재차 확인을 바라는 눈빛으로 오르카를 바라봤다. 안타깝게도 제튼은 아다만티움을 접해 본 적이 없는 까닭이었다.

하지만 오르카는 달랐다. 그녀는 전설이라 불리는 3대 금속 전부를 휘둘러 본 적이 있는 장본인이었고, 그런 만큼 정확한 판단을 내려줄 수 있었다.

"맞아. 진짜야."

"으음……."

또 다시 새어버린 신음성이 그의 기분을 대변해줬다.

"이게, 어떻게 여기에?"

당혹스런 얼굴로 목검을 바라보던 제튼이 다른 목검들도 하나하나 손에 쥐며 확인을 했다. 그러자 손끝에 전달되는 이질적인 감각이 전부 진짜라는 걸 알려왔다.

"철심이야."

오르카의 이야기에 목검 속에 박혀있는 철심에서 아다만티움의 기운이 느껴진다는 걸 알 수 있었다.

"어때? 재밌지."

전혀 재밌지 않았다. 아다만티움의 특성을 알고 있기 때문이다.

'기운의 흡수!'

그렇게 빨아들인 기운으로 더욱 단단해지는 게 바로 아다만티움이었다. 게다가 마계의 금속답게 아다만티움은 자체적인 마성 역시 지니고 있었는데, 정신력이 약한 이들이 이를 접했다가는 한순간에 미쳐버리는 것도 가능했다.

그런 위험한 금속이 황자의 수련용으로 들어온 것이다.

정확히 열 개.

"황자뿐만 아니라 가르치는 선생들도 함께 좀먹겠다는 심보 같은데."

오르카의 이야기에 제튼이 고개를 끄덕였다. 그와 동시에 떠오르는 의문이 하나 있었다.

'겨우 이 정도로 가능할까?'

분명 흡입력을 느끼기는 했으나, 그 양은 극히 미미했다. 제튼이나 되기에 단번에 알아챌 수 있던 것이다.

이러한 의문을 느낀 것인지, 오르카가 한 마디를 툭 던졌다.

"장기간에 걸쳐서 잡겠다는 거지."

답을 바라는 얼굴로 제튼이 그녀를 바라봤다.

"철심에 담긴 아다만티움은 그 순도가 상당히 낮아. 실제 순도 100%짜리 아다만티움은 나도 못 만져. 문헌상에서도 그 흡입력을 감당할 수 있는 건 전설 속의 마왕이나 가능하다고 했으니까. 내가 휘둘렀던 가문의 보검도 기껏해야 십분의 일 정도밖에 안 됐을 거야."

그럼에도 불고하고 그 강도는 손에 꼽을 정도였다. 제튼이 목검을 가리키며 물었다.

"이건 어느 정도지?"

"천분의 일? 아니, 그 보다도 적으려나."

정말 미약한 양을 섞은 것이다.

"하지만 느껴지는 마성은 천분의 일보다 더 많은 게, 약간의 수작질이 있는 것 같긴 하네."

이미 이런 목검이 수련장에 배치된 것 자체가 의심스런 부분이었다.

"마성만 끌어올린 건가?"

오르카의 가볍게 고개를 끄덕였다.

"게다가 아다만티움의 양이 워낙 적어서, 그 기운에 침범당하는 것도 아주 은밀하게 이뤄질 거야."

"효과는?"

"만약 이대로라면, 황자는 수련을 열심히 하면 할수록 몸이 약해질 거고, 정신도 피폐해지며, 나중에는 결국 병상에 누워서 반쯤 미쳐버린 채 세상과 빠이빠이 할 걸. 뭐 그래도 양이 적으니까 대충 머리가 제법 굵어질 때까지는 살 수 있겠네."

"……."

싸늘한 한기가 제튼의 두 눈 위로 흘렀다.

"어때? 솔~솔, 냄새가 나는 것 같지 않아?"

"그런 것 같군."

"애초에 독살이니 뭐니 하는 것 자체가 시선 끌기였다는 게 내 결론인데. 네 생각은?"

제튼 역시 동의하는지 고개를 끄덕이고 있었다.

"그래도 희생자는 나오겠군."

뜬금없는 제튼의 이야기에 오르카가 고개를 갸웃거렸다.

"독살에 대한 정보로 완벽히 눈속임을 하려면 적당한 희생양을 던져줘야겠지."

그래야 한층 더 검술수업에 대한 작업을 완벽히 마무리할 수 있을 것이다. 아마 독살 사건은 분명 벌어질 터였다.

"시녀들이나 주방에 대한 감시가 한층 철저해 졌다고 하던데, 그게 과연 쉬울까?"

"상관없다. 걸리라고 벌이는 사건이니까."

독살 사건에 대한 마침표를 찍어야 하기 때문에, 의도적으로 소란을 일으키려는 것이다.

알 수 없다는 듯, 고개를 흔든 오르카가 물었다.

"삼공작 중 한 명이겠지?"

"아마도."

"그래도 잘 됐잖아. 일이 벌어지기 전에 알아채서."

제튼 역시 그 부분은 다행이라고 생각했다.

"목검은 어쩌지?"

그녀의 물음에 제튼이 열 개의 목검을 바라봤다.

"아무래도 처분해야겠지?"

이어진 이야기에 제튼이 고개를 저었다.

"내버려둔다."

설마 저런 대답을 할 줄은 몰랐기에 오르카가 고개를 갸웃거리며 재차 물었다.

"……어째서? 황자에게 안 좋을 텐데."

"이걸 건드리면 저들도 알아 챌 수 있다."

그렇게 된다면 일부 의심의 눈초리가 움직일지도 몰랐다.

"그냥 비슷한 걸로 바꿔놓으면 되잖아."

제튼이 재차 고개를 저었다.

"그냥 둬."

아다만티움은 분명 위험한 금속이었다. 거기에 마성까지 품고 있다는 걸 생각한다면, 독이나 다를 바 없는 게 바로 아다만티움이었다.

'하지만, 그건 보통의 아이에게나 해당되는 사항이지.'

카이든을 일반적인 아이와 같은 선상에 놓을 수는 없었다.

천마신공 3성.

이 정도 소량의 아다만티움과 마성은 아이에게 별 다른 피해도 끼칠 수 없었다. 오히려 아이의 정신적인 부분을 은밀히 다독여 줄 것이고, 기운에 대한 운영방법 역시 적잖은 도움을 줄 터였다.

'잘 됐군.'

황자에게 득이 될 거란 생각에 잠시 미소가 그려졌다.

"이해 할 수가 없네. 대체…… 쯧!"

오르카의 혀 차는 소리에 상념을 접은 제튼이 목검을 휙하니 던졌다. 그러자 거짓말처럼 거치대로 날아가 가지런히 자리를 잡는 게 아닌가.

그 모습에 오르카의 눈살이 찌푸려졌다. 조금 전 그 가벼운 동작에 상승의 검공이 담겨 있음을 느낀 까닭이었다.

"재주도 좋아."

그녀 역시도 저 비슷한 행위을 하려면 할 수는 있었다.

하지만 저처럼 10개의 목검을 한 번에 움직이는 건 아직 무리였다. 그녀도 의지로 검을 제어하는 경지에 한 발 담그기는 했으나, 말 그대로 한 발만 담근 것이기에 완벽한 제어력이 부족했다.

목검을 던진 제튼이 신형을 날리는 게 보였다. 이에 오르카가 급히 뒤를 따랐다. 수련장 주변으로도 상당한 기사들이 돌아다니고 있었으나, 그들의 모습을 눈치 채는 이들은 아무도 없었다.

"어디가?"

오르카의 물음에 제튼이 눈을 빛내며 말했다.

"대장간."

황궁과 거래를 하는 대장간의 수는 한정적이었다. 목검은 분명 그 중 한곳에서 나왔을 터였다.

◈

대륙 제일의 강국이라 불리는 칼레이드 제국의 황궁.

그곳에 납품을 한다는 것, 그건 말 그대로 각 분야에 있어서 손에 꼽히는 명가요 명인이며 명품이라는 말과 같았다.

바타만 대장간.

이곳 역시 명가 명인 명품으로써, 황궁 내 병력들의 병장기를 책임지도록 허락을 받은 대장간이었다. 그리고 바로 이 바타만 대장간이 제튼과 오르카가 찾던 장소이기도 했다.

"생각보다 황궁에 납품하는 대장간이 많네."

오르카의 투덜거림에 제튼이 고개를 흔들었다. 그녀의 이야기와 달리 이제 겨우 다섯 번째 장소였기 때문이다.

"한 개 집단에서 감당하기에는 덩치가 너무 크니까."

제튼의 설명에 오르카가 고개를 갸웃거렸다.

"바타만 대장간 정도라면 충분할 것 같은데. 아니, 그보다 처음 들렸던 베로미안 대장간도 여기 규모 못지않잖아."

오히려 더 컸다. 규모만큼은 대륙 제일인 곳이 베로미안 대장간이었다.

"납품을 할 대상은 각 분야에서 최고라는 이유만으로 뽑지 않는다."

귀족들과의 연줄 역시도 필요했다.

"배후 귀족들의 자금줄이라는 건가."

"상부상조하는 것뿐이지."

말로는 여러 단체를 세워 서로의 경쟁심리를 자극하고, 이를 통해서 물건의 질을 높인다고 이야기를 한다. 하지만 그 실상은 선이 닿은 조직들을 내세워 납품을 하게 한 뒤,

각 귀족파와 황제파로 자금을 끌어들이는 것뿐이었다.

"어쨌든 여기서 만들어진 거란 말이지."

오르카는 그 말과 함께 한 쪽에 세워진 수련용 목검을 집어 들었다. 그녀의 이야기와는 달리 황자의 수련장에 있던 목검과 전혀 다른 재질의 목검이었다.

초반 조사 당시, 수련용 목검이니 그 재질이 거기서 거기 아니냐던 오르카의 투덜거림을 애써 무시하며 각 대장간의 목검들을 조사했다.

그리고 기어이 이곳 바타만 대장간에서 황자의 수련장에 있던 목검의 흔적은 찾아냈다.

말 그대로 흔적뿐이었는데, 목검에 쓰이고 남은 잔재의 일부가 대장간 구석에서 발견 된 것이다.

무려 아다만티움제 목검이었다. 그 철심에 담긴 양이 극소량이라고 하나 그래도 아다만티움이라는 건 변함없는 사실이었다.

'일반적인 목검으로는 그 마성을 감당하기 어렵겠지.'

이게 제튼의 주장이었다. 소량이라도 아다만티움이다. 보통의 나무로는 그 마성을 감당하지 못하고 금세 쪼그라들며 썩어버릴 게 뻔했다.

그리고 이런 그의 예상처럼 다른 대장간의 목검과 황자의 수련장에 있던 목검은 재질이 전혀 달랐다. 몇 차례 확인하고 나자 확신이 들었고, 이렇게 바타만 대장간에 도착해서 그 증거물을 포착할 수 있었다.

덕분에 오르카의 투덜거림도 한결 줄어들면서 귀가 편해지기까지 했으니, 그야말로 일석이조라 할 수 있었다.

'증거를 지우려고 한 것일까?'

하지만 이내 고개를 흔들었다. 황자에게 꾸며진 음모는 단기간에 이뤄지는 작업이 아니었다. 오르카의 말마따나 적어도 10년 이상은 걸릴 것이라 예상되는 계획이었다.

증거가 남아있는 게 좋지는 않을 터였으나, 굳이 과하게 쓸고 닦으며 지우려 할 이유도 없었다.

'적당히 치워내고 남은 것들이군.'

구석에 뿌려진 잔재들을 긁어모아 그 결을 살펴보니 대충 답이 나왔다.

"정령목인가."

잔재를 한데 뭉쳐놓자 그 기운이 한층 선명해졌는데, 과거 이와 비슷한 기운을 뿌리는 나무를 본 적이 있었다.

정령목 혹은 '신목'이라 불리는 나무로써, 전설 속에 존재한다는 세계수의 씨앗이 대륙 곳곳에서 뿌리내린 게 바로 이 정령목이라고 알려져 있었다.

극히 희박하지만 분명 존재하는 정령사들로 인해 그 존재를 알게 되었는데, 그들이 정령력을 높이고자 정령목의 가지로 무구를 만들어 들고 다님으로써 그 존재가 드러났다고 한다.

나무를 통째로 베어내는 건 오히려 정령의 미움을 받아 정령에게 외면당한다고 하여, 자잘한 가지 그 이상은 감히 꺾을 수 없다고도 알려져 있었다.

　"적당히 마성을 감춰주기까지 하니, 신관들의 눈을 속이기에도 안성맞춤이겠군."

　제튼이 고개를 끄덕이며 정령목의 잔재들을 주머니에 털어 넣었다.

　"그건 왜?"

　오르카의 물음에 제튼이 슬쩍 시선을 피했다.

　'건강에 좋다니까.'

　고향에 돌아갔을 때, 이걸 갈아서 부모님들의 잠자리에 좀 뿌려놓을 생각이었다.

　'남자에게도 참 좋고. 흠흠!'

　오르카의 의심의 눈초리를 피하고자 급히 화제를 돌렸다.

　"다람 비차."

　이곳 작업장의 입구에 적힌 명패였다.

　"좀 알아 봐."

　그 말에 오르카가 의심의 눈초리를 접으며 품 안에서 통신용 철판을 꺼내들었다.

　"라 바란 트루아."

　짤막한 주문이 흐르고 철판 위로 하나의 얼굴이 떠올

랐다. 그녀의 정보원인 사반트였다.

"검작공을 뵙습니다."

제튼은 일부러 한 발 빠져있었다. 밀러로 인해 그의 등장을 알고 있을 터이나, 그렇다고 해서 굳이 모습을 보여주고 싶지는 않았기 때문이다.

"30분 안으로 바타만 대장간의 다람 비차에 대한 정보를 구해와."

"10분이면 충분합니다."

가벼운 전달을 끝으로 통신구의 영상이 사라졌다. 그리고 과연 약조한대로 정확히 10분이 지났을 무렵, 통신구가 다시금 영상을 뿜어냈다.

"말해 봐."

"옙! 다람 비차. 올해 서른 셋의 젊은 나이로써, 이미 바타만 대장간의 개인 작업실을 가지고 있을 만큼 뛰어난 실력자입니다."

"수도 태생?"

"아닙니다. 출신은 투루타 자작령으로써, 중도파 귀족의 추천장을 받고 반년 전에 올라왔습니다. 바타만 대장간에서 반년 만에 개인 작업실을 얻었다는 부분 때문에, 그의 조사에 좀 더 신중을 기한 바가 있습니다."

무려 황궁에 납품을 하는 대장간이었다. 그 실력은 제국뿐만 아니라 대륙 전체적으로도 유명한 곳이었다. 그런 장소에서 개인 작업실을 가졌다? 그것도 들어온 지 반년 밖에 안 된 신입이?

'냄새가 나는군.'

뒷공작의 향기가 솔솔 풍겼다. 물론, 정말 말도 안 될 실력으로 다른 이들을 압도했다는 가능성도 있었다.

'확실히, 아다만티움 제 철심을 만들려면 보통 실력으로는 안 되겠지.'

물론 다람이 직접 철심을 만들었는지 아니면 따로 비밀 루트로 들여온 것인지는 아직 미지수였으나, 이 부분에 대한 가능성을 배제할 수는 없었다. 어쨌든 바타만 대장간에 개인의 작업실을 지니고 있다는 건 사실이기 때문이었다.

'만나봐야겠군.'

곧 그의 의지를 전해 받은 오르카가 입을 열었고, 사반트가 다람 비차의 현 위치를 즉각 알렸다.

❖

어둠 속에서 굵직한 음성이 물었다.

"올까?"

부드러운 음성이 답했다.

"모르죠. 하지만 아시다시피 안 와도 상관은 없습니다."

대신 어린 불꽃이 삶의 열기를 잃어 갈 것이다. 굵직한 음성이 다시 물었다.

"후회는?"

부드러운 음성이 답했다.

"원해서 한 일입니다. 어찌 후회를 하겠습니까."

잠시간의 시간을 두고 굵직한 음성이 입을 열었다.

"난 네 원수다."

"전에도 말씀 드렸듯이, 그건 집안의 다툼이었고 국가 간의 분쟁이었을 뿐입니다. 실제 저의 원수는 당신이 아닙니다."

그렇다. 마왕 마신 혹은 검은사신이라 불렸던 자가 그의, 그들의 실질적 원수이며 증오의 대상이었다. 때문에 적대적 관계였던 그 둘이 손을 잡은 것 아니겠는가.

굵직한 음성은 생각했다.

'어둡군.'

과거 부드러운 음성은 존재 자체로 빛을 내는 사내였다. 하지만 지금은 전혀 달랐다. 껍데기만 같을 뿐 알맹이는 전혀 달랐다. 빛이 아닌 어둠으로 똘똘 뭉친 것 같았다.

"무얼 위해서냐?"

굵직한 음성이 재차 물었다. 하지만 대답 대신 저 한쪽으로 문을 열고 나가는 발소리가 들렸다. 그가 상념에 빠진 사이에 부드러운 음성이 바깥으로 향한 모양이었다.

굵직한 음성이 홀로 중얼거렸다.

"복수? 아니면 황제?"

아마도 두 가지 모두를 원하는 것이리라.

"언제쯤 오려나."

계획을 실행하기는 했으나, 당장에 목표물이 미끼를 물 거라고 여기지는 않았다.

'한 달? 두 달?'

시일을 최대한 앞당기기 위하여 독까지 풀었으니, 그렇 게까지 오래 걸리지는 않을 거라 여겼다.

'하긴…… 애초에 올지 안 올지도 모르니.'

핏줄을 이용했다고 하나, 애초에 마왕에 마신이라 불리 던 존재다. 결과는 미지수였다.

◈

다람 비차의 거처는 대장간에서 그리 멀지 않은 장소에 있었다. 창을 통해서 잠들어 있는 그의 모습을 확인하던 제튼은 한 가지 의문이 해결되는 걸 느꼈다.

'장인이군.'

반년 만에 개인 작업실을 얻은 게 순수한 실력이라는 걸 알 수 있었다. 그 이유는 생각보다 간단했다.

"드워프 혼혈인가?"

확신이 없는 오르카의 물음에 제튼이 고개를 끄덕였다.

"그래서 그런가? 불의 기운이 강하네."

다람에게서는 진한 화기가 느껴졌는데, 이는 명장들이나 드워프라 불리는 이종족에게서나 맡을 수 있는 열기였다.

"불의 기운이 강하면, 보통 드워프의 피가 진할 텐데 의외로 드워프와 안 닮았네."

오르카의 의문은 어찌 보면 당연한 거였다. 다람 비차의 체구는 누가 봐도 드워프라 부르기 어려웠기 때문이다. 물론 혼혈이니 드워프와 다른 점이 있을 터였으나, 다람의 경우에는 그 차이가 심했다.

170세르(cm)가 넘는 체구를 지니고 있었는데, 이 점 때문에 더욱 드워프와의 차이가 느껴졌다.

보통 혼혈이라고 해도 160세르를 넘기기가 어려운 까닭이었다.

"일반적인 드워프 중에도 저처럼 덩치가 제법 되는 이들이 있지."

"그럴 수도 있나?"

"비록 희미하기는 하지만, 그들에게는 고대 타이탄의 피가 일부 흐르기 때문이지."

"……타이탄?"

고개를 갸웃거리는 오르카의 모습에 제튼이 쓰게 웃었

262 · 마귀졸품 2

다. 지금은 드워프도 워낙 보기가 어려워 세간에서는 그들을 전설처럼 여기는 이들도 있었다. 당연히 오랜 고대의 종족인 타이탄 종족을 아는 이들은 더욱 드물 수밖에 없었다.

오르카 역시 그런 일반적인 경우 중 한명이라 할 수 있었다. 그녀의 위치 덕분에 드워프 혼혈들을 제법 볼 수 있어서 그렇지, 그녀도 실제 순혈의 드워프는 보지 못했을 터였다.

'확실히 정보원들을 속이기에는 딱이군.'

사반트는 다람의 정보를 말할 때, 그의 연령대를 30대라고 이야기 했었다. 하지만 드워프 혼혈이라는 걸 생각한다면, 그는 적어도 50대 이상은 됐다고 볼 수 있었다.

다람은 여러모로 침입에 용이한 혼혈인 것 같았다.

"그런데…… 뭔가 좀 이상한 것 같지 않아?"

다람을 보며 연신 고개를 갸웃거리는 오르카의 모습에, 제튼은 그녀의 의문을 짐작할 수 있었다. 그에게는 혼혈답지 않은 외모 말고도 특이한 점이 있기 때문이었다.

"마기다."

"아!"

오르카가 손가락을 튕기며 고개를 바로 세웠다.

"불의 기운에 마기가 진하게 스며들어 있구나!"

"그래. 검게 물든 불길이지."

"아다만티움을 직접 다룬 걸려나?"

제튼 역시 그렇게 생각하고 있었다.

"어째, 당장 쳐들어가서 멱살잡이 좀 할까?"

제튼이 손을 뻗어 그녀를 제지했다.

"왜?"

"저 자는 내버려둔다."

"뭐? 이제 와서 조사를 관두기라도 하겠다는 거야?"

그렇지 않고서야 겨우 찾은 단서를 내버려 둘 이유가 없지 않은가. 제튼이 고개를 저었다.

"굳이 다람은 건드리지 않아도 될 것 같다."

이 무슨 소리란 말인가. 이해할 수 없는 소리에 오르카의 눈가에 주름이 잡혔다.

'쓸데없이 저자를 건드려서, 저들의 계획을 알아챘다는 걸 들킬 수는 없으니까.'

그렇게 된다면 황자에 대한 음모가 전면수정 될 것이고, 다시금 새로운 계획이 시행될지도 몰랐다.

곧 떠나야 하는 그에게는 차라리 기존 계획이 그대로 이어지는 게 나았다.

'황자에게 해가 되는 것도 아니니까.'

아다만티움제 목검은 오히려 황자에게 득이 될 터였다.

"그럼 어떻게 하려고?"

"걱정 마라."

그 말을 끝으로 제튼이 신형을 띄웠다. 순식간에 멀어지는 그의 모습에 오르카가 입술을 삐죽이며 뒤를 따랐다.

순식간에 수도 외곽을 지나 성벽을 넘어 황도의 테두리를 벗어나 외부의 산자락에 이를 때까지, 제튼은 그 발걸음을 멈추지 않았다.

막 신형을 세웠을 때 오르카가 목적지를 물으려 했으나, 이내 다시금 출발하는 제튼의 모습에 할 수 없다는 듯 질문을 멈춘 채 다시 달려야만 했다.

그렇게 수도 외곽의 작은 마을과 냇가 들판 등, 이해할 수 없는 규칙으로 가다 서다를 반복하던 제튼이 완전하게 걸음을 멈춰 선 것은, 수도에서 상당히 벗어난 자그마한 마을에 도착했을 즈음이었다.

"도대체 어디를 가는 거야?"

그제야 오르카의 질문이 이어졌고, 제튼은 한마디로 그 물음을 치워버렸다.

"황실의 비밀이다."

이리 답하는데 어쩔 도리가 있겠는가. 아무리 그녀가 제튼과 가까운 사이라고 하나, 황실과의 관계는 또 다른 별개의 문제이기 때문이었다.

"쳇! 그놈이 황실, 망할 황제 년, 빌어먹을……."

혀를 차며 연신 투덜거리는 그녀의 행동에 고개를 흔든

제튼이 마을을 가만히 쳐다봤다.

'마을이라……'

그의 기억대로라면 이 장소에는 마을이 들어설 계획이 없었다.

'그런데 마을이란 말이지.'

눈을 빛내며 마을의 한쪽에 파여 있는 우물가로 시선을 던졌다.

'위치상으로 본다면, 저곳이려나.'

제국 지하에서부터 이어진 비밀통로의 수많은 출구 중 하나가 바로 저곳에 있었다.

다람 비차의 정체를 깨닫고, 그의 저택 위치를 확인한 순간 떠올린 것이 바로 이 비밀통로였다.

'수도 크라베스카라는 위대한 건축물의 집결체가 완성될 수 있던 이유 중 하나. 그게 바로 드워프들의 도움이지.'

좀 더 정확히는 혼혈 드워프라고 할 수 있는데, 그들 중 상당수가 지하의 비밀통로 작업에 참여했었다.

갑작스레 수도에 나타난 혼혈 드워프.

그의 저택 지하로 연결된 비밀통로.

과연, 이 두 가지의 결합을 우연이라고 할 수 있을까?

'그럴 리가 없지.'

특히, 다람이 지닌 검은 불길의 향기는 그 의심을 확신으로 바꾸기에 충분했다. 즉각 저택에서 이어지는 출구들을 떠올린 뒤, 바로 길에 올랐다.

보통 비밀통로의 경우 은밀한 장소에 숨겨있는 것이 대부분이었기에, 초반에 산자락이나 냇가, 들판 같은 인적이 드문 장소를 통과한 것이었다.

그렇다고 해서 출구가 전부 은밀한 곳에 세워진 건 아니었다. 때문에 중간중간 마을을 지나친 것이기도 했다.

하지만 그 대부분이 수도 인근의 마을들뿐이었다.

'수도와 전혀 무관할 정도로 먼 곳의 출구까지 마을을 세우는 건 계획에 없었는데.'

비밀통로의 출구에 세워졌던 마을들은 대부분 천마의 의도 아래 지어진 것들이었다. 그리고 이러한 설계 속에 눈앞의 마을은 결코 존재하지 않았다.

'여기인가.'

굳이 길게 생각하지 않아도, 마을에 흐르는 공기부터가 이미 심상치가 않았다.

"냄새가 구려."

마을을 관찰하던 오르카가 눈을 빛내며 말했다. 제튼이 고개를 끄덕이며 동의했다.

'위치부터 분위기까지, 의심스러운 것들 투성이지.'

"아무래도 여기에 뭔가 있을 것 같은데."

오르카가 그 말과 함께 입맛을 다시는 게 보였다. 제튼은 당장이라도 뛰어나가려는 오르카를 말리며 마을을 좀 더 살폈다.

'비밀통로에 세워진 마을이라.'

그의 예상대로라면 허락되지 않은 마을일 게 분명했다.

'이곳에 마을을 세웠다는 건…… 일방통행이라고 할 수 있는 비밀통로를 이용할 수 있다는 뜻이겠지.'

천마가 지닌 기관진식이라는 학문까지 더해진 비밀통로였다. 황도에서 출구로 나가는 건 쉽지만, 출구에서 역으로 황도까지 파고드는 건 결코 쉬운 일이 아니었다.

그럼에도 불구하고 저처럼 출구 쪽에 마을을 세웠다는 건, 이용 방법을 알았다는 의미이리라.

'통로를 역으로 이용하는 게 쉬운 일은 아니지만 불가능한 것도 아니지.'

지하 비밀통로에 참여했던 혼혈 드워프.

'그들의 도움을 얻는다면.'

전체는 아니더라도 일부는 운영이 가능할 터였다.

'다람 비차.'

한참 꿈나라에 빠져 있을 그의 모습이 머릿속에 떠올랐다.

#7. 마도사?

#7. 마도사?

어둠만이 가득해야 할 장소건만, 그 안에 붉은 불빛이
피어나며 어둠을 걷어내기 시작했다.

"침입자인가."

굵직한 음성이 잘 어울리는 큼지막한 체구의 사내가 불
빛을 받으며 몸을 일으켰다. 그 순간 저 한편으로 얍실한
체형의 그림자가 모습을 드러냈다.

"불청객일지, 아니면 기다리던 손님일지. 확인을 해야
겠지요?"

얍실한 체형의 사내의 부드러운 음성에 거구사내가 고개
를 끄덕였다. 그러면서 얍실한 체형의 사내를 바라봤다. 목
재 가면으로 얼굴을 가리고 있어 그 정확한 표정을 읽기는

어려웠으나, 가면 사이로 비치는 눈빛이 시리도록 푸른 안광을 뿜어내고 있었다.

'오싹하군.'

붉은 불빛마저도 그 차가운 기운을 감추기는 어려울 것 같았다. 거구사내는 상념을 털어내며 걸음을 옮겼다.

과연 바라던 이들의 등장인지 확인을 해야 할 차례이기 때문이었다.

"가지."

거구사내의 말에 가면사내가 앞장서서 길을 안내했다.

　

오르카는 발밑으로 퍼져나가는 은밀한 파문을 느끼며 제튼을 바라봤다.

"눈치 챘겠지?"

제튼이 고개를 끄덕이며 입을 열었다.

"아마도."

그 대답을 들으며 오르카는 발밑을 유심히 관찰했다.

"그나저나…… 정말로 마법진이 있었네. 제법이라고 해야 하나."

"제법 정도가 아니지."

'네 눈을 속일 정도였으니.'

그랜드 마스터인 오르카가 한 눈에 알아보지 못하고, 직접 마법진 안으로 발을 들이고 나서야 눈치를 챘다. 말인 즉, 일반적인 마법진의 수준이 아니라는 소리였다.

제튼이 앞서 이야기를 해 주지 않았더라면, 들어서고 나서도 약간의 시간이 지난 후에야 알아챘을 것이다.

발밑에 깔린 마법을 펼치려면 얼마만한 실력이 필요할까?

'최소한 대마법사.'

어쩌면 그 이상일지도 몰랐다.

대마도사!

만약 그들이라면 제튼의 머릿속도 한층 개운해 질 것이다. 진리의 길에 오른 존재는 몇 없는 까닭이었다. 그들을 중심으로 조사를 한다면, 이번 사건도 한층 빠르게 해결이 가능할 터였다.

'우선은 이곳을 해결하는 게 먼저지.'

상념을 털어내며 마을 안을 살폈다. 과연 그들의 침입이 전해진 것일까? 늦은 밤에 어울리지 않게 마을 곳곳에서 불빛이 깨어나고 있었다.

'제법!'

마법진 때문일까? 마을 밖에 있을 때에는 몰랐던 부분도 확연히 느껴졌다. 곳곳에서 분주히 움직이기 시작하는 이들의 실력이 생각보다 뛰어난 듯싶었다.

'하나같이 익스퍼트급이군.'

마을 안에 있는 인기척을 합한다면, 적어도 한 개 기사단의 규모는 될 것 같았다.

"그런데 정말 대놓고 들어갈 생각이야?"

오르카의 물음에 제튼이 고개를 끄덕였다.

"그럼…… 적어도 이 우스꽝스러운 건 떼고 들어가는 게 어떨까?"

그 말과 함께 오르카가 자신의 얼굴을 가리키는데, 아니나 다를까 그녀의 얼굴 위에는 깻잎이 한 장 붙어있었다. 눈이라고 여겨지는 부위에 정확히 구멍을 뚫어 시야를 확보한 것이 더욱 기괴한 모양새를 자아냈다.

"싫다면 내 것과 바꿀까?"

제튼의 태연한 물음에 깻잎 사이로 드러난 오르카의 눈빛이 표독해졌다.

"그건 더 이상하잖아!"

"깻잎이나 상추나. 다를 건 없다."

"끄응……."

확실히 제튼의 얼굴을 가린 상추나 그녀의 깻잎이나 별반 차이는 없을 것 같았다.

'대체 이런 건 어디서 구해 온 거야?'

마을로 들어서기 전, 잠시 기다리라고 하더니 이내 이런 걸 가지고 와서는 얼굴에 들이미는 게 아닌가. 하도 어이가 없어서 화를 낼 정신도 없었다.

"정말, 너 답지가 않아. 예전의 너라면 결코 숨거나 감추려 하지 않았을 텐데."

그 말에 제튼이 쓰게 웃었다. 물론 그 표정이 밖으로 드러나진 않았다. 그가 쓴 상추는 얼굴을 전부 가릴 정도로 컸기 때문이다.

"나 답지 않다라……."

'그래서 이런 행동이 필요한 거지.'

마을 안에 있을 적들이 침입자를 통해 천마, 전쟁영웅을 떠올리지 않게 하는 것이 중요했다.

"그런데 왜 하필 상추하고 깻잎이야?"

이건 꼭 듣고 싶었다.

"마땅히 얼굴 가릴게 없잖아."

"왜 없어? 옷으로 가려도 되고, 천으로 둘러도 되는데."

제튼이 어깨를 으쓱였다.

"개성이 없잖아."

"젠장!"

'그렇다고 이따위 걸 가져 오냐?'

제튼은 이 파격적인 행태야말로 천마를 연상시킬 수 없는 계기가 될 것이라고 여겼다.

'그래도 이것만으로는 아직 부족하지.'

얼굴을 가리는 것 외에도 생각해 놓은 게 하나 더 있었다.

"누구냐?"

순간 들려온 음성에 제튼과 오르카의 고개가 돌아갔다. 마을 한쪽에서 다가오는 일단의 무리가 보였다. 하나같이 몽둥이를 한손에 쥐고 있었는데, 그들 중 선두에 선 날카로운 인상의 사내가 음성의 주인인 듯싶었다.

"여기는 개인 사유지다. 지나는 여행객…… 음?"

이야기를 이어가던 사내가 돌연 의문성을 표했다. 거리가 가까워지며 제튼과 오르카의 모습을 본 것이다.

"상추? 깻잎?"

고개를 갸웃거리는 그의 모습에 제튼이 돌연 폭소를 터트렸다.

"크하하하하하!"

이 돌발행동에 사내를 비롯한 마을의 무리들이 깜짝 놀라서 눈을 동그랗게 떴다. 오르카 역시 적잖게 놀랐는지 제튼을 바라보고 있었다.

"사유지라고 했느냐? 감히 남의 집 앞마당에 멋대로 쳐들어와서 멋대로 지분주장을 하다니. 이놈들 뜨거운 맛을 좀 봐야겠구나."

뜬금없는 외침에 날카로운 인상의 사내가 인상을 찌푸리며 외쳤다.

"뭐, 이…… 이 감히 어디서 헛소리를…… 어헉!"

사내의 외침은 길게 이어질 수 없었다. 제튼의 주변으

로 하나 둘 생성되기 시작한 불덩이에 말문이 막힌 까닭
이었다.

"파이어볼?"

사내의 뒤편에서 누군가 외쳤다.

"마법사다!"

"갑자기 웬 마법사가."

그들의 외침에 제튼이 상추 속으로 회심의 미소를 지어
보였다. 그가 정체를 숨기고자 생각해 놓은 또 다른 방편
이 바로 이것이었다.

삼매진화(三昧眞火)!

무협세상의 기공술 중 하나로써, 오러의 열기를 일으켜
불꽃을 피워내는 최상승의 기술 중 하나였다.

오러를 이용한 것이라고는 하나, 이쪽 세상에는 알려지
지 않은 종류의 기술이었다. 누가 봐도 마법사의 파이어볼
을 연상케 하기에 충분했다.

하지만 제튼은 겨우 그 정도로 만족할 생각이 없었다.

'더욱 강렬하게.'

인상적인 한방을 먹여줘야 한다.

"건방진 놈들! 감히 내 마법을 파이어볼 따위에 비유해?
감히!"

그럼 그게 파이어볼이 아니면 뭐란 말인가. 사내들의 황
당하단 얼굴이 보였다.

"이 아름다운 헬파이어를 겨우 파이어볼이라고?"

단번에 사내들의 눈빛이 바뀌었다.

'정신병자인가?'

'미친놈이다!'

'대가리에 상추 썼을 때 이미 알아봐야 했는데.'

오르카 마저도 골 때린다는 표정으로 그를 바라봤다.

"게다가 진리의 길에 올라선 '대마도사' 님에게 겨우 마법사? 이놈들! 정녕 혼쭐이 나고 싶은 것이냐."

하다하다 이제는 대마도사까지 튀어나오니, 슬슬 눈빛이 경멸의 그것으로 바뀌고 있었다.

"불손한 눈초리가 진정 뜨거운 맛을 봐야지 정신을 차리겠구나!"

그러면서 분위기 조성을 위해 삼매진화를 더 피워냈다. 순식간에 두 자릿수가 넘어가는 불길의 등장에 날카로운 인상의 사내 '블룸'이 눈을 반짝였다.

'저 정도 숫자의 파이어볼을 꺼낼 정도라면 보통의 마법사는 아니다.'

적어도 4서클 이상의 실력자는 될 거라는 생각에 우습게 보던 마음을 거뒀다. 블룸은 그래도 한 때나마 왕국의 정점을 수호하던 기사였다. 그런 만큼 자신의 감에 상당한 신뢰를 지니고 있었다.

"으랏차차! 상추도사 나가신다. 차아~."

그 때에 들려오는 괴팍한 음성에 블룸은 오랜만에 자신의 감에 대한 의심을 해야만 했다. 하지만 그것도 잠시, 상념을 접고 긴장감을 다시 끌어올려야 할 상황이 찾아왔다.

화르르륵……

외침과 함께 불덩이들이 움직이는 걸 본 것이다.

'정신 상태는 모르겠지만, 방심해서는 안 된다.'

◈

항상 단답형으로 일관하기에 그 음성에서 잡음을 걸러내기가 어려웠던 거구사내. 그런 그도 오늘 만큼은 음성 속에 떨림을 넣는 신기를 보여줬다.

"저…… 저건 뭔가?"

이에 목재 가면의 사내 역시 떨리는 음성으로 답했다.

"그…… 글쎄요."

부드럽고 감미롭던 그의 음성 가득 잡음이 끼어있었다.

그 둘은 현재 패밀리어라는 마법 사역마를 통해, '준비된 마을'에서 보내지는 영상을 수정구로 받아보는 중이었는데, 그 영상에 너무도 뜬금없는 장면이 튀어나와 그들의 정신을 흔드는 게 아닌가.

"상추…… 인가?"

여전히 떨리는 거구사내의 목소리에 가면사내가 고개를 끄덕였다.

"깻잎도 있군요."

가면사내는 어느 정도 수습을 한 모양인지, 제법 말투가 평소처럼 돌아와 있었다.

"여성인 것 같습니다."

그 말에 거구사내가 눈을 빛내며 영상을 응시했다.

"흐릿하군."

헌데, 이상하게도 깻잎여성의 모습이 제대로 잡히질 않았다. 이에 가면사내가 추측한 바를 내놓았다.

"마법인 모양입니다. 시각적인 차단이나 변화를 주는 마법을 두르고 있는 모양이군요."

"마법사인가?"

이미 한 발 앞서, 상추를 쓴 괴인이 마도사니 뭐니 하는 소리를 외쳐댔었다. 당연히 그 일행도 마법사라고 여겨질 수밖에 없었다.

"뭐, 그래도…… 마도사는 아닐 겁니다."

애초에 하위 마법인 파이어볼을 가지고 마도사 운운하는 게 웃기지도 않는 행태였다.

'숫자는 제법 되지만, 불길이 너무 작다.'

비록 두 자릿수에 들어간다고 하나, 겨우 주먹 만한 크기나 될까 말까한 불덩이였다. 가면사내는 영상에 비쳐지는 내용들을 가지고 계산을 두드렸다.

'잘 쳐줘도 4서클 마스터. 그 이상은 무리.'

준비된 마을에 있는 병력이라면 충분히 상대할 수 있는 수준이었다. 마을 인원 전부도 필요 없었다. 만약 4서클 마스터라면 마을의 리더격인 블룸 혼자서도 격파가 가능했다. 그는 무려 익스퍼트 상급에 오른 강자였기 때문이다.

'방심만 하지 않는다면 문제될 일은 없지.'

하지만 영상으로 보이는 블룸의 모습에서는 어떠한 여유도 비치질 않았다.

'만전상태로군.'

갑작스런 훼방꾼의 등장으로 잠시 긴박했던 심신을 다독이며, 한결 느긋해진 마음으로 불청객 퇴치 영상만 감상하면 될 듯싶었다.

"헉!"

순간 터져 나온 거구사내의 경악성과 함께, 마음정리를 하던 가면사내 역시 눈을 부릅뜬 채 수정구로 시선을 던져야만 했다.

주먹 만한 파이어볼.

영상 속에는 그 짝퉁 헬파이어가 말도 안 되는 상황을 연출해내고 있었다.

날아드는 불덩이에 블롬이 한 행동은 의외의 것이었다. 지니고 있던 몽둥이를 양손으로 잡더니 위 아래로 쭈욱 뽑아내는 게 아닌가.

하지만 그 기괴한 행동의 결과는 실로 놀라웠다.

검!

몽둥이 속에는 놀랍도록 예리한 검이 담겨있던 것이다.

'역시…… 그런 거였나.'

제튼은 몽둥이의 형태로 대충 예상을 하고 있었기에 놀랄 이유가 없었다.

"합!"

짤막한 기합성과 함께 블롬의 검 위로 은은한 빛무리가 어리며 오러가 솟아올랐다. 그는 익스퍼트 중급 이상이라는 것을 과시라도 하듯, 선명한 빛무리를 휘두르며 제튼의 파이어볼을 베어갔다.

푸화아악!

불덩이가 갈라진다고 여긴 순간, 불길이 급격하게 커졌다.

"허억!"

블롬이 깜짝 놀라서는 뒤로 물러서려는데, 불길이 거짓말처럼 검신을 타고 오르더니 그에게로 밀려드는 게 아닌가.

'이런 빌어먹을!'

오랜만에 욕지기가 목구멍까지 올라왔으니 그걸 내뱉을 시간도 없었다. 한 마디 뱉을 시간도 아껴야 했기 때문이다. 눈앞의 불길도 문제지만 어느새 접근한 다른 불덩이 역시 피해야 했다.

다급히 검을 놓으며 껑충 물러서고 나서야 겨우 불길의 마수에서 빠져나올 수 있었다. 하지만 이내 다른 불덩이가 여전히 떠 있는 걸 보고선, 그저 위협일 뿐이었다는 생각에 이를 악물어야만 했다.

"이 무슨……."

"말도 안 돼……."

등 뒤로 수하들의 경악성 섞인 음성들이 들려왔다. 그들과 마찬가지로 블롬 적잖게 놀란 얼굴로 제튼을 바라보고 있었다.

이런 그들의 모습에 만족한 것일까?

"크화화화화핫-! 그래. 이제야 제법 눈깔들이 예쁘게 모아지는구나. 어떠냐. 내 헬파이어의 위력이. 아주 그냥 오줌이 좔좔 나올 것 같지? 암암! 불장난엔 오줌발이 서야 제 맛이지. 크화화화핫!"

헛소리만 잔뜩 지껄이고 있었으나, 더 이상 그를 우습게 여기는 이들은 없었다.

'상추도사!'

283

새삼 그 이름이 가슴깊이 각인된 순간이었다.

'저런 허술한 모습으로 우리를 방심하게 하다니.'

'보통 무시무시한 놈이 아니다.'

'다른 건 몰라도 잔머리는 마도사급이구나!'

블롬을 비롯하여 그의 수하들은 일말의 방심마저 털어내며 일제히 검을 뽑아들었다.

차차차창……

하나같이 몽둥이 속에 검을 숨기고 있었던 듯, 이제는 하나같이 검을 들고 있었다. 그들을 향해 제튼이 외쳤다.

"웬 산도적놈들인가 싶었더니, 일사불란한 모습들이 그냥 도적놈들은 아닌 모양이구나."

순간 블롬을 비롯한 그의 수하들의 눈빛이 달라졌다.

조금 전 까지는 적으로는 여기되, 그 이상 그 이하도 아니었다. 하지만 지금은 마치 생사대적을 마주한 듯, 무조건 사살해야 한다는 살기가 가득 차 있었다.

"얼씨구? 눈깔 좀 보게. 왓! 뜨거라. 어이쿠, 바지 지리겠네."

언뜻 익살스런 그 모습이 오히려 블롬과 수하들의 기세를 더욱 키웠다.

'짜릿하군.'

얼핏 일백여명은 되어 보이는 인원이었다. 이만한 숫자라면 기사단 중에서도 규모가 있는 기사단일 터였다. 상추

284·마귀둥지2

속 제튼의 입꼬리가 슬며시 올라갔다.

'이만한 인원 전부가 익스퍼트라.'

그 정도로 뛰어난 기사단이라면 대충 감은 잡혔다.

왕국의 정점.

국왕!

단 한사람의 절대자를 보좌하기 위한 기사단 외에는 떠오르질 않았다.

'그렇다면 어디 녀석들이려나.'

눈을 빛낸 제튼이 다시금 불덩이를 날려 보냈다. 조금 전처럼 블롬 한 사람이 아닌, 저들 수하들에게도 피하게 갈 수 있도록 동시 다발적으로 불덩이를 움직였다.

겨우 20개를 조금 넘어서는 수준의 불덩이였으나, 이미 블롬을 통해 그 위력을 경험했기 때문에 수적인 우세에도 불구하고 섣불리 앞으로 나서지 않았다.

뒤로 물러나며 서로간의 간격을 벌리는 모습을 보여줬다.

푸화아아아악……

잠시 후, 앞전과 같은 상황이 펼쳐지며 곳곳에서 불길이 크게 일어나기 시작했다. 그 숫자는 20개 정도 밖에 안 되었으나, 거기서 파생된 불길의 크기는 일백여명의 기사들을 당황하게 하기에 충분했다.

하지만 그들 중 누구도 불길에 피해를 입은 이들은 없었다.

블룸이 했던 것처럼, 과감히 검을 버림으로써 불길의 피해를 최소화 한 까닭이었다.

'실전적이군.'

그들의 일관된 모습에서 제튼은 그들의 독기를 엿봤다. 만약 그의 예상대로 저들이 정통파 기사들이라면, 저처럼 검을 버리는 행위는 명예에 어긋난다며 주저해야 옳았다.

'그런데도 가차 없이 검을 놨단 말이지.'

고개를 끄덕이는 제튼의 시야 속으로 블룸과 그의 수하들이 점차 작아지는 게 보였다.

"엇! 뭐야, 저거……."

"도…… 도망간다."

저들의 외침처럼, 제튼은 뒷걸음질을 치며 빠르게 멀어지고 있는 중이었다. 과연 저것이 진정 뒷걸음질이 맞나 싶을 속도로 빨라서, 언뜻 마법으로 착각할 정도였다.

"크화화홧-! 너희 빌어먹을 종자들이, 감히 건방지게 숫자로써 이 상추도사님을 압박하니, 엄히 뜨거운 벌을 내려야 옳지만. 내 너그러운 성품을 지닌 바. 너희 추잡한 도적놈들에게 정당한 법의 심판을 받는 기회를 주도록 하겠다."

이건 또 무슨 말인가?

"기다려라. 요 앞에 거대한 황성이 있으니, 거기다 일러주마! 크홧홧홧-!"

"쿨럭!"

옆에서 함께 물러나던 오르카가 작게 헛기침을 터트렸다.

"일러주마가 뭐냐 일러주마가…… 쪽팔리게……."

그녀의 중얼거림처럼 매우 낯부끄러운 대사였으나, 그 효과는 실로 강렬했다.

"잡앗-!"

"죽여-!"

"썅-!"

마지막 외침은 블롬의 것이었는데, 그토록 참고 참았던 욕짓거리를 결국 내뱉으며 쫓아오는 게 보였다. 하나같이 광분한 모습들이었다.

"크화화화화홧-!"

그런 그들의 모습에 제튼이 더욱 크게 웃음을 터트리며 뒤로 달렸다. 하지만 광분한 기사들의 오러를 퍼부은 질주는 실로 무시무시해서, 순식간에 제튼과 오르카를 따라잡고 있었다.

그런 그들의 모습에 제튼이 눈을 빛내며 외쳤다.

"놈들! 아직 정신을 못 차렸구나. 감히 나 상추도사님을 쫓아오다니. 내 아주 시린 맛을 보여주도록 하마!"

이번에는 또 무슨 짓을 벌이려는 걸까? 오르카가 눈살을 찌푸리며 제튼을 바라보는데, 그 순간 제튼의 양 손이 전방으로 활짝 펴졌다.

"받아랏-! 블-리-자-드!"

"뭣!"

하나같이 경악성을 터트리는 그 때, 정말로 제튼의 전방으로 하얀 눈송이가 일어나는 게 아닌가. 이 갑작스런 대자연의 변이에 블룸을 비롯한 그의 수하들이 급제동을 거는 게 보였다.

그들은 급히 검신에 오러를 끌어올린 채, 날아드는 눈송이를 대비했다.

그리고 잠시 후,

"뭐야, 이거!"

"퉤퉤퉤-! 소금이잖아!"

"빌어먹을-! 속았다."

그들이 욕짓거리를 솟아내며 제튼을 찾는데, 아뿔싸! 어느새 저 멀리 점이 되어서 멀어지고 있었다.

헌데, 저 멀리 점이되어 가는 제튼의 양 손이 다시금 블룸들을 자극했다. 양 손의 형태가 기묘했기 때문이다. 정확히 양 손을 가운데 손가락만 위로 올린 채 달랑거리며 뒷걸음질을 치는데, 그 정확한 의미는 알 수 없었으나 상당히 기분이 나빴다.

"얌전히 법의 심판을 기다려라~!"

아련히 들려오는 음성이 블룸들의 등을 떠밀었다.

"죽여-!"

한층 더 광분하여, 두 눈 가득 광기를 머금은 그들의 추격전이 다시금 시작되었다.

멀찍이 흥분해서 방방 뛰는 이들을 바라보며 제튼이 가볍게 고개를 흔들었다.

'사천당문(四川唐門)의 만천화우(滿天花雨)를 설마 이런 사기에 써먹을 줄이야.'

천마의 세상에서 그와 반대편에 있다는 정파세력 제일의 암기술을 지닌 단체가 바로 사천당문이라는 곳이었다. 그리고 그 사천당문에서도 최강으로 불리는 암기술이 바로 만천화우라는 기술로써, 온 하늘에 꽃비가 가득 찬다고 여길 만큼 암기로 하늘을 가득 메우는 게 바로 만천화우였다.

상추와 깻잎을 구해올 때 소금도 한 주먹씩 주머니에 챙겨왔었는데, 암기 대신 소금을 사용해서 만천화우를 뿌린 것이었다.

물론 살상을 목적으로 한 게 아닌 까닭에 삼매진화처럼 오러를 듬뿍 담은 게 아닌, 약간의 기운들만 담아서 던진 까닭에 위협적이지는 않았다.

대신, 그 약간의 기운 덕분에 소금 알갱이가 굵직한 눈송이처럼 보이는 착시효과 정도는 발휘할 수 있었다.

"계속 이렇게 달릴 생각이야?"

문득 들려오는 오르카의 물음에 제튼이 뒷걸음질을 멈추더니 휙 하니 신형을 돌려세웠다.

"그만 가지."

제튼이 그 말과 함께 본격적으로 신형을 쏘아 보냈고, 오르카 역시 제대로 뜀박질을 시작했다. 둘의 신형은 순식간에 어둠 저편으로 사라져갔다.

◈

"갔네요."

가면사내의 부드러운 음성이 흘러나온 뒤에야 거구사내는 정신을 차릴 수 있었다.

"갔군."

거구사내 역시 한마디를 더하며 영상을 바라봤다. 패밀리어의 시야를 벗어난 것인지, 더 이상 상추와 깻잎 마법사의 모습이 보이질 않았다.

"누굴까요?"

"글쎄……."

그 말을 끝으로 한동안 긴 침묵이 이어졌다. 그리고 다시 음성이 흘러나왔을 때, 그건 기나긴 정적에 커다란 파문을 일으키기에 충분할 만큼 컸다.

"맙소사!"

가면사내의 커다란 외침에 거구사내가 그를 돌아봤다.

"상추! 깻잎!"

다급히 수정구를 키고 영상을 트는데, 조금 전 그 장소가 아닌 다른 장소였다. 또 다른 패밀리어에게서 전달되는 영상으로써, 자그마한 밭 하나가 수정구에 떠올랐다.

상추와 깻잎을 비롯한 몇몇 채소들이 보였는데, 이걸 본 거구사내도 적잖게 놀란 듯 신음성을 흘리고 있었다.

하도 황당하고 어이없는 상황의 연속이라서 눈치를 채지 못했다.

"설마……."

"아무래도 이미 한 차례 들어왔다 간 모양입니다."

가면사내의 이야기에 거구사내가 눈살을 찌푸리며 물었다.

"알고 가져간 걸까?"

"……."

대답 대신 아랫입술을 질끈 깨물 뿐이었다.

◈

순식간에 마을에서 멀어진 제튼과 오르카는 더 이상 쫓아올 수 없을 정도로 거리를 벌리고 난 뒤에야 발걸음을 멈춰 세웠다.

그리고 즉각 오르카의 말문이 열렸다.

"깜짝 놀랐네. 변했다 변했다 했어도, 설마 이 정도로 변해 있을 줄이야. 네가 그딴 말도 안 되는 연기를 할 줄이야…… 하! 꿈에도 상상 못했다. 하!"

이에 제튼이 쓰게 웃었다.

'연기라…….'

그녀를 비롯한 전쟁영웅의 주변 사람들은 잘 모르고 있었으나, 천마는 그야말로 천변만화 한 얼굴을 지닌 최고의 배우였다.

'이런 연기도 전부 다 그 망할 놈에게 배운 거라고.'

분명, 조금 전 제튼이 보인 모습은 천마가 전쟁영웅으로 활동할 때의 모습과는 전혀 달랐다.

하지만 천마가 다른 이름으로 활동하던 모습 중에는 분명, 이 못지않은 괴팍한 모양새도 제법 많이 보여줬었다. 용병부터 시작해서 정보 및 암살계층 그리고 상인까지. 그는 다방면에 걸쳐서 다양한 얼굴들로 또 다른 삶을 살았었다.

그리고 이러한 연기들로 만든 가짜들이 있었기에, 소국 칼레이드가 대제국 칼레이드로 탈바꿈 된 것이 아니던가.

'특히, 상인으로 활동할 때 간간히 보여주던 그 비굴한 모습은…….'

천마와는 전혀 어울리지 않는 그림이었다. 하지만 천마 스스로는 마치 유희라도 되는 양, 그러한 모습들마저 즐겼다. 그와 함께 했던 제튼이기에 알 수 있는 감정이기도 했다.

고개를 털며 상념을 밀어낸 제튼이 흡자결로 붙여놨던 상추를 떼어냈다. 그 모습에 오르카도 오러 운영을 멈췄다. 그러자 그녀의 깻잎 역시 떨어지는 게 보였다. 그걸 한 손으로 가볍게 받아낸 오르카의 눈이 잠시 빛났다.

'재밌는 기술이란 말이야.'

설마 오러를 이런 식으로 응용할 수도 있을 줄이야. 경지에 올라서 쉽게 따라할 수 있던 것이지, 흡자결은 결코 가벼운 공부가 아니었다. 그리고 이 부분이 더욱 오르카를 재미있게 했다.

'알면 알수록 신기한 것들 투성이라니까.'

그리고 이러한 호기심은 자연스레 기술의 발원지인 제튼에게로 향할 수밖에 없었다.

이런 그녀의 눈빛이 부담스러웠을까? 제튼이 재빨리 화젯거리를 꺼내들었다.

"쓸데없는 생각 말고 그거나 확인해 봐라."

뜬금없는 이야기에 오르카가 자신의 깻잎을 바라보며 물었다.

"이걸?"

"그래."

"왜?"

연달아 의문을 표했으나 제튼은 더 이상 대답해주지 않았다. 눈살을 찌푸린 오르카가 이해할 수 없다는 얼굴로 깻잎을 들어 이리저리 살폈다.

'뭐를 보라는 거야?'

연신 고개를 갸웃거리고 있을 무렵, 문득 그녀는 희미하게 손끝을 간질거리는 무언가를 느꼈다.

미간 위로 짙은 주름을 잡은 오르카가 제튼을 돌아보며 물었다.

"어라? 이거 뭔가 이상한데…… 뭐야 이거?"

"알겠어?"

"모르니까 물어보지."

"그럼, 좀 더 집중해 봐. 분명 알 수 있을 거야."

제튼의 이야기에 오르카가 입술을 내민 채 투덜거리며 다시금 깻잎에 집중했다.

"어…… 어? 어…… 이거?"

얼마 지나지 않아 오르카의 음성이 흔들리며 경악한 얼굴이 비쳤다. 제튼이 앞전과 같은 질문을 던졌다.

"알겠어?"

"마기잖아!"

충격적인 내용이었다. 제튼이 가볍게 고개를 끄덕이며

말했다.

"여기에도 있어."

그리고는 자신이 얼굴에 썼던 상추를 가리켰다.

"너무 희미해서 알아내기도 어려울 정도지만, 여기 이 상추와 깻잎에는 마기가 담겨있다."

"대체 왜……?"

이해 할 수가 없다는 얼굴로 오르카가 상추와 깻잎을 번갈아 봤다. 그러나 제튼은 대답 대신 자신의 주머니를 뒤져 소금도 마저 꺼냈다.

"여기에도 마기가 담겨있다."

어째서? 오르카는 연신 답을 바라는 얼굴로 제튼을 바라보고 있었는데, 제튼의 표정에서 어느 정도 생각해 놓은 바가 있다는 걸 짐작한 까닭이었다.

"티끌만한 양이지만, 이런 마기가 담긴 음식을 장기적으로 먹는다면 어떻게 될 거라고 생각하지?"

"……글쎄. 워낙 미미한 양이니까. 이렇다 할 부담이 가지는 않을 것 같은데."

바로 이러한 부분 때문에 상추와 깻잎의 존재를 이해할 수 없는 거였다.

"워낙 희미한 양의 마기라서 별다른 해가 될 것도 같지 않은데, 이런 걸 왜 만든 걸까?"

오르카의 궁금증은 바로 거기에 있었다.

"설마, 자연 발생이려나?"

말을 한 뒤 어이가 없었는지, 오르카가 짧게 실소하며 고개를 흔들었다.

"마계의 마기가 자연 발생이라니. 말도 안 되잖아."

헌데, 제튼의 대답이 의외였다.

"자연발생적으로도 마기가 일어날 수 있다."

"뭐?"

연달아 이어지는 이해할 수 없는 상황과 이야기에 오르카는 슬슬 짜증마저 날 지경이었다. 다행이 이런 그녀의 기색을 느낀 것인지, 제튼이 빠르게 이야기를 이어나가며 폭발은 막을 수 있었다.

"좀 더 정확히는 마기가 아니라 '암흑마나'라고 해야 옳겠지."

"아!"

그제야 생각나는 게 있는 듯, 오르카의 눈가에서 붉은기가 걷혔다.

"그럼 이게?"

"그래. 마기가 아니라 암흑마나가 담겨있는 것이지."

"그렇다면…… 정말 자연발생이라는 거야?"

제튼이 고개를 저었다.

"아니. 이건 의도적으로 만든 거다."

여기서 다시 원점으로 돌아갔다.

왜? 어째서? 저런 식재료를 만든 것인가.

"분명, 네 말처럼 워낙 미미한 양이라서 장기간에 걸쳐 먹어도 큰 문제는 없을 거다. 상황에 따라서는 중간에 몸 밖으로 빠져버리는 경우도 있을 테고. 하지만, 만약, 저 작은 양의 기운이 흩어지지 않도록 도움을 주는 요소가 존재한다면 어떨까?"

"차곡차곡 쌓이려나?"

"그래."

그리고는 생각했던 바를 꺼내 놓았다.

"아다만티움."

그 말에 오르카의 눈이 번쩍 뜨였다.

"목검!"

결국 이 모든 게 황자를 중심으로 돌아가는 계획의 일부였던 것이다.

황자에 대한 걱정으로 항시 '아다만티움', 그 단어를 머릿속에서 지우지 않은 덕분에 찾아낼 수 있던 절묘한 결합점이었다.

❖

빛이 있으면 어둠이 있듯, 잘사는 이들이 있으면 못사는 이들 역시 존재할 수밖에 없고, 부유층이 있다면 빈민층이 존재할 수밖에 없었다.

빈민가.

세상 어디를 가나 필히 존재할 수밖에 없는 장소로써, 이는 대륙 제일의 도시라는 칼레이드의 수도 크라베스카 역시 피할 수 없는 부분이었다.

"흠…… 맛있군."

사내는 자신의 그릇에 든 괴이상한 먹거리를 손으로 퍼먹으며 연신 맛있다를 남발하는 중이었는데, 그 주변의 인물들은 그게 영 못마땅한 듯 눈살을 찌푸리며 보고 있었다.

"에휴…… 도저히 비위가 상해서 못 보겠군."

결국 주변인들 중 한명이 그 말을 하며 거처를 나갔고, 그게 신호탄이 된 듯 다른 이들마저 하나 둘 자리를 뜨면서, 결국 괴이상한 음식을 먹는 사내 혼자만이 남게 되었다.

"쩝쩝…… 찹찹…… 배가 불렀어. 찹찹…… 제놈들도 한때는 나못지 않게 쳐 먹어 대놓고서는…… 찹찹…… 아주 고상해졌어. 쫏…… 찹찹……."

빈민촌에 잠입한 이상, 이곳 생활에 어우러져서 살아야한다. 하지만 동료들은 옛 기억이 떠오르는지 자꾸만 이곳을 피하려 들었다. 식사도 자신과는 달리 가지고온 육포들로 처리를 하려 했다.

"쓸데없는 자존심이 붙어서 그렇지. 참참…… 그나저나 확실히 수도는 다르네. 음식물 쓰레기가 넘치는 것도 모자라서, 맛도 이렇게 좋으니. 참참. 수준급이야. 흐흐!"

어느새 바닥이 드러난 그릇을 손톱까지 세워 싹싹 긁어먹은 뒤에야 배를 두드리며 벽에 기댈 수 있었다.

"꺼~억! 좋다."

그러면서 이곳에 온 이유를 떠올렸다.

"브라만 대공."

제국의 전쟁영웅이라 불리는 자.

"쯧! 그런 괴물을 어찌 조사하라는 건지."

늘어놓고 싶은 불만이 한 가득이었으나 어쩌겠는가.

"헤유~! 까라면 까야지."

고개를 흔든 그가 가볍게 배를 두드리며 밖으로 향했다. 소화도 시킬 겸, 정보조사에 나설 생각이었다.

◈

의문의 마을에서 블롬들과 투닥거린지도 어느새 일주일여, 제튼은 거짓말처럼 활동을 중단한 채 거처에서만 생활하고 있었다.

늦은 밤, 황자와의 잡담시간을 빼면 방에서도 잘 나서지 않는 편이었다.

"아아아아…… 심심해. 심심해애~."

덕분에 오르카만 죽어나고 있었다. 하루가 멀다 하고 빨빨거리며 돌아다니기 바빴던 그녀에게, 이처럼 오랜 시간 한 자리에서 머무는 건 그야말로 고역이나 다름없었다.

하다못해 수도 내에서라도 좀 돌아다니면 좋으련만, 제튼은 그럴 기미도 보이질 않았다. 그렇다고 검술 연습을 하자니, 그것도 쉽지가 않았다. 어쨌든 그녀가 수도에 있다는 사실이 알려져서는 안 되기 때문이다.

물론 심상수련도 가능하기는 했다. 하지만 아무래도 몸을 쓰는 게 더 적성에 맞는 까닭인지, 채 몇 차례 하지도 못한 채 금방 침상을 뒹굴 뿐이었다.

"이러지 말고 좀 나가자."

오르카의 이야기에 제튼이 한숨을 푸욱 내쉬며 말했다.

"혼자서 돌아보고 와. 말했듯이 어디 안 도망가니까. 혼자서 다녀도 되잖아?"

"……으음……."

그녀의 고민하는 모습에 제튼은 쓰게 웃었다. 그녀가 자신의 주변을 맴도는 실질적인 이유를 알기 때문이었다.

'검귀가 따로 없네.'

지난번 한 차례 대련이후 그녀에게 약간의 발전이 있었다. 상황이 이러하니 자연스레 다음 대련을 기다리게 될 수밖에 없었다.

지루해하며 투정을 부리는 모습을 보이는 한편, 수시로 투기를 보내며 간을 보는 게 그 증거라 할 수 있었다.

'한 번이 두 번 되고, 두 번이 세 번 되니까.'

섣불리 붙어 줄 수도 없었다. 그리고 제튼도 아무 생각 없이 방 안에만 있는 게 아니었다. 사반트와 밀러에게 따로 명령들을 내려놓고 기다리는 상태이기도 했다.

〈황실의 식재료를 거래하는 상인들 중, 최근 3년 사이에 바뀐 이들이 있는가를 찾아라.〉

제튼, 아니 천마가 황실의 일에서 손을 뗐던 부분까지 생각해서 대략 그 정도 기간을 잡은 것이다. 그 이전에는 블룸들이 머물던 마을이 존재하지 않았기 때문이었다.

〈3년 사이, 황실의 만찬을 피하는 귀족들을 조사하라.〉

혹은 회의장에 나오는 디저트에 유난히 손대지 않는 이들을 파악하라고 명령했다.

마을에서 발견한 식재료에 담긴 마기가 워낙 미미한 양이라, 몸에 들어가도 별 피해가 없다고는 하나, 그래도 어쨌든 마기였다.

'남의 몸 귀한 줄은 몰라도 자기 몸 귀한 줄은 아는 놈들이니까.'

분명 유별나게 입이 짧아진 이들이 있을 게 분명했다. 분위기에 어울리기 위하여 입에는 댈지언정, 그 양을 줄여서 섭취량을 최소화하는 이들을 찾으면 되는 것이다.

"대체 언제까지 이렇게 방구석에만 처박혀 있을 거야?"

문득 들려오는 오르카의 음성에 상념이 깨어졌다. 제튼이 고개를 흔들며 그녀에게 말했다.

"말 했잖아. 때가 되면 이라고."

"그 때가 언제인데?"

"……독살이 시작될 때."

"뭐?"

오르카가 깜짝 놀라서 제튼을 바라봤다.

"황자 독살이 정말 일어난단 말이야?"

"몇 번을 말해. 분명 황자 독살은 일어나."

"왜?"

아다만티움에 마기가 담긴 식재료까지. 황자를 위협하기 위한 조건은 이미 충분하지 않던가? 그런데도 굳이 독살을 일으킨다?

"실패를 위한 독살이라고 말했잖아. 내 시선을 끌기 위한 거라고."

그의 말에 오르카가 고개를 끄덕였다.

"아다만티움이나 마기가 담긴 식재료는 전부 황자를 위한 거다. 하지만 독살은 전혀 성질이 달라. 그건 오로지 나만을 위해서 준비한 거야. 내게 보라고. 오라고."

그건 오로지 제튼을 꾀어내기 위함이었다.

"운이 좋아서 황자를 독살하게 될 수도 있지만, 분명 그럴 확률은 낮을 거다. 실패하라고 소문을 낸 것일 테니까."

음모를 꾸민 이들이 의도적으로 소문을 더 키웠을 터였다. 물론 대외적으로 알려지지는 않았을 것이다. 하지만 상당수의 귀족들이 이제는 알고 있다는 소식을 들었다. 분명 의도한 게 틀림없었다.

"성공을 하건 실패를 하건 상관없을 거야."

무조건 제튼을 전쟁영웅을.

'천마를 끌어내기 위함이니까.'

앞전의 마을에서 그에 대한 준비가 되었음을 알았다.

"너 휴가 한 달 밖에 없잖아. 언제 독살이 있을 줄 알고."

"곧 일어날 거야."

저들의 움직임이 그러했다. 소문을 퍼트리기 시작했다는 건, 작업을 시행하겠다는 예고장과 같았다.

"그래. 만에 하나 네 말처럼 된다고 치자. 그러면 그 다음에는 어떻게 할 건데. 설마 직접 나서기라도 할 거야?"

그녀의 물음에 제튼이 잠시 눈을 감았다. 바로 이 부분에 대한 고민으로 시간을 보내지 않았던가. 그리고 지금은 결론을 내린 상태였다.

"그래."

"……어?"

오르카가 깜짝 놀라서 제튼을 바라봤다. 그토록 자신을 숨기려고 별 말도 안 되는 마도사 연기까지 해 대던 그가 아니던가. 헌데, 이제와 말을 바꿔서 나서겠다니. 이 무슨 소리란 말인가.

"또 그…… 웃기지도 않는 상추도사인지 대추도사인지 하는 헛짓거리를 하려고?"

혹시나 싶어서 이리 물었다.

"아니."

제튼이 고개를 저었다.

"사신의 방문을 원하는데, 그렇게 해 줘야지."

어느새 서늘한 한기가 방안 가득 차오르고 있었다.

◈

'라파드'는 황실로 들어오는 식재료들을 주방으로 나르는 일꾼이었다.

타고난 덩치와 거기에서 나오는 힘 때문인지 다른 사람들보다 배는 일을 할 수 있었다. 게다가 근면성실함으로 무장까지 한 덕분에 황실의 관리들이 좋게 봐 줬고, 그로 인해서인지 얼마 지나지 않으면 지위도 한 단계 올라갈 거라 약조도 받은 상태였다.

"흐흐흥…… 흐흥!"

이러한 이유 때문일까? 무거운 식재료를 양 어깨에 짊어지고도 콧노래가 절로 나왔다.

"오늘은 이것만 하면 끝이구나."

주어진 할당량만 마친다면 충분히 쉴 시간이 주어지는데, 상황에 따라서는 조기 퇴근도 가능했다. 남들보다 배로 일하는 덕분에 주어진 자그마한 혜택이기도 했다.

빨리 일을 마치고 이 좋은 소식을 안주로 맥주를 걸칠 생각을 하니, 절로 입가에 군침이 돌았다.

저 앞으로 주방으로 향하는 통로가 보였다. 한층 기운찬 걸음으로 전진하는데, 문득 그의 발 앞으로 자그마한 그림자가 떨어져 내렸다.

"응?"

뭔가 하고 바라보니 검은 털이 매력적인 고양이 한 마리가 그 앞에 서 있는 게 아닌가.

"저리가. 쉬. 쉬……."

발길질로 녀석을 치워내려는데, 놀랍게도 녀석은 사람을 무서워하지 않는 것인지 피하려 하질 않았다.

그 큰 덩치에 어울리지 않게 마음이 여린 라파드는 할 수 없다는 듯, 자신이 돌아가기로 결심했다. 겨우 두어 발자국만 더 움직이면 되기 때문이다.

하지만 그 순간 고양이가 옆으로 향하더니 다시금 앞길을 막는 게 아닌가.

"허……."

이 무슨 황당한 일이란 말인가. 하도 어이가 없어서 고양이를 내려다보는데, 문득 고양이와 눈이 마주쳤다.

그 순간 고양이의 입이 열렸다.

"레반 드레이젤."

"허억!"

라파드가 깜짝 놀라서는 뒤로 물러났다.

'지…… 지금 고양이가 말을 한 거야?'

침을 꼴깍 삼킨 라파드가 다시금 고양이를 쳐다보는데,

"야~옹."

마치 조금 전 일은 환상이었다는 듯, 녀석은 특유의 울음소리를 보여주고 있었다.

"……잘 못 들었나?"

고개를 갸웃거린 라파드가 재차 고양이와 눈을 맞추려고 조심스레 허리를 숙이는데, 고양이 훌쩍 물러나더니 획하니 저 한편으로 사라지는 게 아닌가.

"허…… 참!"

잠시 고양이가 사라진 방향을 바라보던 라파드가, 이내 괴상한 경험을 했다 여기며 주방으로 향하는 통로로 들어섰다.

그리고,

황궁에 사건이 발생했다.

"독은?"

굵직한 음성이 물었다.

"이미 전해졌습니다."

부드러운 음성이 답했다. 고개를 끄덕이던 굵직한 음성이 재차 질문을 던졌다.

"일꾼은?"

"······아마, 살 수 없을 겁니다. 희생양으로 '만들어진' 인물이니까요."

"후······."

무거운 한숨이 흘러나왔다. 굵직한 음성의 사내는 이번 계획을 꾸민 부드러운 음성의 사내, 목재 가면의 사내를 보며 안타까운 마음이 들었다.

'어쩌다가 이토록 변한 것인지.'

한 때, 개미 한 마리도 제대로 잡지 못하던 그의 모습이 떠올랐다. 왠지 가슴 한편이 묵직해졌다.

❖

딱딱한 음성. 차가운 눈빛. 사나운 외모. 어두운 복장. 싸늘한 공기.

오금이 저릴 것만 같은 분위기 속에 묵직한 음성이 들려
온다.

"이름은?"

질문에는 이상하게도 숨 막히는 무게감이 담겨 있었다.

"……"

하지만 대답을 하지 않았다. 아니, 할 수 없었다.

'……'

입뿐만 아니라. 머리도, 생각도, 감정도, 모두가 멈춰 버
렸기 때문이다. 그저 하나의 단어만이 동공 끝에 아른거릴
뿐이었다.

'레반 드레이젤.'

무시무시한 고문도구가 다가들었다.

황자 독살.

그토록 황실을 긴장하게 만들던 사건이 결국 터졌다. 대
외적으로는 알려지지 않았으나, 이상하게도 알만한 이들
은 다 알아 버렸다.

정보조작이련가. 어디서 어떻게 어느 경로로 흘러나간
것인지는 모르나, 분명 은밀한 루트를 이용해서 독살에 대
한 사건은 퍼지고 있었다.

"대단하군."

마르셀론 공작은 새삼 감탄하는 얼굴로 보고서를 읽어

내렸다.

전쟁영웅이 사라진 뒤, 황제파의 기둥이라고 부를 수 있는 위치에 선 그였다. 황제의 친 오라비이기도 한 그이기에, 황자 독살에 대한 사건을 잔혹하다 느껴질 만큼 파헤쳤다. 심문과정에 직접 참여하기도 했다.

하지만 범인의 입에서 나온 단어는 하나뿐이었다.

⟨레반 드레이젤.⟩

정신계열 마법으로 뒤흔들어도 그 이상의 답은 나오질 않았다. 정신적으로 육체적으로 한계까지 몰아붙였음에도, 더 들을 내용이 없었다.

그리고 이 쯤 되니 적들에 대해서 인정하지 않을 수가 없었다.

"누굴까?"

혼잣말처럼 내뱉은 그의 이야기에 대기하고 있던 부관 '타시만' 이 입을 열었다.

"삼공작의 끄나풀이 아니겠습니까?"

"글쎄…… 또 모르지."

마르셀론 공작의 알 수 없는 이야기에 타시만이 잠시 고개를 갸웃거렸으나, 이내 의문을 접으며 생각했던 바를 꺼내 놨다.

"삼공작 측과 거래하는 상인들 중에서, 황실과 연관된 이들을 중점적으로 조사를 들어가는 게 좋지 않겠습니까?"

그 말에 마르셀론 공작기 고개를 저었다.

"아니. 명확한 증거도 없이 들쑤시다간, 오히려 저들의 빌미거리로 이용될 수도 있다. 우선은 지켜본다. 그보다…… 황자 전하는 이번 사건에 대해서 알고 있나?"

"아직 모르십니다."

타시만이 의도적으로 황자의 귀에 들어가지 않도록 감췄다. 황자의 유모인 라나 역시 동의한 내용이기도 했다.

"잘 했다. 대 제국의 통치자가 되실 분이, 그런 일로 주변의 눈치를 봐서는 안 되지."

고개를 끄덕인 마르셀론 공작이 다시금 보고서로 시선을 돌렸다.

"범인에 대한 정보가 부족하군."

"죄송합니다. 1년 전, 새롭게 주방의 허드렛일을 하는 일꾼으로 들어왔을 당시의 조사 결과에는, 분명 모든 정보가 명확했습니다."

"……명확하다 여겼던 정보들이 전부 거짓이었다는 거로군."

"죄송합니다."

그 말 밖에는 할 말이 없었다. 머리를 바닥에 닿을 듯 숙이는 것으로써 최대한의 행동을 더할 뿐이었다.

"아니. 괜찮다. 그 정보가 거짓이라는 것도 하나의 정보가 될 수 있으니까."

황궁의 까마귀들을 속일만한 단체는 결국 한정되어 있기 때문이었다. 이러한 부분을 짐작한 타시만이 조심스레 물었다.

"역시…… 삼공작들 이겠지요?"

"……글쎄."

확답은 함부로 내리는 게 아니었다. 명확하다 여겼던 것들도 거짓일 수 있는 게 바로 그들이 서있는 세상이기 때문이다.

◈

휴가가 정확히 5일 남았을 무렵, 드디어 기다리던 사건이 터졌다.

황자 독살.

"주방의 허드렛일을 하던 일꾼이 범인이란 말이지."

오르카의 이야기에 제튼이 고개를 저었다. 사반트를 통해 보고받은 내용에는 분명 일꾼이 범인이라고 나와 있었으나, 섣불리 단정 지을 수 없었다.

"어쩌면 그도 이용당한 것일지도 모르지."

"왜? 사반트는 일꾼의 정보가 하나부터 열까지 불분명하다던데. 충분히 의심할만하지 않아?"

"정말 일꾼이라는 게 걸린다."

범인의 신상내력은 거짓이었으나, 그의 평소 생활 방식부터 태도 그리고 육신까지, 이 모든 게 일꾼들의 것이었다는 내용이 걸렸다. 육체적인 단련 상태나 굳은살의 형태 등이 특수직업 종사자의 것은 아니라는 보고가 있었다.

'진실을 거짓으로, 거짓을 진실로.'

뒤틀고 비틀고 헤집어 놓는 것. 때문에 무엇이 진실이고 거짓인지 확답을 내릴 수가 없는 것.

'황궁의 너구리들이라면 충분히 가능한 일들이지.'

홀로 고민하는 제튼의 모습에 오르카가 재차 물었다.

"흑마법일까?"

방구석에 박혀만 있는 와중에 제튼이 언급했던 게 바로 흑마법사들의 존재였다. 아다만티움과 마기가 담긴 식재료등을 떠올리자 자연스레 도출된 결론이었다.

"모르지. 하지만 흑마법일 확률은 높겠지."

범인의 상태가 정상이 아니라는 정보가 있었다. 이 부분은 사반트가 아닌 밀러의 조사 자료였다. 물론 이러한 정보를 수집하기 위한 통로는 사반트를 통해 얻었으니, 결국 둘의 합동작업이라 할 수 있기도 했다.

'만약 정말 흑마법이라면······.'

그 때는 문제가 좀 더 심각해 질 수도 있었다.

"어쨌든 기다렸던 독살 사건도 벌어졌는데, 슬슬 움직여야지."

오르카의 이야기에 제튼이 쓰게 웃으며 창밖을 바라봤다. 푸른창공이 보였다. 구름 한 점 없는 맑은 날씨였다.

"어두워지면…… 그 때 움직인다."

한숨이 나오려 했는데, 왠지 뱉기가 싫어 삼켰다.

할 일이 없어 생각보다 길게 느껴지기는 했으나, 결국 날은 저물었고 기다렸던 시간은 찾아왔다.

스으으읍…… 하아아…… 스으으읍……

어둠이 밀려오자 제튼은 가만히 서서, 호흡을 고르고 기운을 통제하기 시작했다. 그 모습을 지켜보던 오르카의 눈이 반짝 빛났다.

'커지고 있어!'

제튼의 근육이 거짓말처럼 부풀어 오르는 걸 발견한 까닭이었다. 동시에 약간이지만 키도 큰 것 같은 느낌이 들었다.

'마치…….'

전쟁영웅의 옛 모습을 보는 것 마냥, 제튼의 덩치는 조금씩 크고 단단해져갔다.

'기운으로 근육과 골격을 통제해서 몸집을 키우는 건가.'

의도적으로 보여주는 것인지, 아니면 의식을 하지 않는 것인지는 모르겠으나, 어렴풋이 오러의 흐름이 비쳤다. 이런

식의 운영방법이 있다는 걸 알았다는 것만으로도 상당한 공
부가 되었다.

'사신으로 돌아가는 건가.'

문득 궁금해졌다.

'머리하고 눈은?'

어떻게 검은색으로 바꿀지, 그 기운의 운영이 궁금해
졌다.

파사사삭……

찰나의 순간 제튼의 머리카락이 마법처럼 검게 물드는
게 보였다. 이는 실로 순식간에 일어난 일로써, 이렇다 할
기운의 흐름을 파악할 틈도 없었다.

'뭐야? 뭔데?'

그녀의 감각마저 피할 정도로 쾌속한 오러 운영이라니.
이번만큼은 그녀도 제법 놀라버렸다.

"푸후우우우우……."

제튼의 호흡이 길게 늘어지는가 싶더니, 이내 그의 내
부로 몰아치던 기운이 잠잠해지는 게 느껴졌다. 그리고
이내 눈을 뜨는데, 아니나 다를까 검게 물든 눈동자가 보
였다.

'어떻게 한 거지?'

궁금증이 일었으나 묻지는 못했다. 어느새 밀려드는 짜
릿한 투기가 그녀를 긴장하게 만든 까닭이었다.

'꿀꺽…….'

그녀도 모르게 침을 삼키는데, 제튼의 목소리가 들려
왔다.

"가자!"

눈가에 언뜻 비치는 광기에서 그리운 옛 향기가 물씬 풍
겼다.

전쟁영웅!

그의 귀환이었다.

가만히 서 있는 것만으로도 긴장이 됐다. 어쩔 수가 없
었다. 너무 오랜만에 깨어난 '녀석'이 당장이라도 발광할
것 마냥 으르렁대고 있는 까닭이었다.

'젠장!'

녀석, 내부에서 몰아치는 천마신공의 '마수'가 흘리는
광기가 올라왔다. 그 자체만으로도 마치 전장에 선 것처럼
짜릿한 열기였다.

깨우기 싫은 기운이었으나, 어쩔 수가 없었다.

'머리와 눈동자 색을 바꿀 방법이 이것밖에 없으니……
쯧!'

신체의 변화는 오러를 이용해서 통제할 수 있었으나,
모발의 색까지 제어할 수는 없기 때문에 마수를 깨워야만
했다.

덕분에 좋은 점을 들라고 한다면, '가만히 있어도 자연스레 '천마'의 향기가 풍겨 나온 다는 것이다. 굳이 연기하려 하지 않아도 되는 것이다. 천마에 의해 키워진 마수는 그야말로 천마의 분신이나 다름없었다.

그를 바라보는 오르카의 눈빛이 바뀐 것이 특히나 마음에 들었다. 은연중에 그를 이상하게 바라보던 그녀였는데, 지금은 그런 기색이 완전히 사라져 있는 게 아닌가.

하지만,

'좋은 점만 있는 건 아니지.'

너무 오랜만에 깨어난 까닭일까? 마수는 쉴 새 없이 기운을 내뿜으며 자신을 드러내려 하고 있었다. 전력으로 녀석을 제압하기는 했으나, 미약하게 흘러나온 투기, 아니 광기의 흔적 일부가 이미 외부로 새어버린 상황이었다.

'들켰으려나.'

아마 모르긴 몰라도, 일정 경지 이상 올라선 이들이라면 이 미약한 힘의 잔재를 느꼈을 것이다.

'바로 움직여야겠군.'

눈살을 찌푸린 그가 오르카를 향해 말했다.

"가자!"

그리고는 먼저 휙 하니 창밖으로 몸을 던졌다.

파스카인 공작, 트라베스 공작, 그리고 리베란 공작까지.

제국의 삼공작이라고 불리는 귀족파의 세 절대자는 동시에 고개를 창밖으로 돌렸다.

'이건!'

'그다!'

'왔구나!'

잠시 창밖을 바라보던 그들은 시선을 안으로 거두다가 깜짝 놀라서는 서로를 바라봐야만 했다.

'느꼈군.'

그들은 서로가 좀 전의 기세를 느꼈다는 것에 놀라있는 중이었다.

특히, 그 중에서도 트라베스 공작이 좀 전의 기운을 느꼈다는 부분에서 파스카인과 리베란 공작은 상당히 놀란 상태였다.

'별 볼일 없는 상인인 줄 알았더니. 숨겨놓은 힘이 있었다는 건가.'

두 공작은 트라베스 공작에 대한 경계심을 더욱 키웠다.

'실수했군.'

이런 두 공작의 반응에 트라베스 공작 역시 자신의 실책을 인정했다. 항상 냉정을 가장한 채 움직여야 하건만, 너무도 두려워하던 기운의 등장에 몸이 먼저 움직여버린 것이다.

어설픈 검술과 부족한 마력.

기사도 못되고 마법사도 되지 못한 반푼이.

그 모습이 지금까지 트라베스 공작이 대외적으로 비쳐온 얼굴이었다. 하지만 결코 그를 무시하는 이들은 없었다.

대륙을 휘어잡는 대상인.

그에게는 부족한 힘을 대신할만한 상재가 존재하기 때문이었다. 하지만 이번에 비친 모습으로 인해 두 공작은 자신에게 자본 외의 힘도 있다는 걸 알았을 터였다.

자금으로 부족한 힘을 보충하겠다며, 비밀스레 사병들의 덩치를 키우는 걸 지금까지는 방관했지만, 앞으로는 제지하려 들지도 몰랐다.

'쯧!'

짧게 혀를 찬 그의 시선이 두 공작을 지나 다른 이들에게로 향했다.

'저들에게도 곧 이 정보가 건네지겠군.'

삼공작의 주최 아래 모인 귀족파의 실세들이 한 자리에 모여 있었다. 두 공작이 알았으니, 저들도 함께 이 정보를 공유하게 될 것이고, 얼마 지나지 않아 간자들을 통해 황제파에도 이 정보가 건네질 터였다.

'재미없게 됐군.'

마지막의 마지막까지 숨겨놔야 할 그의 밑천이 일부 털린 느낌이었다.

'망할!'

머릿속으로 이 사태를 일으킨 인물이 떠올랐다.

'브라만 대공!'

그 소름끼치는 검은 눈빛을 떠올리자 절로 주먹이 쥐어졌으나. 애써 침착함을 유지하며 말문을 열었다.

"오늘 모임은 여기까지 하는 게 어떻겠습니까."

"아니. 벌써 모임을 마치신다니요. 시작한지 얼마나 되었다고요. 혹여, 무슨 문제라도 있는 건 아니시겠지요? 이렇게 모이는 게 쉬운 일도 아닌데 말이지요."

파스카인 공작에 줄을 대고 있는 '메니온' 후작이 고개를 저으며 앞으로 나섰다. 트라베스 공작의 갑작스런 중단 요청에 조금이라도 꼬투리를 잡으려는 듯, 눈을 빛내며 그를 바라보고 있었다.

하지만 파스카인 공작이 이런 메니온 후작을 제지하는 게 아닌가.

"나 역시 이만 했으면 좋겠군."

이 뜬금없는 이야기에 이번에는 리베란 공작 측의 귀족이 나서려는데, 리베란 공작이 한 발 먼저 말문을 열며 그들을 막았다.

"허헛! 두 분의 의견이 그러시다면, 오늘 모임은 슬슬 파하는 게 좋겠군요."

귀족파의 세 대표자들이 이처럼 입을 모으니, 누가 반대를 할 수 있겠는가.

황자 독살에 대한 일로 급히 만들어졌던 중요한 모임이건만, 이토록 허무하게 마무리가 되다니. 모였던 귀족들의 눈가에 의문이 한 가득이었으나, 먼저 자리에서 일어나 밖으로 나가는 삼공작들의 모습에, 할 수 없다는 듯 그들도 방을 빠져나와야만 했다.

❋

수도 크라베스카의 외성벽 위.

제튼은 그 한편에 드리운 그늘 속에서 조용히 수도를 응시하고 있었다. 옆에서 오르카가 출발 안 하고 뭐하냐며 재촉을 해 왔으나, 깔끔하게 무시해줬다.

'오는가.'

문득 제튼의 눈에 불이 들어왔다. 저 수도의 중심부 측에서부터 은밀히 밀려오는 세 개의 거대한 흐름을 느낀 것이다.

'삼공작…… 역시 그들일까?'

그가 뿜어낸 기운을 읽고 움직이는 것일까? 아니면 지금부터 그가 향하는 장소 때문에 움직이는 걸까?

문득 세 개의 흐름 뒤편으로 또 다른 하나의 흐름이 읽혔다.

'마르셀론…… 귀찮게 됐군.'

쓸데없이 기운을 방출한 덕분에 여러모로 일이 복잡해진 것 같았다. 하지만 이내 고개를 저었다.

'뭐가 되었건 저들에게 보여줘야 하니까.'

전쟁영웅이 지닌 힘과 공포, 그리고 실체를

탓!

제튼의 신형이 성벽을 박찼다. 오르카가 즉각 달라붙어 오는데, 제튼이 그녀에게 손을 뻗으며 입을 열었다.

"지금부터는 거리를 두고 지켜봐라."

이것은 그의, 그만의 전장이여야 했다.

"후…… 그래. 네 멋대로 해라."

짧게 투덜거린 오르카가 제튼의 뒷모습을 향해 슬쩍 감자를 먹였다.

일부러 느긋하게 걸었다. 저들이 준비할 시간을 주기 위해서였다. 아니나 다를까 저 멀리 마을이 보일 즈음해서는, 저릿저릿한 투기가 마을가득 휘몰아치고 있었다.

'강하군.'

저 정도 전력이라면 그가, 천마가 키운 기사단이 전력으로 돌입해도 승부를 점치기가 어려울 것 같았다.

'뭐…… 순수한 무력으로는 필승이지만.'

마을에 깔린 마법진이 승부를 어렵게 만들 것이다. 제튼이 슬쩍 시선을 뒤로 던졌다. 적당한 거리를 둔 채, 그의 뒤를 따라오는 오르카의 기운이 느껴졌다.

'그녀도…… 조금 힘들지도.'

마을의 마법진은 실로 대단했다.

'천마처럼 만능이었다면 좋았을 것을…….'

놀랍게도 천마는 무공 외에도 기관, 진식, 술법, 거기에 이곳 세상의 마법까지. 다방면에 능통했다. 과거, 그가 마법을 이해하는 모습에서 진정한 천재가 무엇인지 알게 되었다.

천재(天才)가 아니라, 천재(天災).

'하늘이 내린 재앙!'

그가 지닌 재능에 능력에, 두렵다는 감정마저 생겨날 정도였다.

이토록 팔방미인이던 천마와 달리, 제튼은 하나를 완벽히 하기에도 부족한 재능이었다. 그 부족함을 전부 쏟아서 얻은 게 바로 무공 하나였다.

다행히 천마신공의 공능과 천마의 도움 덕분에, 다른 방면에 대해서 약간의 이해 정도는 할 수 있었다.

비록 약간의 이해력 이었으나, 천마신공의 공능이 더해지면 좀 더 '볼 수' 있게 되는데, 이를 통해서 마을에 깔린 마법진의 무게감을 짐작할 수 있었다.

'오르카의 실력으로는 감당하기 어려운 수준!'

그게 바로 마을에 깔린 마법진의 힘이었다.

'천마신공을 깨우니 좀 더 확실히 알겠군.'

저 마법진은 확실히 천마를 목적으로 만들어졌다.

과거, 전쟁영웅의 능력.

'대충 오르카 정도였던가.'

거기에서 조금 더 나은 수준이었으나, 그것만으로도 마왕에 마신이라 불리기에 충분했다. 대륙 유일의 그랜드 마스터였다. 감히 누가 그 무위를 감당하겠는가.

"후우우우……."

가볍게 호흡을 골랐다.

마을에 깔린 마법진의 흐름 외에도 주변 곳곳에 돌아다니는 마나의 흐름이 느껴졌다. 살펴보니 벌레나 새 같은 것들이 대다수였는데, 이를 통해서 감시를 위한 패밀리어 마법이라는 걸 알 수 있었다.

'삼공작?'

거기까지 생각하던 제튼이 고개를 흔들었다.

'상관없지.'

누가 되었건, 지금 중요한 것은 하나였다.

'격을 보여주마.'

진정한 힘이 어떤 것인지 깨닫게 해 줄 것이다.

'감히 이를 드러낼 수도 없게.'

평생 꽁꽁 웅크리고 살도록 만들어줄 생각이었다. 오랜
만에 피를 봐야 한다는 생각에 발목이 시큰거렸으나, 이내
걸음을 내딛었다.

"간다."

그 한마디로 마음에 낀 먹구름을 털어버렸다.

저벅…… 저벅……

갑작스레 들려온 발걸음 소리로 인해, 블롬의 미간 위로
짙은 주름이 잡혔다.

'누구야?'

수하들 중 누가 쓸데없이 요란을 떠는 것일까? 하며 뒤
를 돌아보니, 수하들 역시 자신과 마찬가지로 사방을 두리
번거리고 있는 게 아닌가. 그들 중 누구도 발을 들썩이는
이가 없었다.

'뭐지?'

문득 뭔가가 이상하다는 느낌을 받았다.

'너무 선명해!'

발걸음 소리는 거짓말처럼 귀에 들어왔다. 아니, 마치
가슴에 와서 박히는 것 마냥, 그 걸음걸음의 울림이 심장
을 두드렸다.

"쿨럭!"

순간적으로 흘러버린 헛기침에 깜짝 놀랐다. 헌데, 등 뒤에서도 그와 비슷한 헛기침 소리가 연달아 터져 나오는 게 아닌가.

"조용!"

자신도 기침을 흘렸기에 이런 명을 내리기가 민망했으나, 곧 있으면 생사의 갈림길에 서야 하는 그들이었다. 쓸데없는 소란은 피해야 할 때였다.

"쿡…… 크흠…… 쿨럭……!"

그럼에도 불구하고 터져 나오는 기침 소리가 귀를 어지럽히며 신경을 자극했다.

"조용히 하라…… 쿨럭!"

버럭 외치던 중 그도 모르게 튀어나온 헛기침에 얼굴이 급속도로 달아올랐다.

'이게, 대체……?'

황당한 나머지 말문이 턱 하니 막히며 정신이 멍멍해져버리는데, 돌연 들려온 음성이 그를 깨웠다.

"기다렸느냐."

블롬의 시선이 마을 입구 건너편의 숲 쪽으로 향했다. 그 한편에 난 길로 산길을 걸어 내려오는 인영이 보였다.

'흑발. 흑안…… 왔구나!'

기억속 모습 그대로였다. 고대하던 이가 드디어 온 것이다.

저벅…… 저벅……

문득 귀에 들리는 요상한 소리와 흑안 사내의 발걸음의 박자가 딱 맞아떨어진다는 느낌이 들었다.

"설마……"

말도 안 된다. 아닐 것이다.

'저 거리에서, 마법도 아니고. 어떻게 발걸음으로 충격을 준단 말인가. 아니, 혹여 그런 일이 가능하다 해도 마을의 마법진은 어찌 뚫고 들어오는데. 말도 안 된다. 말도 안 되는 생각이다.'

고개를 휘휘 저으며 떠올리던 생각들을 지워내는데, 흑안 사내가 한마디를 툭 던졌다.

"천마군림보(天魔君臨步)라 한다."

그리고는 숲을 벗어나는 지점에서 멈춰 선다. 동시에 귀를 울리던 괴상한 소음도 멈췄고, 등 뒤로 들려오던 헛기침들도 잦아들었다.

"반갑다."

흑안 사내가 그리 말하며 시선을 보내오는데, 그 안에 담긴 붉은 기운에 왠지 모르게 오싹한 느낌이 들었다.

"으음……"

신음성과 함께 몸을 부르르 떠는데, 다시금 흑안 사내가 걸음을 옮기는 게 보였다.

쿠웅!

조금 전과 달리, 사납게 귓전을 때리는 굉음과 함께 어깨위로 묵직한 압박감이 더해졌다.

"울컥!"

일순간 폐부를 뚫고 올라오는 헛기침에 핏물이 섞여 나왔다.

'이건 또, 무슨?'

피를 보고 난 뒤에야 내부의 싸한 고통이 밀려왔다. 당황하는 블룸과 그의 수하들에게, 흑안 사내의 목소리가 들려왔다.

"어떠냐? 너희들이 그토록 바라던 사신의 걸음 소리가."

그러면서 미소 짓는데, 한밤중의 어둠 속에서도 유난히 눈에 들어오는 하얀 웃음에 등 뒤로 전율이 스치고, 팔위로 닭살이 올랐다.

'사신!'

그들의 머릿속에 공통적으로 떠오른 단어였다.

마을에서 정확히 100보 앞.

사신이 낫을 꺼내들고 있었다.

〈3권에서 계속〉